JN155803

アキとカズ

遥かなる祖国

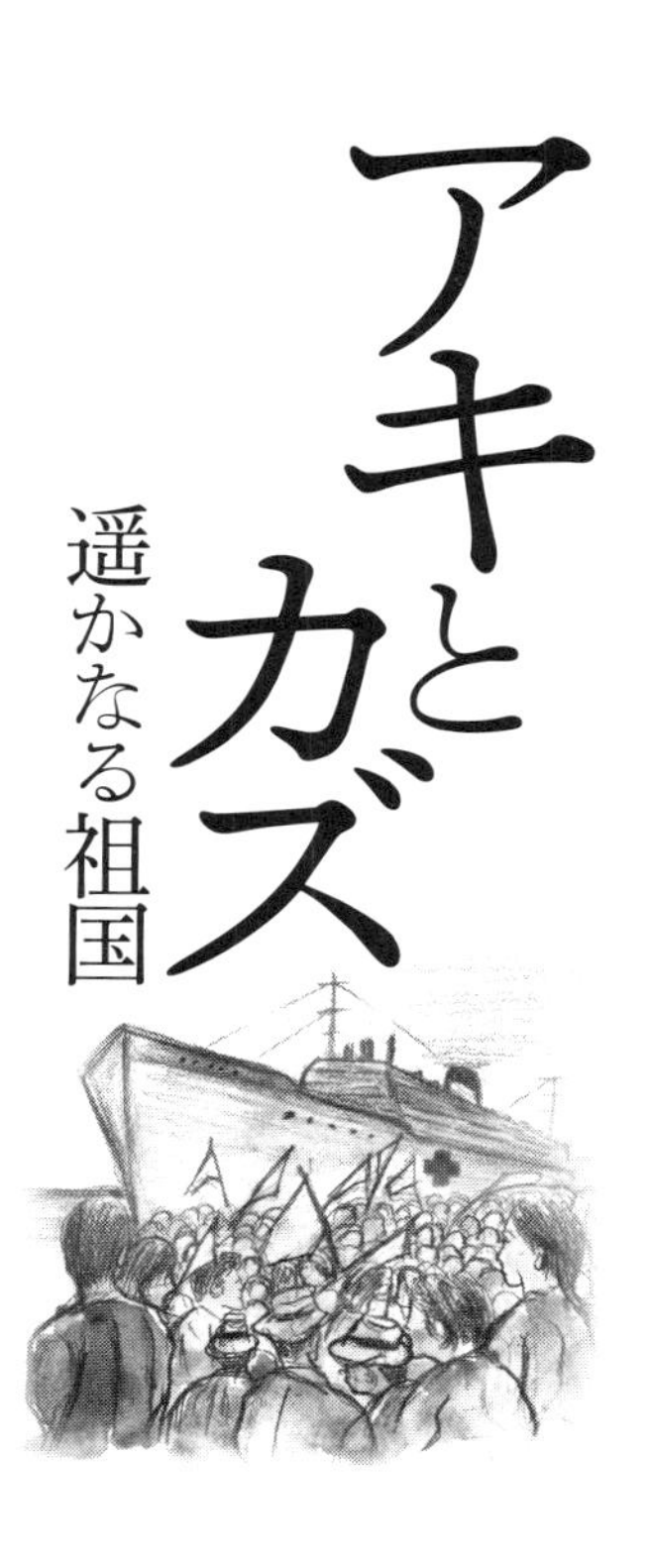

喜多由浩
Yoshihiro Kita

集広舎

はじめに

今年は戦後七十年にあたる。新聞、テレビのメディアは連日、特集を組み、呪文のように「戦争の悲惨な記憶を風化させてはならない」と訴えるが、残念ながら、心に響く記事や報道に巡り合うことはめったにない。それは「過去の痛み」ばかりを壊れたテープレコーダーのように繰り返し、「未来」を見据えた視点が欠けているからだろう。

「過ちを繰り返すな」の主語はいったい何か？　占領軍が作った憲法九条を死守していれば戦争に巻き込まれないのか？　いや、そもそも日本は「まともな国家」に成りえたのか？　本当に知りたい、こうした疑問にメディアはほとんど答えてくれない。

産経新聞朝刊に、この物語の連載を始めた二〇一四（平成二十六）年、日本と北朝鮮は拉致被害者を含む、北に残るすべての日本人の「再調査」で合意し、国民の中では「今度こそ」の期待が盛り上がった。だが、一年たって一人でも日本人を取り返せたか？　わずかでも消息が分かったのか？

もちろん、答えは「ノー」だ。

今ひとつ、国際社会で近年、顕著な動きがある。遅まきながら「モノ申し」始めた日本を封じ込める動きだ。歴史問題の悪質なプロパガンダで異様な「反日」を続ける中国や韓国だけではない。ロシアや同盟国・アメリカの一部にさえ、こうした思惑はある。〝軍国主義日本〟を

「絶対悪」とした戦勝国による東京裁判史観の中に、国際社会は日本を永遠に封じ込めておきたいのだ。

私が思う「まともな国家」とは、確固たる国家の意思と戦略を持ち、それを実践するパワーを持った国のことである。

こんなシンプルなことが戦後七十年たっても、できていない国の在り方こそ、メディアは問うべきであろう。中学生の少女が暴力でさらわれたことがはっきりしているのに、約四十年たった今も有効な手を打つことができない。慰安婦問題でのウソの証言が明るみに出た後も、わが国への「口撃」を止めない隣国の首脳や、日本の領土を不法に占拠し続け、新たな野心をむき出しにする国々に対抗することもかなわない……。

この物語『アキとカズ　遥かなる祖国』のテーマは、まさしくここにあった。

物語の主人公である双子の姉妹、アキ（昭子）とカズ（和子）は言うまでもなく『昭和』の時代を象徴している。いまだ「まともな国家」たりえず、昭和の戦争を清算できない日本という国の姿を、双子の姉妹を通して描いてみたかった。その一方で、異国に閉じ込められた日本人を、あるいは日本の誇りを取り戻す闘いを二人の活躍に託した、といってもいい。

アキとカズには、複数の実在のモデルが存在する。ソ連軍（当時）によって起こされた樺太の「終戦後の悲劇」で辛酸をなめ、戦後長く閉じ込められた日本人女性。帰国事業で日本人妻として北朝鮮に渡り、命がけで国境を越えてきた脱北者たち。あるいは、戦犯として冤罪をかぶせられた元死刑囚の日本兵。シベリアに抑留され、無念の死を遂げた男たち。そして、国家に代わって被害者を取り返そうとしている元自衛隊の特殊部隊員やNGO関係者……。

物語の内容も、実際に起きたことをできるだけ、ベースにした。そうした意味では、小説ではあるが、ノンフィクションの部分をかなり含んだ「準ノンフクション小説」と呼べるかもしれない。知られざる事実も、ふんだんに盛り込んだつもりである。

とりわけ、樺太で八月十五日以降に起きた悲劇については書きたかった。地上戦で一般市民が犠牲になったのは決して沖縄だけではない。ソ連軍が終戦後に殺戮、略奪、婦女暴行を繰り返したのは満州や朝鮮半島の北半分（後の北朝鮮）だけではないのだ。

約九万三千人の在日朝鮮人と日本人妻・子が北朝鮮へ渡った「帰国事業」についても誤解がある。「自分の意思で渡ったのに今さら帰りたいとは……」という批判だ。帰国事業が始まった昭和三十年代、与野党の政党、メディア、社会をあげてこの事業を後押しし、〝地上の楽園へ行け〟と持ち上げた事実を現代の人たちはほとんど知らない。地獄のような北朝鮮という国で辛酸をなめ、祖国への望郷の念を募らせているのは、拉致被害者も日本人妻も変わりはないのだ。

本書の読者には、こうした事実を少しでも分かってほしい。そんな願いを込めて物語を書いたつもりである。

平成二十七年夏　喜多由浩

目次

一章　——二〇一四年　東京

《にほんにかえりたい。おかあちゃんがにくい》

奇妙な「遺書」だった。

弱々しい平仮名で、たったそれだけの文字が、紙くずみたいなボロボロな紙に残っていた。血の痕なのか、赤茶けた染みがべっとりと滲んでいる。

内容だけではない。持ち込んだ人物が、外務省の現職幹部である福田を戸惑わせた。

父親の武である。

大阪・天満の老舗の元主人で、もう九十近い。

「——見てほしいもんがあるんや」

突然、連絡があったのは一週間前のことだった——。

「――北朝鮮から逃げてきた脱北者の男が預かってきたんや。昔、帰国事業で北へ渡った日本人の女性が自ら命を絶つ前に書き残したと聞いてる」

「――ち、ちょっと、待ってくれよ」

福田は、父親の話をさえぎった。

話がつながらない。

元商人の父親と脱北者。北朝鮮へ行った日本人女性の遺書。それに「母親が憎い」という不可解な文面……。

(――いったい何の話だ)

だが、考えるのはそこでやめた。

遺書には、北朝鮮に渡った日本人女性の悲惨な人生が隠されているのかもしれない。だが、この手の話はヤマほどあるではないか。

そんなことに関わっている暇はない。喫緊の外交課題が山積している。過去最悪といわれる日中、日韓関係。ようやく、動き始めた日朝……。

ため息がもれた。

それに、政府高官が父親の頼み事を私的に聞くわけにはいかない。

「なつ、もういいだろう。この話は聞かなかったことにする。脱北者の話なんて、いくらでもころがっているんだよっ」

面倒なことを持ち込んでくれるな、と言わんばかりに福田は強い言葉を投げつけた。

――そのときだった。

武は突然立ち上がり、鬼の形相で息子を怒鳴りつけた。

「ワシは『日本人』の話をしているつもりや。お前はそれでも日本の外交官か。いやその前にお前は日本人なんかっ」

憤然と武は席を立った。


二週間前……。

脱北者から「遺書」を見せられたとき武は胸騒ぎを感じた。

「――和子（かずこ）かもしれん……」

遺書を持つ手がぶるぶると震え、心臓が早鐘（はやがね）を打つ。

「誰の遺書や。どこでこれをもろたんや」

掴（つか）みかからんばかりの武に、脱北者は悲しい表情で首を横に振る。

一緒にあった古ぼけた「天満の天神さん」のお守りの中に、武の生家の住所が書きつけてあった。脱北者は詳しい事情を知らず、この住所に手紙を届けることを人づてに頼まれたのだという。

武の胸に、遠い昔のことが甦った。

「――五十年以上も昔になる。『里子に出された和子という妹が北朝鮮へ行った』という両親の話を偶然、聞いてしもたんは」

大阪には昔から在日朝鮮人が多い。

在日朝鮮人や日本人妻の北朝鮮への帰国事業が始まったのは、一九五九（昭和三十四）年十二月のことだ。

帰国事業に加わった人たちの、その後の悲惨な運命はニュースや脱北者の証言などでそれとなく知っていた。

だが、武は、あえてそこから目を背けていた気がする。

それが今になって、いきなりのど元に鋭いナイフを突き付けるかのように、昔の記憶が呼び戻されたのだ――。

「――和子……。死ななアカンほど苦しんだんか。（里子に出した）お母ちゃんを恨んでたんか。日本へ帰りたかったんか……」

紙くずのような粗末な遺書を握りしめると、涙があふれ出た。

（――あまりにも哀れやないか）

裕福な商家の跡取り息子として何不自由なく育った自分と、里子に出されたがゆえに北朝鮮で苦労を重ね、自ら命を絶たねばならなかった妹……。

血を分けた兄妹がたどった、違い過ぎる人生。それを思うと、いてもたってもおられず、外務省の現職幹部である息子を訪ねてしまったのである。

「和子のこと」として話すつもりはなかった。公私混同をやってはならない。

帰国事業で北朝鮮に渡った「日本人妻の里帰り」が、ずっと途絶えたままになっていると聞いている。

「みんなもう八十、九十歳になっている。一度でええ。死ぬ前に政府の力で祖国の土を踏ませてやってほしい。死んでしもうたらもう遅いんや」

せめて、そう頼むつもりだったのである。


遺書を運んできた脱北者を武に紹介したのは梁曰（やなだ）という男だった。

約九万三千人の在日朝鮮人、日本人妻や子供が「地上の楽園」を夢見て北朝鮮へ渡った帰国事業から五十五年……。

新潟港の桟橋に立つと、お祭り騒ぎのような、往時の喧噪が甦ってくる。

「──あのころは、毎週、毎週、千人を超す帰国希望者が新潟に殺到していたんだ。燃え上がるような熱気の中で『社会主義国家建設に一身をささげたい』と、どれだけの若者たちが夢と希望を抱いて、この港から旅立っていったことか」

当時、革新政党の党員だった梁田も帰国運動を熱心に支援した。

「(北朝鮮には) 輝かしい未来がある。日本に残っても在日朝鮮人は差別を受け、就職も進学もできまい。新天地でがんばれよ！」

そう言って何百、何千人もの背中を押したのである。

今も「その気持ちにウソはなかった」と思う。だが、梁田は、のどの奥に骨が刺さったようなわだかまりが消えない。自分の気持ちがどうしても清算できないのだ。

当時、日本中が帰国事業の熱にうなされていた。政党、メディアはこぞって「人道的措置」「美談」として持ち上げた。

《家も教育も医療も全部タダ、食料はすべて配給される。日本人妻は三年たったら日本へ里帰りできる》

全部ウソっぱちだった。

日本からの帰国者の多くが配置されたのは、不便な地方の山間部や農村。家には水道やトイレ、風呂もない。食料の配給は次第に滞りはじめ、ついになくなった。病気になっても医者にかかるどころか薬すらなく、だまって家で寝ているしかない。

ただでさえ生活が厳しいこの国で、帰国者は「最底辺」に置かれた。差別され、子供はいじめにあう。「出世の条件」である労働党や人民軍にはまず入れない。「韓国のスパイではないか」と監視・密告の対象とされ、ささいなことで地獄のような政治犯収容所に送られてしまう。

数え切れない人が日本へ戻ることを願いながら、みじめに死んでいった――。

梁田には、忘れられない日本人妻がいる。

三十代半ばぐらいの色の白い、美しい人だった。

夫は在日朝鮮人で、小学生ぐらいの女の子を連れていた記憶がある。

帰国者は日本での「最後の三泊四日」を新潟の日赤センターで過ごす。そこで最終的な帰国の意思確認が国際赤十字スタッフの立ち会いの下で、〝ひとりひとり〟に対して行われる約束だった。

（――そのときしかない。『私は行きません』と言って子供を連れて逃げよう。それが最後のチャンスだ）

北朝鮮行きを嫌がっていた日本人妻は、ひそかにそう決意していた。もちろん在日朝鮮人の夫の家族には内緒……。

世話係だった梁田が、女性のただならぬ気配を察して声をかけた。

「どうしたんです奥さん、心配なことでも？」

「私は言葉（朝鮮語）ができないし、朝鮮料理も口に合いません。向こうで、うまくやっていけるかどうか……」

「大丈夫ですよ。共和国（北朝鮮）が全部面倒見てくれますから」

「――本当は、本当は行きたくないんです。でも、子供とだけは別れたくない」

悲痛な声が耳にこびりついている。

ところが、日赤センターでの「最終的な意思確認」は〝形だけ〟だった。家長が代表して家族全員の意思確認を受けるだけ。

「――行きますよね」

「――はい」

たったそれだけで確認作業は終わってしまう。

最後のチャンスを失った女性は、半ば引きずられるようにして帰国船のタラップを登っていった。

「どうして助けてくれなかったんですか」

梁田は、船の上の女性からそうなじられているような気がした――。

《にほんにかえりたい。おかあちゃんがにくい》

血がにじんだ粗末な遺書を見たとき、梁田は背筋が凍りつくのを感じた。

「(遺書を書いたのは)あのときの女性ではなかったのか……」

同じころ、外務省幹部の福田のところへ珍しい連絡があった。

「久しぶりに会いませんか。今のお立場は分かっています。ご迷惑はお掛けしません」

日本の大学で講師をしている李はかつて、韓国の外交官として日本に駐在していた。

ただし、「普通の外交官」ではない。インテリジェンス（諜報）を扱う情報機関員である。

彼らは駐日大使館のラインではなく、ソウルの本部の指示で動く。福田が情報関係の部局に出向していたときは、情報交換を行うカウンターパートだった。

五年ぶりに日本料理屋の個室で向かい合った李は六十過ぎの年齢を感じさせなかった。がっしりした長身を英国製の高級スーツに包み、細い銀縁のメガネの奥に鋭い眼光が光っている。

（――相変わらずスキのない男だ……）

福田は思わず身を堅くした。

「――今日はどうしたんですか。何かいい話でも？」

「共闘しませんか。『日韓』が一緒になって人権問題で北を追い詰めましょう、それも決定的にです」

「――えっ……」

思いがけない話に福田は言葉に詰まった。（韓国が）女性大統領になってから、日韓関係は「最悪」になっているのではなかったのか……。

ニヤリとしながら李が福田のグラスに酒を注ぐ。

「国連が北朝鮮を厳しく弾劾する決議をした今こそチャンスじゃないですか。ともに拉致問題や脱北者の問題を抱える日韓が組み、ＥＵやアメリカも巻き込んで、中国に対して安保理で拒否権を発動できないように強い圧力をかける。脱北者の送還を止めさせることや中国での人身売買の問題を取り上げるだけでもいい。そうすれば、北も逃げ場がない。独裁者はピンチに陥る」

そして、李はこう付け加えた。

「これは帰国事業で北へ渡った『日本人妻』にもかかわる問題なんですよ」

(――また日本人妻か……)

福田は小さく舌打ちをした。

いずれにせよ、李の提案はとても現実味のある話と思えない。

「――あの女性大統領になってから日韓関係は最悪じゃないですか。『日本と組む話』にお国(韓国)が乗れるんですか？　それに、『親中』に傾斜しているお国が中国に対して強い態度が取れるとも思いませんがね」

たっぷりと皮肉を込めたつもりだが、李は表情を変えない。

「ウリナラ(韓国)が普遍的価値観のまったく違う中国と組めるはずがないでしょう。組むならやはり日本ですよ……」

(白々しいことを言いやがる。「狙い」は何なんだ？)

訝しげに黙り込んだ福田に李がここぞと、畳みかけた。

「ただね、その前に日本には『もうひとつの人権問題』を解決してほしいのです」

（ホンネは結局それか……）

福田はため息をつく。

韓国の女性大統領がこだわり続ける「慰安婦問題」のことである。〝強制連行された従軍慰安婦〟に関するウソの証言が明らかになった後も彼女は口撃を止めない。

（――できるはずがないだろう）

福田は、あえて言葉にはしなかったが、のどにまとわりつくような嫌な気分がしばらく消えなかった――。

慰安婦問題を絡めてきた李の駆け引きのことだけではない。「日本人妻」を持ち出されて、煩わしいことのように、思わず舌打ちをした自分にも、だ。

父親に投げつけられた言葉が、あれからずっと頭から離れない。

《お前はそれでも日本の外交官か……》

迎えの車を待つ間、星ひとつ見えない都心の夜空を見上げていると、ふいに昔の記憶がよみがえった。

「――まだ若手のころ、同じセリフを投げつけられたっけな。凛とした目の美しい女性だった。確か名前は『寺谷さん』といった……」

二章　一九四五年　樺太「北の街」

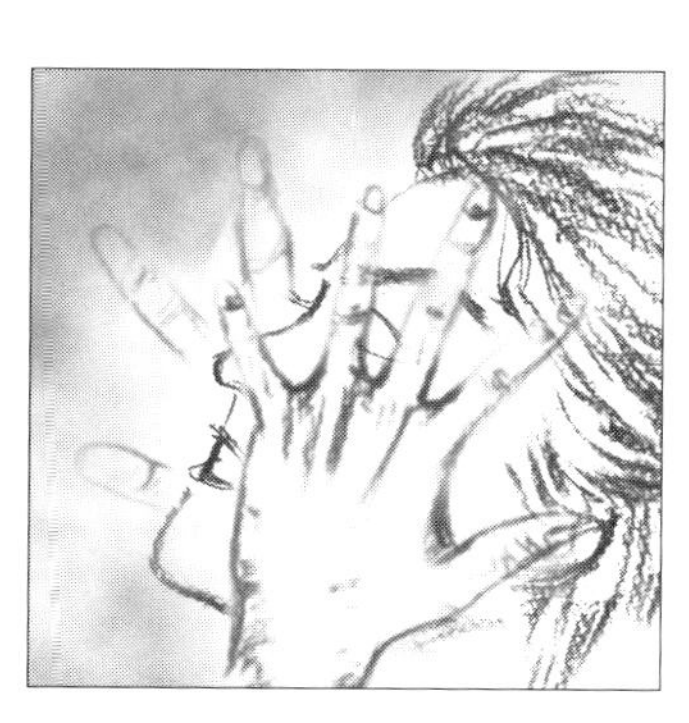

「死化粧」のつもりだった。

寺谷昭子（アキ）は数えで二十歳になる。

おさげ髪に真っ白な鉢巻きをキリリと締め、初めての紅をそっとひく。

「赤と白」のコントラストが真夏の陽ざしに映える。

だが、その目の前には修羅場があった。

「――ドドーン」

「――ズシンっ」

ソ連軍による沖からの猛烈な艦砲射撃と空からの機銃掃射。ひっきりなしに続く爆音が、すさまじい衝撃で地面を揺らす。

製紙工場と炭鉱で栄えた樺太の「北の街」は、紅蓮の炎に包まれ、真っ黒な煙が何本も空へと渦を巻いていた。

一九四五（昭和二十）年八月十六日。

日本領南樺太……。

内地の日本人がやっと「空襲の恐怖」から解放されたころ、北海道の北わずか四十キロ、〝魚の下半身をちぎった〟ような島では、火事場泥棒のように攻め込んできたソ連軍によって「地獄の釜のフタ」が開かれようとしていた。

日本はすでに「降伏」を伝えている。

だが、ソ連軍の「赤鬼」たちは停戦交渉にきた日本軍の軍使を射殺し、白旗を掲げた住民や女、子供にまで容赦なく銃弾の雨を降らせていた。

地上戦で民間人が犠牲になったのは沖縄だけではない。樺太では「八月十五日以降」も一方的な殺戮、略奪、暴行を止めようとしないソ連軍によって丸腰の女、子供までが殺されたのである。


アキは、たった七日間しかない昭和元（一九二六）年に生まれたから、新元号からとって「昭子」だ。

小麦色に日焼けした顔に、勝ち気を思わせるキリっとした大きな目。にっこり笑うと左頬にエクボができる。

小っちゃなころから、めっぽう気が強く、曲がったことが大嫌い。そのくせ、情にはもろくて、すこぶるつきのおせっかい。

父親が樺太の小学校（後に国民学校）の校長として赴任したため、八歳のとき北海道から樺太へ渡ってきた。

ただし、実の親ではない。

何となく知っているのは「和子（かずこ）」という双子の妹がいること。自分（昭子）は双子を嫌う当時の慣習から親類である今の両親のところへ養女に出されたこと。実の両親は大阪に居て、別れるときに「天満の天神さんのお守り」を渡されたこと。そんなことぐらい――。

終戦前夜、樺太の「守り」は甘かった。

唯一、ソ連と陸地で国境（北緯五十度線）を接する土地なのに、このとき、樺太を守る日本軍に、もはや一輛の戦車も、一機の飛行機も、迎え撃つ高射砲もない。海軍もいなかった。

しかも、樺太の日本軍が想定していたのはあくまで「対米戦」であり、この期に及んでソ連には停戦交渉の仲介役を期待していたのだからおめでたいというほかない。

八月九日早朝、満州（現中国東北部）への侵攻から遅れること数時間、ソ連軍は五十度線を越えてきた。

兵力三万五千、戦車百輛、飛行機百機、海上からはソ連太平洋艦隊の艦船が怒濤のように押し寄せる。

そして、八月十五日を過ぎても、領土的野心をギラつかせたソ連軍は樺太での戦闘行為を止めようとしなかった。

ろくな武器も持たない日本軍は、やむなく、在郷軍人の老兵や一般住民、中学生、女学生までを特設警備隊、国民義勇戦闘隊、女子防空監視隊としてかき集めた。

近所のおっちゃんや生徒に女、子供による〝にわか部隊〟である。

旧式の三八式歩兵銃や手榴弾（しゅりゅうだん）すらこと欠き、竹やりや毒草のトリカブトを塗った毒矢まで投入された。

――いったいいつの時代の戦争なのか。

女学校の少女たちで構成される女子防空監視隊員の任務は、最前線の監視哨に交代で詰め、敵機・敵艦の来襲をいち早く見つけることである。家族と水杯（みずさかずき）を交わし、決死の覚悟で、空を、海をじっとにらみ続けた。

数も装備も圧倒的に劣る日本軍と〝にわか部隊〟はよく戦った。何度か敵部隊を押し返しもした。

だが、奇跡は続かない。

八月十六日、最前線の監視哨に女子防空監視隊一個班十二人の少女らを残したまま、ついに指揮官から撤退が告げられたのである。

あどけなさが残るアキの顔が般若のように歪んでいる。

怒りが収まらないのだ。

「仲間を見殺しにするの？　そんなことするぐらいならみんな死んだほうがマシよ」

つい大きな声が出てしまった。思ったことはすぐ口に出してしまう。小っちゃいころからの悪いクセだ。

果たして、近くの兵隊が眉をつり上げるのが見えた。

だが、そんなことはもうどうでもいい。

アキは最前線に取り残されている女子防空監視隊のリーダーなのだ。

（――ソ連兵に見つかれば射殺されるか、なぶりものにされるか……）

猶予はない。

「アタシが助けにいく！」

逃げ支度に忙しい男たちの背に向けて思わず言葉を投げつけた。

すかさず年下の女子隊員四人が続く。

「私も行きます」

「連れてってください」

かみつきそうな形相である。

オロオロしているのは男たちの方だ。

「――気でも狂ったのか」

「血に飢えたオオカミに小ウサギを差し出すようなもんだ」

ソ連軍の上陸は時間の問題だ。そこへ、自ら乙女たちが突っ込んでいこうというのだから無茶である。


「行かなきゃならない。仲間の命なのよ。死ぬ覚悟はできてるわ！」

躰（からだ）の震えを抑えるように、アキは胸のお守りをギュっと握りしめた。


そのころ、最前線の監視哨に取り残された女子防空監視隊の十二人の少女たちは極限状態に陥っていた。

「どうしよう。（ソ連軍が）来てしまうわ」

「もう逃げられない。みんな死ぬのよ……」

至るところで火の手が上がっている。守ってくれる味方はもうどこにもいない。

狭い監視哨の中は蒸し風呂のような熱さなのに、恐怖で震えが止まらない。カーキ色の制服にゲートル姿、おそろいの白鉢巻きは汗と土埃（つちぼこり）で真っ黒だ。

「――大丈夫だ。がんばっていれば助けは来る。しっかりするんだ」

たったひとりの男である軍曹による叱咤ももはや耳に入らなかった。

「いっそ潔く死にましょう。軍曹殿、ひと思いに軍刀で刺し殺してください」

「バカ者、こんな所で死んでどうするんだ！」

まだ十代の少女たちなのだ。

ほんの少し前まで空襲もなく、戦争の影すらなかった樺太で家族と一緒に幸せな日々を過ごしていたのに……。


「お姉ちゃん行くな！　死んじゃう」

弟みたいにかわいがっていた七歳の隣家の末っ子、徹（とおる）がアキの手を握って離さない。大粒の涙が幼い顔から今にもあふれ出しそうだ。

アキは後輩の少女たちと決死隊を結成し、前線に取り残された十二人の仲間の救出に向かう。

一方の徹は、母や祖父母と一緒に徒歩と鉄道を乗り継いで樺太島を南へと向かい、船で北海道へと逃げるのだ。

助かる道はもうそれしかない。

「大丈夫よ、姉ちゃんが死ぬわけないでしょ。みんなを助けたら後ですぐに追いかけるからね」

見え透いたウソだ、と思いつつ、アキは小さな手をギュっと握り返した。

アキには「大事な人」がいる。

二歳上の幼なじみ、誠（せい）だ。

北海道の大学に進み、今はたぶん、遠い海の向こうの戦場にいる。最後に会ったのは誠が、戦地へ向かう前に帰郷した三カ月前。そのときの樺太には戦争の影すらなかった——。

もう、感傷にひたっている時間はない。

「さぁ行くよ！　日本女児のみんな」

アキは力いっぱい自分の頬をひっぱたき、大事な人への思いも、生への執着も懸命に振り切った——。


決死隊のメンバーはアキと女子隊員四人、トラックの運転手役を務める警察官とで計六人。全員が黙って頷き、トラックに乗り込んだ。

「策はありません。監視哨までは三キロ。とにかく行けるところまでトラックで突っ切りましょう」

集中豪雨のような艦砲射撃と機銃掃射が激しさを増している。

「ビューン」「ガツン」

乾いた銃声……。猛スピードで突っ走るトラックの車体を鈍い衝撃が揺らす。

「——ううっ」

荷台の女子隊員が左腕を撃たれ、血しぶきが飛ぶ。うめき声が漏れた。

それでも前を向くしかない。

やっと、小高い丘のような監視哨が見えてきた。

だが、近くにはすでにマンドリン（サブマシンガン）を持った数人のソ連兵が迫っている。

「――遅かったか……」

アキは唇をかんだ。

そのときである。

後方から、アキたちのトラックを遮るように別のトラックが割り込んできた。

「ギーッ」。急ブレーキの音がきしむ。

「オイ、待て！　娘さん。無茶すんなって。怖い顔したらべっぴんさんが台無しじゃないか」

一般の住民らでつくる国民義勇戦闘隊の男たちであった。わずかな小銃のほかに武器は見当たらない。

「あんたらだけ、エエかっこするなよ。最後までがんばってくれた女子防空監視隊を日本男児が見捨てるわけにはイカンだろう。なぁ、みんな」

軽口めいた言葉を口にしながら、国民服を着た、五十がらみの男がひとり、ゆっくりと荷台から降りてきた。

「止めてもムダよ……」

そう言いかけたとき、男はいきなり駆けだす。監視哨近くに群がっていたソ連兵に向かって全速力で。止める間もなかった。

「――どんッ」

地面を揺るがす大音響、爆風、炎。男もソ連兵も一瞬にして吹き飛んだ。

男は日本軍が対戦車用に開発した「特攻用の小型爆弾」を抱いて突っ込んだのである。

自分の命と引き換えに、十二人の少女たちを救うために……。

アキは涙が止まらなかった。

三章　一九四五年　東京・下町

「十万人」が殺された。

たった二時間あまりで……。

一九四五（昭和二十）年三月十日未明。

東京大空襲は、非戦闘員、一般市民の「皆殺し」を狙った米軍による非道の無差別絨毯（じゅうたん）爆撃であった。

「ゴー、ゴーゥ」

低空を飛ぶＢ29の不気味なエンジン音。

この日東京は五十年ぶりの大寒波に震え、風速三十メートル近い北北西の強風が吹き荒れていた。

三百三十四機の大編隊はそこへ、計二千トンもの爆弾、油脂、黄リン、エレクトロン焼夷弾などを集中豪雨のようにまき散らす。

「おかあちゃん、起きて。やっぱり空襲よっ」

「早く、早くして！『避難しろ』って言ってるわ」

防空頭巾をつけ、靴をはいたまま横になっていた並河和子（なみかわかずこ）（カズ）は「異様な音と光」で浅い眠りから揺り起こされた。慌てて母親を呼ぶ。父親は前夜からの防火当番で家を空けていた。

カズが外へ出ると、あたりは火の海だった。非常食と預金通帳、救急用品を詰め込んだリュックを背負い、水筒をたすき掛けに持つ。

「おかあちゃん。急がなきゃ。もう防空壕（ごう）はどこもかしこもいっぱいよ」

「待って！　大事な物を忘れたのよ。ここで待ってて」

母親が先祖の位牌（いはい）を取りに、ひとり自宅へと引き返した。

それが母を見た最後になる。

ひとり残されたカズを容赦なく、猛火が追い立てた……。

強風にあおられた猛火は、紙と木でできたマッチ箱のような街をあっという間になめつくした。

「ヒュルル……ドーン」

「ザー」「ズシン」

すさまじい衝撃が地面を揺らす。

耳をつんざく爆音。猛り狂う紅蓮（ぐれん）の炎が夜空を焦がした。

「急げ！　急ぐんだ！」

激しい怒号と悲鳴。消防車のサイレンの音。寝入りばなを叩き起こされた下町の住民は、大八車やリヤカーに家財道具をあわてて積み、四方八方から襲いかかってくる火の粉を防ぎながら逃げ惑う……。

焼夷弾の高熱で焼かれ、黒こげのマネキン人形のようになってしまった焼死体の山、山、山。猛火に追われ、川や運河に飛び込んだ人々は溺死、窒息死、ＣＯ中毒死者となって水面を埋め尽くす。

旧浅草区、本所区、深川区など、標的となった東京・下町は小さな商店や住居、町工場がぎっしりと詰まった人口密集地だ。

被災者百万人、焼失家屋三十万軒弱。帝都の四割が一日で焦土となった。


悪夢のような夜が明け、下町は一夜でがらんどうになっていた。

深川の木造二階家の小さな自宅は焼夷弾で全焼し、跡形もない。

カズは焼け残った小学校の片隅で、夜露をしのぎながら両親の帰りを待ち続けた。

だが、三日が過ぎても、誰からの連絡もない。

生き残った近所の人や知人は、すでに親類や知人を頼って、東へ西へと移動を始めている。

食料も水も防寒具も満足にない。何より恐ろしいのは夜になると、新たな空襲警報がたびたび、発令されることだ。悪夢のようなあの夜の記憶がよみがえってしまう。

「——松っちゃん……」

戦地へ行ったきりの松男の名を呼ぶ。いつも守ってくれた二つ上のガキ大将、将来を誓い合った松男のことがたまらなく懐かしい。

心細くて、涙にくれる。たった一晩でカズはひとりぼっちになってしまった。


カズは七日間しかない「昭和」元年に生まれたから和子だ。

生まれた直後に東京・下町の左官職人夫婦へ里子に出された。

「昭子（アキ）」という双子の姉がいるが、会ったことはない。どこに居るのか、もだ。

名前の通り、気性は穏やかでおとなしい。というよりも、泣き虫で引っ込み思案。言いたいことのひとつも言えない。

雪のように肌が白かった。

うりざね顔の右頬に笑うとエクボが顔を出す。

「お人形さんみたいだね」

「おとっつぁんに、ちっとも似てねぇな」

鬼瓦のような父親の顔と見比べながら、みんなからよく冷やかされた。

そんなカズのそばにはいつも松男がいてくれた。戦争が二人を引き裂くまでは……。

四日目の朝、カズは、千葉の船橋で農家をしている養父の弟を頼ることにした。着の身着のまま、千葉街道を東に向けて歩き、夜遅くに叔父宅へたどり着く。

「カズ、よく無事だったなぁ。まっ赤に燃え上がる炎と黒々とした煙がここからも見えたんだ。兄貴はどうした？　かあさんは？」

悲しげにカズは首を横に振る。

叔父には昔、かわいがってもらった記憶がある。けれども、敗色濃い戦争は日本人の生活をズタズタにしていた。

誰もが生き抜くのに精いっぱいだ。叔父には幼い子供が五人もいる。おまけに、焼け出された〝先客の親類〟まで居座っていた。

「お前さん、これ以上はもう無理だって。めい、って言ったって、カズは〝もらい子〟なんだろう」

叔父の女房の冷たい言葉が、カズの胸に突き刺さった。


八月十五日。

天皇陛下の「玉音放送」をカズは叔父の家で聞いた。

父母の消息はいまだ分からない。

松男の部隊は「フィリピンで全滅した」という。

世の中には、食べ物も、住む家も、もちろん仕事もない人間があふれている。

居場所のないカズにとって〝針のむしろ〟のような日が続いていた。

「――カズさんは、いつまでここにおるんかね。戦争も終わったことだし、自分で働き口でも探したらどうなんやろ？　そうそう、新聞に広告が出とったよ。『進駐軍相手の慰安婦』……」

――バチンっ。

最後まで言い終わらないうちに、叔父の手が女房の頬を打った。

「バカなこと言うな！　恥を知れ」

「何さ、気取ってる場合か。ヨソの子の心配しているうちにこっちが干上がっちまうよ」

赤く腫れ上がった頬を押さえながら、女房はつり上がった目でカズをにらみつける。

同居している親類の男が間に入った。

「どうだいカズさん、〝かつぎ屋〟をやるか。新橋にはでっかい青空市場ができている。ヤミ市だ。そこへ入る魚介類はほとんど船橋から行くんだ。港で仕入れた魚を背に担いで汽車で新橋まで運び、ヤミ市の仲買人に売る。結構、利は稼げるぜ。もっとも、警察の手入れには十分気をつけてだが、な」

交通に便利な新橋では、西口を中心にいち早く露店を中心とした広大なヤミ市が形成されている。日比谷のＧＨＱや銀座にあった進駐軍のＰＸ（購買所）にも近く、米軍関係の放出品も豊富。他のヤミ市へ物資を供給する卸売市場の役割も担っていた。

「だけど、危なくないのか」

叔父が心配するのも無理はない。〝戦勝国民〟となった朝鮮人、台湾人、やくざ……ヤミ市には怪しげな連中がうごめいている。縄張り争いなどによる銃撃戦も珍しくはなかった。

四章 ——一九四五年　北海道沖

樺太「北の街」で、アキが十二人の仲間の救出に向かったころ（八月十六日）、「赤鬼の頭領」ソ連首相スターリンは、米大統領トルーマンに一通の電報を打った。

《全クリール（千島）諸島と北海道の釧路と留萌を結ぶ線の北側、東京でのソ連軍配備地域をソ連への日本軍降伏地域に加えていただきたい》

強欲にもほどがあるだろう。

ソ連は日ソ中立条約を破り、わずか一週間前、戦争に参加したにすぎない。

トルーマンは翌日の返信で、さすがにこのずうずうしい欲求をはねつけたが、千島についてはソ連の要望を認めてしまう。それが今に至る日本固有の領土「北方領土」の不法占拠に繋がってゆくのだ。

《このような返事は予想していなかった》

日本領土へのさらなる野心を剝き出しにしていたスターリンは「トルーマンの拒絶」に激高する。その後も一方的な殺戮、暴行、略奪を続けさせ、北海道上陸をなかなか諦めようとしなかった。

そして、ソ連の太平洋艦隊に恐るべき出撃命令が下る。

《(北海道沿岸を通る)すべての船を沈めろ！》と……。

——八月二十日夜、樺太南部・大泊港。

樺太から北海道へと逃れる緊急疎開の避難民約千五百人を満載した逓信省の海底ケーブル敷設船「小笠原丸」はすでにタラップを外し、北海道の稚内に向けて出港しようとしていた。

「——お願いです。乗せてください！　乗船許可証は持っているんです。ホラ、ここにある。子供が迷子になってしまって探していただけなんですよ」

幼い子供の手を引いた着物姿の若い母親が乗船許可書をかざし、岸壁から必死に叫んでいる。

「ムリですよ奥さん。もう甲板にまで人があふれているんですから」

船員は困り切っている。

何度断っても、母親があきらめようとしない。

終戦の詔勅から五日たってもソ連軍はまだ戦闘行為を止めない。殺戮、強奪、強姦を続けながら樺太を南下し、二十日朝には、大泊に近い西海岸の要衝・真岡にすさまじい艦砲射撃を加えて上陸していた。

映画「氷雪の門」で描かれた真岡郵便局・女性電話交換手の「九人の乙女の悲劇」はこのときに起きている。

ソ連軍が陸路をたどって、樺太最大の都市・豊原や大泊へ到達するのは時間の問題だ。この船を逃せば、もう本土へ逃げるチャンスはない可能性が高い――。

「――乗せてあげなさいよ。まだ大丈夫だ。いいからタラップを降ろせ」

母親の様子を見かねたのだろう。紺色の制服を着た若いオフィサー（一等航海士）が助け舟を出してくれた。

ほっとした表情で母親と家族はタラップを駆け上がった。老父母と幼い子供が三人。乗船直前に迷子になっていたのは、アキの手をずっと離さなかった隣家の末っ子、七歳の徹であった。

「お姉ちゃんもすぐに追いかけるから」

アキの言葉を信じて徹は岸壁でひとり待ち続けていたのである。出港の時間が迫っていても、ずっと……。

「ボーォ」

汽笛を鳴らし、徹らを乗せた小笠原丸はゆっくりと岸壁を離れた。

大泊港は次の船を待つ避難民であふれかえっている。

ソ連軍に追いつかれる前に動けるだけの船舶をかき集め、フル回転で輸送を繰り返す。

大泊港からは小笠原丸に続いて、海軍の特設砲艦「第二新興丸」（乗員・乗客三千四百人）、貨物船「泰東丸」（同七百八十人）が慌ただしく出港した。宗谷海峡を南下し、北海道の稚内に到着した後、さらに小樽港へと向かう。

悲劇が目の前に迫っていた。

くどいようだが、日本はとっくに「降伏」を受け入れている。八月十四日にポツダム宣言受諾を連合国側に通告、十五日には天皇陛下による「終戦の詔勅」が行われ、米英軍は戦闘行為を中止していた。

ひとり、ソ連軍だけが戦いを止めない。北海道の北半分、留萌から釧路ラインの北側を強奪するため、スターリンは二十三日を目途に、留萌へソ連軍を上陸させるつもりだったのだ（後に中止指令）。

二十二日早朝、小笠原丸は北海道増毛（ましけ）沖を航行中だった。

「魚雷音です！　本船に向かってきます」

朝四時過ぎ、魚雷の探知を続けていた乗組員が大声を上げた。

「——何かの間違いじゃないか。本船は米軍の要請通り、航行灯をつけ、民間船であることを示す無線電波を流しているんだ。いったいどこの船だ」

報告を聞いた航海士は半信半疑で針路変更を指示した。そのとたん、さらに悲痛な叫び声が響きわたった。

「もう一発来ます。国籍不明の潜水艦です。もう、よけきれません！」

「ドーン」

大きな爆発音とともに、嵐のような衝撃が船を揺さぶる。

魚雷を右舷（うげん）に直撃したのだ。

小笠原丸はあっという間に傾き始める。海水が船内に入り込み、いたるところで炎が上がった。

「ギャー」「逃げろ！」

乗船者の多くは老人と女、子供である。浸水と傾きが激しく、救命ボートを降ろすこともできない。

多くの人が着の身着のまま、まだ真っ暗な海の中へほうり出された。声を上げる間もなく波間に消えてしまった命も少なくなかった。


徹の家族はそのとき、甲板にいた。毛布にくるまり、母の胸の中で眠りについていた徹は、着弾と同時に、海の中へと投げ出されてしまう。

八月とはいえ、北海道である。早朝の海は暗く冷たい。

「おかあさん！　助けて！」

幼い徹は、震えながら、吹き飛ばされた木の甲板のかけらに必死にしがみついた。母や家族の姿はどこにも見えない。

「徹、徹、とぉーるぅー……」

そのとき、かすかな声が波の向こうから聞こえてきた。母は漂流する板の上から、わが子の名を必死に呼び続けていた。徹がしがみついている木片よりは大きい。徹の兄や若い船員も一緒である。

「坊や、こっちまで泳いでこれるかい。こちらの板は大きくて寄せられないんだっ」

船員が声をかけた。距離十メートル。徹は懸命に足をばたつかせたが、幼子の力ではなかなか近づけない。

「待ってなさい。おかあさんが行く」

徹の母親は着物姿のまま、暗い海に飛び込んだ。冷たく重い海水、潮の流れも早い。やっとのことで、徹がつかまっている木片にたどりつき、わが子の手をしっかりと握りしめた。

(――助かった……)

その瞬間、目の前に「黒い大きな影」が姿を現した。敵の潜水艦が浮上してきたのである。

「ガチャリ」

艦上で兵士が機関銃をセットする不気味な音が聞こえた。

「ダダッ、ダダッ、タン、タン」

乾いた銃声が響く。

暗い、冷たい海の中で木の葉のように漂い、懸命に漂流物にしがみついている避難民をあざ笑うかのように機関銃が乱射された。

「――うっ」「むう」

相手は無抵抗の非戦闘員である。しかも、海へ放り出され、命からがら流木や浮流物にしがみついているのだ。悪魔の所業というほかない。

若い女や幼い子供があっという間に力を失い、ズルズルと波間に消えてゆく。血しぶきが、水で溶かした絵の具のように幾筋もの線を引いた。

そのときである。

しっかりと握り締めていたはずの徹の手から力が抜けてゆく。

首がうなだれ、脇腹から血が流れ出す。

「徹、徹、死んじゃだめ！」

小っちゃな手がスルリと離れ、徹の身体はまたたく間に暗い冷たい海の中へ消えてしまった。

「人間のやることじゃないっ、あいつらは鬼だ、悪魔だ……」

獣の叫び声のような母親の慟哭が響く。約千七百人の命が海に消えた。

五章 ―― 一九四五年 樺太・豊原

樺太島の面積は北海道よりやや小さい。七割が山地だ。古くから日本人が入り、江戸時代には北蝦夷（えぞ）と呼ばれた。樺太千島交換条約（一八七五年）でロシアに領有権を渡してしまったときは「明治政府に力がないばかりに、日本は自分のもの同士（千島と樺太）を交換させられた」と国民をくやしがらせた。

だが、ロシアはこの極東の島を主に流刑地として利用しただけだった。日露戦争に勝ち、ポーツマス条約（一九〇五年）で再び、北緯五十度以南の南樺太の領有権を得た日本は、ツンドラの永久凍土を切り開き、「ゼロ」から開発を始めたのである。

鉄道を敷き、道路を整備し、学校や病院を建てた。紙パルプの原料に適したトドマツ、エゾマツに恵まれ、石炭や鉱物資源も豊富。沿岸ではニシン、サケ、マスなどの漁業が盛んになった。

行政的にも朝鮮、台湾と違って樺太は「内地」の扱いであった。

終戦時の日本人人口は約四十万人。孫、子の代になっていた人も多い。

そこへ、ソ連軍は突然、キバを剝いて襲いかかってきた。日本人がこの地に築き上げてきた、血と汗がたっぷりと染みこんだ大切な営みを、わずか一週間あまりでズタズタに切り裂いたのである。


アキは母親と一緒に南を目指していた。

八月十五日以降も戦闘行為を止めないソ連軍は細長い樺太の島を猛スピードで南下しつつある。

守備隊としてソ連軍を食い止めている男以外は、できる限りの家財道具を背負い、小さな子供や老人の手を引いて南の豊原や大泊へと、懸命に逃げていた。

そこから船で北海道へ逃れるしか、もはや生き残る道はない。

難題があった。

鉄道が走っていない北部からは百キロ近い険しい山道を歩かねばならない。北国・樺太とはいえ、真夏の炎天下だ。食料や水も満足にはない。誰もが連日の強行軍で疲れ切っていた。

「――ソ連軍に追いつかれれば命はないぞ」

「――身ぐるみ剝がれて、妻や娘を奪われる……」

ギリギリの極限状態が人を「鬼」にしてしまう。

「かあちゃん、かあちゃん、助けて……」

小っちゃな声が切り立った崖の下から聞こえてくる。

「なんまんだぶ、なんまんだぶ」

今度は念仏だ。空耳ではない。しわがれた老人の声が次第に遠ざかってゆく。

手を合わせながら、幼子や動けないお年寄りを置き去りにしたのだ。

「どうか許してください」

「ごめんなさい」

そうしなければみんな死んでしまう。

「――どんっ」

アキの目の前で、若い母親が乳飲み子を崖下に突き落とした。

まだ二十代だろうか。髪は乱れ、顔色は真っ青。もはや正気ではない。

「堪忍してぇ、堪忍やでぇ」

最期に見たわが子の顔、泣き声は死ぬまで焼き付いて母親の心から離れないに違いない。

幼い兄妹なのだろう。そばで三人の幼子が必死に母親にしがみついている。

生き地獄のような光景が続く。

お札を握りしめながら息絶えているおじいさんの亡骸(なきがら)。おにぎりを二つだけ残して、置いていかれたおばあさんは、ふとんの上に正座し、お地蔵さんのようにじっと動かなくなっていた。

「――もう戦争は終わっている、日本は降参しているのよっ。それなのになぜ！」

非道なソ連軍に対する猛烈な怒り、悔しさがこみ上げてきた。


誠の優しい顔が思い出された。

今は多分、海の向こうの戦地にいる。

（もう、そこでは戦争は終わっているのだろうか……）

そっと自分のおなかをなでてみる。体調がおかしい。

もしや、と思う。

最後に会った三カ月前、初めて身体を重ね合った。どちらからでもない。

「生きて会えるのは最後かもしれない」

切ない思いが若い二人を自然にそうさせた。

「後悔はしません」

その瞬間、アキはそう告げた。かけがえのない大事な思い出だ……。

だが、感傷にひたっているひまはない。

かぶりを振って自分の気持ちを無理やり「現実」に引き戻す。

恐ろしいのは銃弾だけではなかった。ソ連軍の「赤鬼」たちは無抵抗な日本人女性に襲いかかり、乱暴を繰り返した。

「マダム、ダワイ（来い）！」

日本女性はソ連兵のこの言葉に震え上がった。

マンドリン（サブマシンガン）を突き付け、夫の目の前で犯された若妻もいる。抵抗すれば射殺。女性の年齢がどうであれ、結婚して子供がいようが見境がなかった……。


内地では「戦争が終わって」からもう一週間になる。

ソ連軍は樺太庁と第八八師団が置かれている日本の〝総本山〟というべき豊原に迫りつつあった。

アキと母親がやっとたどり着いた豊原の駅前には天幕に「大きな赤十字」を描いた休憩所が設けられ、逃げてきた避難民でごった返していた。住民は自宅にシーツを破いて作った即席の白旗を立て粛々とソ連軍の入城を待っていた。

そこへ、九機のソ連軍機が容赦なく襲いかかる。

「――ドーン」「ガシャン」

激しい爆音と衝撃とともにガラスが粉々に砕け散った。

「空襲だ！　待避だ！」

怒声が飛び、アキと母親は、あわてて近くの防空壕に飛び込んだ。

赤十字が描かれた天幕に大穴が開いている。爆弾と焼夷弾は、住民、避難民を直撃、この無差別攻撃によって一瞬で百人以上の命が失われた。

この三時間前、北部東海岸の知取で日本軍第八八師団の代表とソ連軍司令官による停戦交渉が行われている。

「満州ではすでに両軍が停戦に合意している。ただちに攻撃を止め、略奪、暴行、強姦など、なきようソ連側において厳守していただきたいっ」

満州での合意文書を示しながら停戦を迫る日本側にソ連軍はやっと合意に応じた。

合意時間は二十二日の正午ころだ。

豊原駅前の卑劣な爆撃は「停戦合意後」に起きたのである。

誤解している人がいるかもしれないが、南樺太は国際法上、現在も「ロシア領」ではない。

一九五二（昭和二十七）年発効のサンフランシスコ平和条約（ソ連は締約国ではない）で日本は領有権を放棄したが、その後の帰属については「未確定」のままである。だが、ソ連は一方的に自国領への編入を宣言し、日本人が築き上げた資産、インフラを強奪した上、いまだ実効支配を続けているのだ。

終戦当時、ソ連は樺太の日本人を帰化させ、「日本人自治州」にするつもりだったらしい。

何しろ鉄道、炭鉱、工場……みんな、日本人が作り上げたものである。

奪ったはいいが、日本人に去られては、たちまち立ちゆかなくなってしまう。

日ソ停戦成立後にソ連軍が行った豊原駅前の無差別爆撃は、日本人への恫喝だった。

「逃げようとすると死ぬぞ。いいか、おとなしくしてるんだ」

そう言わんばかりに……。


金ピカの帽子を被り、三㌢もある深紅のラインが入ったズボンをはいたソ連軍の司令官アリーモフが意気揚々と豊原へ入城してきたのは爆撃から二日後の八月二十四日朝である。たっぷりの酒肴を用意して恭しく迎えたのは山高帽にモーニングの樺太庁長官だ。

「ウイスキーにビール、日本酒、たばこもしこたまあるぜ。こんな高級品どこに隠してたんだよ」。遠巻きに見ていた住民から声が飛んだ。

たった二日前、この場所で日本人の、手が、足がもぎ取られ、血糊がこびりついていた。阿鼻叫喚の地獄絵図はどこへ消えたのか。無差別爆撃などなかったかのようにきれいさっぱりと片付けられている。

それどころか、振り袖姿の若い女性まで接待係として動員されている。

「ソ連軍のために遊郭も再開するんやて」

アキの母親が聞き込んできた話は事実だった。

急遽「その職業の女」たちが集められたが、女の数が足りない。

「――あんたらお願いできんか？」

アキと一緒に北から命がけで逃げてきた女子防空監視隊の少女たちに声が掛かった。

「それでも日本の男なの！　女にまですがって助かりたいんですか」

業者の男をにらみつけながら、アキは別の考えがひらめいた。

憎っくきソ連に、ささやかなお返しをするのである。

三人の後輩を集めた。

「――いい、あいつらに一発くらわすチャンスよ。アタシの作戦をよく聞いて」

アキは女学校時代から護身術の名手である。得意技は「金的」への強烈なひざ蹴り。

「まずはね、好色な『赤鬼』に服を先に脱がせること。武器を遠ざけるためよ。抱きつこうとしてきた瞬間、ぐっと踏み込んで急所に思いっ切りひざ蹴りを食らわす。イイ、怖がって躊躇しちゃダメよ」

ヒマワリのようなアキの笑顔。不安そうだった後輩の少女たちにも笑みがもれた。

「よし！　仇をとりましょう」

再開された遊郭の前にはたちまち「赤鬼」の列ができた。

「――ダワイ（来い）」

少尉の階級章をつけたイワノフという大男がさっそくアキに目をつけた。太い指を曲げて呼ぶ。三十代半ばぐらい、赤ら顔にワシ鼻、金色の口ひげの大男。毛むくじゃらの腕には筋肉が盛り上がっている。

「ど、どうぞ先に準備をしてください」

アキは恥じらう素振りをしてみせた。

あどけない顔を見て、すっかり安心したのか、イワノフは拳銃を外し、軍服を脱いで先に真っ裸になってしまった。

両手を広げ、アキを抱きしめようとしたその瞬間だった……。

(まだよ、がまん、がまん、怖がらないで)

「――う、うっ」

うめき声とともに、イワノフの巨体が床にドシンと倒れ込む。

顔は苦悶にゆがみ、立ち上がれない。アキの強烈なひざ蹴りが急所に炸裂したのだ。

「見たか！　日本女児をなめるなよ！　お前たちは無抵抗の女、子供にまで銃を向けたな。日本が降参してからも、日本人を殺し続けたな。大切な女の身体をなぶりものにしたな。そのお返しだよっ」

動けないイワノフの前で仁王立ちになりながら、アキは大声で叫び続けた。

「――バン、バーン！」

そのとき向こうで銃声が聞こえた。

順番を待ちきれないソ連兵が怒って発砲したようだ。混乱のすきをついてアキたちは遊郭から逃げ出した。イワノフはアキたちの暴行を上司に報告しなかったらしい。

「か弱い女に手玉に取られた」なんて、恥ずかしくて言い出せなかったのだろう。
だが、この事件はやがてアキに死よりつらい思いを味わわせることになる。
そして、戦後長くアキを樺太に閉じ込めることになってしまう。

六章 ——一九四五年　闇市

派手な花柄ワンピースを身につけ、指先には毒々しいマニキュア、挟んだたばこには真っ赤な口紅の跡……。

一目で分かる「夜の女」が米兵の腕にぶら下がって盛り場を闊歩（かっぽ）する。

だが、ほとんどの男はまだ、国民服に戦闘帽、ゲートル姿。女は着物にもんぺ。白いマフラーをなびかせ、飛行帽、長靴姿で、あたりに鋭い視線を飛ばしている若い男は「特攻隊」の生き残りかもしれない。

新橋、銀座、有楽町、新宿、上野、池袋――。終戦直後、雨後のタケノコのように出現したヤミ市は、アメーバのように形態を変えながら増殖を続けていた。

「カストリ焼酎、ビール、日本酒あります」

「優良品！」

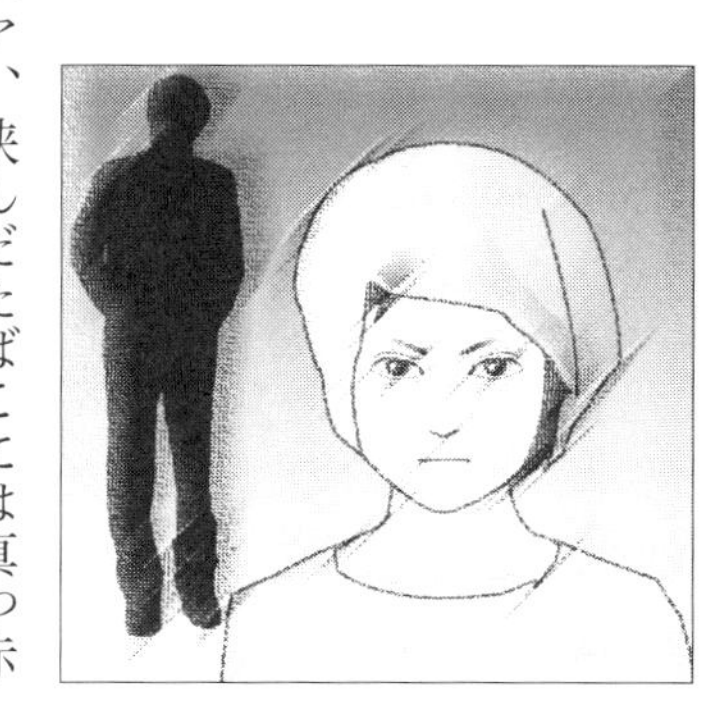

新橋の闇市にある、金東春（キムドンチュン）（金山春男）の飲み屋は三畳ほどの店内に、L字形のカウンターをしつらえてある。そこに丸イスを八つも並べれば満席だ。

カストリの原料は本来、酒粕だが、ヤミ市ではイモや米などを代用した。燃料用のアルコールを薄めた〝バクダン〟なる危ない酒もある。失明の危険があるメチルアルコール（メタノール）を混入させた粗悪品も珍しくない。

「ちょっと、ニイちゃん！」

夜もとっぷり更けたころ、国民服の中年男が声をひそめて天井を指さした。店の隅で話し込んでいた夜の女と商談がまとまったらしい。東春は、店の天井裏の狭いスペースを商売用に貸しているのだ。

――東春が店を構えて半年になる。

最初は屋台だった。自家製の朝鮮のどぶろく（マッコルリ）に朝鮮漬（キムチ）、モツ焼き（臓物）を並べた。原価はタダ同然である。

もうけた小金で職人を雇い、敷地を板で囲い、柱を立て、梁（はり）を通し、トタンで屋根を葺（ふ）き、掘っ立て小屋のような今の店をつくった。もちろん、自分の土地ではない。

ヤクザが怒鳴り込んできた。

「ウチのシマで勝手な商売は困るじゃねぇか」

東春を手で制しながら、白いスーツを着込んだ朝鮮人の兄貴分が大声を張り上げた。内ポケットからピストルを取り出し、すごんでみせる。

「――このチョッパリ（日本人への蔑称）が！　いつまで威張っとる。時代は変わったんだ。オレたちは『戦勝国民』『解放国民』なんだよっ」

「――ちっ」。舌打ちをしてヤクザは引き揚げていった。


終戦時、日本には二百万人を超える朝鮮人がいた。日本統治下で近代化された朝鮮の人口は倍増し、ダブついた労働力が、戦争に行った日本人の代わりに内地へなだれ込んだからである。

「朝鮮の田舎じゃ食えんからなぁ。日本へ行けば仕事がある。カネになる。わずかでも親へ仕送りもできる。よっぽど親孝行だ」

金東春も戦時中、仕事を求めて自ら玄界灘を渡ったひとりだ。

一九三九（昭和十四）年から始まった朝鮮人内地移送計画による「労務動員」（募集、官斡旋、徴用と制度が変わってゆく）と親類を頼ったり、自ら求人に応じるなどして「個別に渡航してきた」者。割合は圧倒的に後者が多い。

東春は官斡旋で、炭鉱夫になったが、途中で逃げ出し、工場や土木作業の現場など、条件の良い職場を探して転々とする。

戦争が終わっても東春は朝鮮に帰らなかった。

しばらくすると、仕事を求めて、再び日本へ戻ってきたり、混乱状態が続く朝鮮半島から新たに密航してくる人間が目に見えて増えてきた。

李哲彦（木下哲彦）もそうである。

「――朝鮮はひどいもんだよ。『解放万歳』『独立万歳』なんて騒いでいるけど、田舎へ行けば相変わらずロクな仕事はない。男は農作業の手伝い、女は子守ぐらいしかないからな」

哲彦は、友人の東春が住んでいる深川・朝鮮人集落のあばら家へもぐりこんでいる。

元は朝鮮南部の田舎の生まれだ。戦前、東京の私立中学（旧制）に編入したものの、父親が病気になり、いったん朝鮮へ帰った。一九四四（昭和十九）年から朝鮮人に実施された徴兵制の第一陣となり、朝鮮の部隊に入営したが、前線へ送られる前に終戦を迎えたのである。

「哲彦も軍隊じゃ苦労したろう。『朝鮮人だ』『半島人だ』っていじめられたんじゃないか。これから倭奴（日本人の蔑称）にはたっぷりお返ししてやるぜ。オレだって無理やり連れてこられて、炭鉱のタコ部屋で半殺しの目に遭ったんだからな」

どぶろく（マッコルリ）をあおって真っ赤な顔をした東春がそう言い放った。

哲彦は耳を疑った。

「オイオイそうじゃないだろう。オレもお前も、自らの意志で日本に来たんだ。そりゃ差別はあったさ。軍隊じゃ民族的な侮蔑を受けたこともある。だけどな、悔しいけれど、日本が朝鮮を近代化させた事実だけは否定しようがない。代わりにロシアや清（中国）が来てたらもっとひどい目に遭っていたろう」

「――いつからお前は売国奴になった！　近代化なんて、オレたちでできたんだ。もっともっと、うまくな。外国なんてよけいなお世話じゃないか」

東春の目がすわっている。

哲彦もムキになった。

「――そうかな。儒教の考えに凝り固まった朝鮮の支配者は『武』を軽んじ、『商工』を蔑（さげす）んだ。何よりもダメなのは、『自分たちだけがいつも正しい』『他が間違っている』という頑迷な思想じゃないか。今度の戦争だって、朝鮮人は勝ったんじゃない。日本人と一緒に負けたんだよ……」

いきなり、東春のこぶしが飛んできた。

テーブルが倒れ、どぶろくの杯とキムチを盛った皿がこなごなに割れる。

哲彦に体をかわされた東春は、酒と料理の汁で服をべとべとにしながら床に転がっている。

突然、低い笑い声がした。

「フ、フ、フ……まぁな、お前もそのうちにオレの言うことが分かるようになるぜ」

新橋のヤミ市で、「かつぎ屋」となったカズを最初に見初めたのは金東春であった。

「キレイな娘（こ）じゃないか。まるで掃きだめに鶴だ……。重い荷物を背負って身体が折れそうだぜ」

ヤミ物資を扱う「かつぎ屋」は米や野菜、魚介類を大混雑の汽車でもみくちゃにされながら卸売業者（ヤミブローカー）のもとへ運ぶ。女にはキツい仕事だった。警察の手入れもしばしばである。

東春は、ちっぽけな飲み屋と夜の女に屋根裏部屋を貸す怪しげな商売をやっている。清楚なカズをみて、ちょっとからかってみたくなった。

「オーイ、ねえちゃんよぉ、困るじぇねえか。誰に断ってここで商売してるんだよ」

くわえたばこにチンピラのような風体。東春は精いっぱいの尖った声ですごんでみせた。カズは答えない。姉さんかぶりの手ぬぐいにのぞく顔は雪のように白い。大きな瞳でキッと東春をにらみ返した。

「――なぁ、そんなケチな仕事よりも、オレの女にならねぇか。銀シャリを腹いっぱい食って、何でもぜいたくさせてやるよ」

いきなりカズの細腕をつかむ。

「やめてください。戦争に負けたからって、日本人として恥ずかしくないんですかっ！」

「日本人として、か。フッ、フッ……」

東春は鼻で笑った。

「やめないか春男！　お前はいつからそんな卑しい男になったんだ」

後に背の高い男が現れた。白い開襟シャツに学生帽、下駄履き。

李哲彦である。

「何だ、てつひこ（哲彦）じゃねぇか。冗談だよ、冗談。何にも知らないお嬢さんに、ここでの商売のやり方を教えてやってただけさ」

「――あなたはヤミ市なんかに出入りすべきじゃない」

哲彦は、カズの美しさにすっかり心を奪われていた。

七章 ―― 一九四五年　朝鮮人集落

「日本は負けた。オレたちは解放されたんだ。祖国へ帰って新しい国を築こう」

在日朝鮮人の団体である「在日本朝鮮人連盟」（朝連）は終戦から間もない一九四五（昭和二十）年十月十五日に産声を上げている。

東京・日比谷で開催された結成大会には、全国から約四千人が詰めかけ、大いに気勢を上げた。

「国へ帰る前にまずは母国の言葉だ」と日本生まれの二世らのために朝鮮語を教える国語講習所が各地にできた。これが後に、民族学校（朝鮮学校）の母体になってゆく。

朝連の主な目的は、帰国する在日朝鮮人の便宜を図ることや、日本での生活安定を支援することだったのだが、次第に共産主義者の影響下に置かれるようになり、組織の形を変えながら急速に左傾化してゆく。

先鋭化した一部勢力は日本人への暴行、不法占拠、電車・バスの無賃乗車に始まって、敗戦で無力化した警察・司法などへの武力闘争など、やりたい放題だった。それで「朝鮮人は恐ろしい」といったネガティブなイメージが日本人の中に染みついてしまう。

当初は「解放国民」として優遇措置をとっていたGHQも左傾化を嫌い、対決色を強めてゆくことになる。

朝鮮半島では北半分をソ連が、南半分をアメリカが占領していた。

三年後、「北」では金日成がソ連の独裁者・スターリンの肝煎りで首班となり、朝鮮民主主義人民共和国（北朝鮮）が、「南」ではアメリカから帰国した李承晩が「反共」「反日」をスローガンに掲げ、大韓民国（韓国）が建国された。さらに二年後には朝鮮戦争が始まり、全土が焦土と化してしまう。

混乱が続く中、李哲彦のように密航船に潜り込んで日本へ来たり、いったんは故郷へ帰ったものの、日本へ舞い戻ってくる朝鮮人が後を絶たなかった。

日本に残ることを選んだ朝鮮人と戦後、再びやってきた朝鮮人がない交ぜになり、やがて「在日韓国・朝鮮人」の一群が形成されてゆく。

金東春はどぶろく（マッコルリ）を飲むと、決まって李哲彦にからんだ。

「学校出ても結局お前は土方かよ！　チョウセン、チョウセンと見下されて悔しくねぇのかっ」

「まぁ、仕方がないさ。朝鮮の田舎でくすぶっているよりはマシだよ、仕事があるだけな……」

二人は東京・深川の朝鮮人集落に住んでいる。一九四〇（昭和十五）年〝幻の東京五輪〟の開催が決まったとき、各地に散らばっていた朝鮮人の集落を整理し、ここに粗末なバラックが建てられた。

終戦直後に、朝鮮人が大挙して国へ帰ったため、大量の空き家ができ、哲彦のような密航者がそこへもぐりこんだのである。

日本の旧制中学を出ている哲彦は日本でカネを貯め、大学に進むつもりだったが、密航者の朝鮮人である哲彦には土木作業員やくずひろいの仕事ぐらいしかない。ときどきは、ヤミ市の東春の商売を手伝いながら、在日朝鮮人組織の運動にも関わっていた。

在日朝鮮人の多くは、日本人が住まないような川沿いの低湿地などを不法占拠し、バラックを建てて朝鮮人集落を形成していた。

豚を育てて売ったり、どぶろくや朝鮮漬（キムチ）、モツ（臓物）焼きを出す飲み屋をやったり。差別と貧困にあえぎ、朝鮮人であることを隠し、日本名（通名）を名乗ることも多かった。哲彦は「木下哲彦」、東春は「金山春男」である。

「あの娘はどうしてるだろう。もう一度会いたい……」

哲彦は、新橋のヤミ市で会ったカズのことがどうしても忘れられない。東春の商売を手伝っているのも、それが目的だった。

やっと、カズを闇市で見つけたのは一カ月後である。

「――こんにちは」

哲彦は思い切って声を掛けた。

「――まぁ、あのときの……。本当に助かりました。お礼もちゃんと言えなかったので、気になっていたんですよ。ありがとうございました」

カズは頭の手ぬぐいを取り、哲彦の前で深々と頭を下げた。

「ボクは木下哲彦です。大学を出て、中学の教師をしています。よかったらお名前を聞かせていただけませんか」

全部ウソである。

カズと哲彦はときどき会うようになった。

終戦から間もなく一年、季節は初夏を迎えている。

復興の槌音は急ピッチだが、混乱、貧困、飢餓は相変わらずだった。

カズは、婚約者だった松男のことを忘れたわけではない。だが……。

叔母からは冷たい言葉を投げつけられ、針のむしろのような日々が続いている。

哲彦と話していると、少しでもそこから逃げられるような気がした。

「――カズさん、本当のことを言います。中学の教師というのも、大学を出たというのも実はウソなんです。今は大学の学費を稼ぐために作業員の仕事をしています。ウソをついて申し訳なかった」

ある日、哲彦は思い切って打ち明けた。

「ウソはこれで全部です。その上でボクとお付き合いしていただけませんか。そして、いずれは一緒になってほしい。どんな苦労もあなたとなら乗り越えられますから」

突然の告白にカズの心は揺れた。

「私には将来を約束した人がいるんです。『フィリピンで部隊が全滅した』と聞きましたが、私にはまだ信じられません。それがはっきりするまでは……」

哲彦はがっかりしなかった。

少なくとも拒否はされていない。

ひとつの提案が口をついて出た。

「――分かりました。とにかく叔父さんの家を出ませんか？　そして三年一緒に待ちましょう。それまではあなたに指一本触れません。部屋も別だ。近所には『妹』だといえばいい。あなたも行く場所がなくて困っているでしょう？」

カズは小さくうなずいた。

松男の消息は依然分からない。何よりも、窒息しそうな毎日から逃れたいという思いが背中を押した。

一九四六（昭和二十一）年夏、カズと哲彦は風変わりな「同居」を始める。

三年の期限付き。

カズは二十歳。哲彦は二十三歳だった。

だが、哲彦にはもうひとつ「大きなウソ」がある。

「朝鮮人」であるということだ。

（――どうしても言えなかった）

大きな苦悩を抱えたまま、哲彦はカズとの新しい生活にわずかな希望を託す。


ところが……。

李哲彦のウソはたちどころにバレた。

哲彦が、カズを連れて行った場所が深川の朝鮮人集落だったからである。

軒先で、おばさん（アジュマ）たちが話す、けたたましい朝鮮語。飼っている豚が食い散らかした残飯のエサ。朝鮮漬け（キムチ）や、どぶろく（マッコルリ）の匂いが立ち込める。どう見たって日本の町とは違う。ウソがバレないはずがない。

だが、ロクな仕事もなく、カネもない哲彦には、そこしか行くところはなかった。

「――てつひこさん」

カズは正座をして哲彦と向き合った。

「――どうして本当のことを言ってくれなかったのですか。私は人を民族で見たりはしません。あなたを誠実な方だと思っていたのに」

「――言えなかった……。キミを失いたくなかったんです」

哲彦は首をうなだれた。沈黙が続く。

ウソをついた哲彦の行為は許し難い。

それでも、カズが哲彦と過ごすひとときに心の安らぎを感じていたのは事実だ。

それに、今さら船橋の叔父の所へは戻るわけにもいかない。

「哲彦さん約束してください。もう絶対にウソは言わない、隠しごとはしない、って」

カズの言葉に哲彦の顔が急にほころんだ。

「もちろんです。ここに居てくれるんですね！」

だが、それは破綻の始まりに過ぎなかった。二人の約束は、哲彦によってなし崩しにされてゆく。

「妹」のハズが「嫁」だと吹聴する。

そして、何よりショックだったのは「三年間は指一本触れない」という約束を哲彦が破ってしまったことだった――。

カズは心底、自分の浅はかさ、世間知らずの甘ちゃんぶりが情けなかった。

「三年は婚約者の帰りを待つ」

「指一本触れない」という約束で李哲彦との「同居」を始めてから、まだ三カ月しかたたない。

酔った勢いで強引に体を重ねてきた哲彦に、カズの細腕は、抗いきれなかった。

(私がバカだった。もう松っちゃんには会えない)

悔しさ、怒り、恥ずかしさ……いろんな感情が交互にこみ上げてきて、涙すら出てこない。

憎からず思っていた哲彦が突然、男の欲望をむき出しにしてきた。それがうまく整理できないのだ。

哲彦にも言い分があったかもしれない。

部屋は別々、「妹の約束」だったとはいえ、同じ屋根の下に毎晩、好いた女が寝ているのである。

「――同居にはカズも同意したではないか」と……。

行為が終わった後、哲彦は「ゴメンな」とひとこと言ったきり、部屋を出ていった。

朝になると哲彦の姿がない。

カズは、何となく機先を制せられたようで、ひとり部屋の中でジッとうずくまっていた。

(どうしたらいいの……)

頭の中がぐちゃぐちゃだった。

哲彦も根は悪い男ではない。

かつては、日本に憧れて留学生となり、戦時中は日本人として軍隊に入った。

金東春みたいに「戦勝国民」を笠（かさ）にきて威張りちらすわけでもない。日本の地で、何とか食べてゆくために、底辺生活者の貧しい暮らしと差別の目に歯を食いしばって耐えてきたのである。

(哲彦さんとそうなってしまった以上、もはや添い遂げるしかない)

それは当時の日本人女性にとって、ごく普通の考え方であっただろう。

それに出て行こうにも、行くところも住むところもないのだ。

結局、カズは自分の心に折り合いをつけるしかなかった。

「――大丈夫だったかい？　もう、とっくにいなくなっていると思っていたよ」

四日目、やっと戻ってきた哲彦が、わざと明るく装い、軽口を叩いた。

カズはキッと哲彦を見据えた。

「私は出ていかない。けれど、あなたの言いなりにもならないわっ」

それだけいうのが精いっぱいだった。

哲彦に体を奪われる一件があってから、カズは部屋に閉じこもることが多くなった。

同居は続けているものの、気まずい雰囲気は消えない。松男の消息を捜しに足を運ぶこともなくなった。

（もう松ちゃんに合わせる顔がない）

そう思うと、涙がとまらなかった。

哲彦は、友人の金東春がヤミ市でやっている怪しげな商売を手伝っているらしい。進駐軍にもコネが利くようで、ときどき、見たこともないような高級な化粧品、洋服やスカーフをカズのところへ運んでくる。

「そろそろ機嫌を直せよ。ボクたちはもう『夫婦』だろ」

そんなことをいいながら、哲彦は酔っ払うと、たびたびカズを求めてきた。

カズにはもう抗（あらが）う気力がない。

（どうせ、元の体には戻れないのだ）

そう思うと、また涙があふれた。

八章

――一九四五年 シベリア・フィリピン

アキの「大事な人」誠は、シベリアを西へ向かう貨物列車にいた。

一九四五(昭和二十)年十月。

ツンドラの永久凍土とタイガ(針葉樹林)が果てなく続く寒帯の空には雪がちらつき、大地を白く彩り始めている。

満州の奉天(現中国・瀋陽)でソ連軍に武装解除された誠は、夏の軍服のまま、一両あたり七十人も貨車に詰め込まれ、横になることさえままならない。

「――『トウキョウ・ダモイ(帰国)』なんてウソッパチだ。オレたちは騙されたんだっ」

満州や朝鮮からソ連軍が強奪してきた日本物資の輸送を優先するので人の輸送は遅々として進まない。やっと、イルクーツクに近い収容所(ラーゲリ)にたどり着いたときには一カ月近くが経っていた。

「――それにしても寒いな。寒すぎる……」

誠は何度も手を擦り合わせた。

真冬にはマイナス五十度になる酷寒の地である。

丸太を積んだ粗末な宿舎に四段の蚕棚のベッド。食事は毎回、硬く酸っぱい黒パンに味のないスープだけ。生命を維持するだけでも精いっぱいなのに、厳しく、辛い強制労働が課せられる。木材の切り出し、道路工事、レンガ積み……。ノルマが達成できないと、わずかな食事さえも減らされてしまう。

「お前たちは捕虜なんだ。がまんしろ！」

監視兵は容赦なかった。文句を言えば営倉行き。

〝洋服ダンス〟と名付けられた拷問はとりわけ辛い。座ることもできない狭い箱の中に何日も閉じ込められてしまう。

赤痢、腸チフス、栄養失調……。

寒さと厳しい労働、粗末な食事で体力を奪われた日本兵は翌春を待たずにバタバタと死んでいった。

誠はもう一カ月も下痢が止まらない。あまりのひもじさで野草を食べたのが悪かったのかもしれない。微熱もずっと続いている。身体がだるい。

（オレはもうダメかも知れないな……）

ガリガリに痩せてしまった身体を眺めながら、ふと弱気になってしまう。

目を閉じるとアキの顔が浮かんだ。

勝ち気なキリッとした目、ニッコリほほ笑むと顔を出すえくぼ……。

何もかもが愛おしくてたまらない。

(アキ……。お前はいまどこにいるんだ)

「会いたい。もう一度だけでいい……」

声にならない慟哭だった。


福田武と誠はイルクーツクに近いラーゲリで同じ作業班になった。

同じ年ごろで妙にウマが合う。二人ともドイツ文学が好きで、ひもじさと寒さで眠れない夜は、マンやゲーテを〝サカナ〟に朝まで語り明かした。

誠は、アキの話をした。

二つ下の幼なじみで、気が強く、大の負けず嫌い。大阪生まれで里子に出されたこと。天満の天神さんのお守りを持っていたこと。

「——キミの近くじゃないのか?」

武は天満で明治から続く老舗の跡取りである。そのときは気にも留めなかったが……。

——さらに、三カ月が過ぎた。

シベリアは真冬を迎えている。

マロースと呼ばれる大寒波が容赦なく襲いかかってきた。零下五十度にもなるのに広い収容所にはたったひとつの石炭ストーブしかない。

衰弱がひどかった誠はいよいよ動けなくなった。

「――そ、そろそろお迎えが来たようだ。実はキミにひとつだけ頼みがあるんだよ。アキのことなんだ」

骸骨のように痩せ細り、目だけがギラギラと異様な光を放っている。

誠は四段の狭い蚕棚に身体を横たえ、苦しい息を継ぎながら懸命に武に語りかけた。

「もしもだよ、キミが生きて日本に帰れることがあったら、アキに伝えてほしいんだよ。『オレは本当に幸せだった』。そして、『キミは自由に生きろ』ってね」

一筋の涙が頬をつたう。

弱々しい笑みがこぼれ、それが最期になった。

収容所の日本人に課せられた作業のひとつに「墓穴掘り」がある。

ツンドラの硬い永久凍土は、ツルハシやスコップを容易に通さない。カンテラの火で少しずつ凍土を溶かしながら、掘り進めてゆく辛い作業だ。

だが、この日ばかりは武が作業を買って出た。

「――オレに掘らせてくれ」

墓地といっても、収容所の裏にあるシラカバ林の一角をただ掘っただけの場所。墓標もない。

(あの大きなシラカバの木が目印や。そこから右に五㍍、三列目の五番目がお前や)

冷たい土の中に誠の遺体を横たえ、胸に所属と名前を記した認識票を置く。

「絶対にオレはこの場所を忘れん。きっと、いつか、お前を迎えにきてやる！」


カズの婚約者、松男が、最後に見たのは、故郷へと続く海だった。

「——この海をずーっと、ずっと泳いでいったら日本に帰れるんだなぁ。東京は梅が咲いているころか。もっとも空襲でそれどころじゃねぇかもな」

一九四五年三月。フィリピン・レイテ島のジャングル。

エメラルド・グリーンの水面に熱帯の強烈な陽ざしがギラギラと照りつけている。

松男が仲間の男と、海を望む高台のちっぽけな洞窟に潜んでもう一カ月になる。

もはや武器もなければ、食料も水もない。ガリガリに痩せた松男の身体から異臭がした。

敵に撃たれた右足の傷が化膿（かのう）し、ウジが湧いている。マラリア蚊にやられたのか、高熱が下がらない。動くこともできず、じめじめとした狭い洞窟の中で横になっているだけだ。

「ニホンノヘイタイサン、デテキナサイ。十ダケカゾエマス。デテコナイト……」

日系二世なのだろう。なまりのある日本語の投降勧告が拡声器を通して聞こえてくる。

応じなければ、すかさず火炎放射器を洞窟内に放つ。ガソリンをホースで流し込み、中の日本軍兵士もろとも焼き殺す。

「バーベキュー作戦」と呼んだ悪魔のようなやり口だ。

「──『出てこい』ったって、こちとら動けねぇんだよ。この身体じゃどのみち助からねぇけどな」

前年秋に始まったフィリピンの攻防戦。

「──すぐ下にアメ公がたっぷり来やがった。ヤキトリだけはゴメンだぜ」

「レイテ決戦は天王山だ」

日本の首相はそうブチ上げていた。だが、戦艦、空母を総動員し、乾坤一擲（けんこんいってき）の大勝負に打って出た海軍の姿はもはやなく、敗残兵だけがジャングルを彷徨（さまよ）っていた。

米軍とフィリピンゲリラによる掃討作戦は執拗（しつよう）を極めている。

松男に最期が迫っていた。

「──オレはな、最後の最後まで戦うことにしたぜ」

松男が痩せこけた顔をゆがめてニヤリと笑った。

「──もう無理だって。手榴弾（しゅりゅう）で自決しよう」

「ダメだ。『日本人は絶対に諦めねぇ』『脅しに屈しない』というところを見せつけてやるんだ。そうすりゃヤツらも本土決戦を止（や）めるかもしれん。こんなしつこい連中と戦うのはもうこりごりだってな……」

カズの笑顔が目に浮かぶ。

「――泣き虫な女でよ。『オレが守ってやる』って約束しちまったからな。絶対にアメ公を本土へ上陸させるわけにはいかねぇ。オレはな、あの『笑顔を守る』ために死んで行くんだ」

「――こんなジャングルの中で誰にも知られず、死んでゆくのはちょっと寂しい気がするけどな」

「――なーに、何十年か後に、どこかのもの好きがやってきて、オレたちの骨を拾ってくれるさ」

松男は最後の力を振り絞り、敵陣めがけて猛然と駆け出していった……。

九章 ——一九四六年　樺太「北の街」

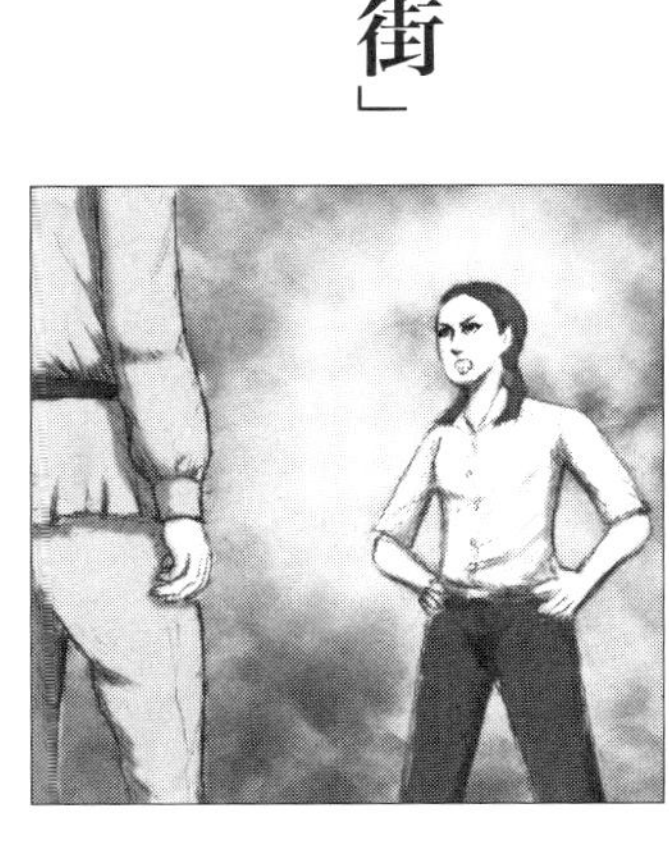

「——お前はオレの女になるんだよ。気が強いところがオレ好みだ。日本へは帰さないからそのつもりでいろ！」

イワノフは、すっかりアキが気に入ってしまった。ソ連軍のために再開された南樺太・豊原の遊郭で、アキに迫った揚げ句、急所に激しい一撃をくらい、悶絶してしまった「赤鬼」のようなソ連軍少尉である。

「——バカなこと言わないで！」

猛然とアキはかぶりを振る。

「——フ、フッ。お前は断れないんだよ。日本は負けたんだ。それとも、お前がかわいがっている後輩を代わりにいただいてもいいんだが……」

（汚いヤツめ！）

アキは唇をかんだ。

終戦直前、〝火事場泥棒〟のように攻め込んできたソ連軍は南樺太の地を蹂躙（じゅうりん）し尽くし、領有を宣言、自国のハバロフスク州に編入してしまう。

そして樺太庁があった豊原に民政局を置き、軍政を開始した。

《日本人は内地へ帰さない。元いた場所に戻し、仕事に就かせろ。そしていずれはソ連に帰化させる》

これがソ連軍政の基本方針であった。

ソ連軍に追われ、命からがら南へ、南へと逃げてきた避難民は振り出しに戻された。役所、工場、炭鉱の幹部にはソ連人が就く。朝鮮人が続き、日本人は一番下に置かれた。武装解除された日本軍人、警察官、官吏、大企業の幹部らは収容所に入れられ、次々とシベリア送りにされてしまう。

本土へ逃げ切れなかった三十万人近い日本人は内地との通信を遮断され、「檻（おり）のない監獄」に閉じ込められた。

監視、密告、刑務所送り……秘密警察による監視網がまたたく間に張り巡らされ、暗黒の生活が始まったのである。

イワノフは、アキを母親から引き離し、強引に自宅まで連れていった。将校用に接収した製紙工場の社宅である。

「アキ、お前なら立派な軍人になれるぜ。ソ連軍には女の将校だっている。いずれお前を、ソ連人にして、出世もさせてやるぞ」

「それにな……、お前ほど美しい女は見たことがない」

こっちがホンネらしい。

アキは猛烈に腹が立ってきた。

両手を腰にあて、大男のイワノフを見上げるように仁王立ちする。大きな目でこうみつけた。

「イイ、よく聞いて。アタシのお腹には赤ちゃんがいるの。大切な、大切な人の子よ……。だからアンタの女なんかにはならないし、もちろんソ連人にもならない。アタシはね、日本女児なんだからっ！」

「——腹に子供だと……」

イワノフも驚いたようだ。

だが、冷酷な言葉がアキを打ちのめす。

「お前の『大切な男』なんて、とっくに戦死しているだろう。生き残っていたとしても、これから寒い土地に行く。もうお前のところへは永久に帰れんさ」

意地悪くニヤついているイワノフにアキは猛然とつかみかかった。強烈なひざ蹴りを繰り出す。

「おっと、その手は二度と食わんぜ」

大きな手で跳ね返され、アキは床に尻餅をついてしまった。

「いいだろう、子供はここで産め。オレの女にはならなくていい。その代わり、お前には大事な任務を与えてやる。『スパイ』になるんだっ」

「スパイですって？　日本人を裏切るようなことをアタシがやるわけないでしょう」

怒りで体が震える。

「――クッ、お前は、まだ自分の立場が分かっていないようだな。日本は負けたんだよ！　寛容なことに、日本人にも、わが国の社会主義建設に協力させてやろうといっているんだ。難しいことではない。お前は『反革命』『反ソ連』のヤツを見つけて、オレに教えてくれればいいんだ」

どうやらイワノフは秘密警察の人間で、日本人の監視業務を担当しているらしい。

「ただし、子供が生まれるまではオレの家に居てもいい。腹のデカイ女にスパイは無理だからな。それまではメイドの仕事をやれっ」

有無をいわせぬ口ぶりだった。

南樺太に残された日本人は、ラジオや自動車の供出を命じられた。内地への通信はもちろん、樺太内でのやりとりや移動の自由さえも厳しく制限されてしまう。先に内地へ逃れたり、戦地へ行った家族や大切な人の消息がまったく分からなくなった。

やっと樺太の日本人が落ち着きを取り戻し始めたのはソ連軍の進駐から一、二カ月が過ぎたころである。

学校の授業も再開された。

ただし、教育内容はまるで違う。ソ連国旗の掲揚、ロシア語の授業、そして小学生にまで「密告」が奨励された。

「――アイツはソ連のスパイだ、気をつけろ」「日本人の中にも潜り込んでいるぞ」

ヒソヒソ話がくりかえされた。

課せられた労働を休んだり、仕事のミスをしただけで刑務所に放り込まれた日本人は二万人に及ぶ。引き揚げのめどはまったく立っていなかった。

やがて、ソ連から労働者や軍人の家族らが大量に樺太になだれ込んでくる。イワノフの妻が来たのは年が明けたころだった。

「この汚らわしい日本人の女はいったい誰なの？　それにこのお腹……。今すぐこの家からたき出してちょうだい」

ヒステリックな声が響き渡った。

長い金髪に蒼（あお）い瞳。イワノフの妻、ナターシャが半年遅れで、樺太にやってきたとき、アキは臨月を迎えていた。

「ち、ちがうんだよ。ナターシャ、彼女はただのメイドだ。おなかの子の父親はもちろんボクじゃない。計算すれば分かるだろっ」

「そうかしら？　メイドなら、こんなおなかの大きな女をわざわざ雇うことはないじゃないの。何か別の理由でもあったのかしら」

夫が好意以上のまなざしをアキに向けているのを感じとったらしい。

その日は何とか済んだ。さすがのナターシャも臨月のアキをたたき出すわけにはいかなかったようだ。確かに、夫の子供なら計算は合わない——。

間もなくしてアキはイワノフの家で、誠との子である長男、崇（たかし）を出産する。

一九四六年春だった。

あんなに敵意をむき出しにしていたナターシャは崇が生まれたとたん、まるで自分の子のようにかわいがり始めた。

「まぁ、何てかわいい赤ちゃんなのかしら。崇なんて名前はダメよ。私たちはこの子を『ユーリ』と呼ぶわ。ねぇ、いいでしょう」

イワノフ夫妻に子供はいなかった。

ナターシャは勝手にロシア風の名前までつけて、崇を片時も離さない。

やがて、とんでもないことを言い出した。

「アキ、ユーリを私にちょうだい。あなたがひとりで育てていくなんてとても無理だわ。父親は戦争で死んでしまったんでしょ」

容赦のない言葉にアキは思わず、ナターシャの頬を打ってしまう。

敗戦国民のアキが、占領軍の将校の妻の頬を打つ。許される行為ではない。刑務所へほうり込まれてもおかしくないのだ。

そうならなかったのは夫のイワノフが懸命にナターシャをなだめたからである。

「覚えてらっしゃい。あなたは、きっと後悔することになる。死ぬよりも苦しい苦痛と屈辱をあなたにたっぷりと味あわせてやるわ」

冷ややかにそう言い放ち、プイと部屋を出ていってしまった。

「――いいかアキ、これだけは言っておく。死にたくなかったら立場を考えろ。お前たちの命なんて、オレの指一本でどうにでもできるんだ。次はないぞ」

毛むくじゃらの太い指を突き付けながらすごんだイワノフが部屋から出ていってから、アキは崇を力いっぱいに抱きしめた。

「――絶対にアタシはあなたを離さない。どんなことがあっても……」

引き揚げのめどがまったく立たない樺太の日本人はソ連軍政下の暗黒社会の中で懸命に生き抜くしかなかった。

ひどい略奪や女性への暴行がなくなったわけではない。「反ソ行為」「資本主義援助」などという罪名をかぶせられ、刑務所やシベリア送りになる日本人も依然、後を絶たなかった。不当な言いがかりだと分かっていても、逆らえば生命の保証はない。

イワノフは再びアキにスパイの話を持ち出した。

「――『スパイなんて絶対にやらない！』って言ったでしょ」

「――フっ、フっ……まぁ、そんなにいきり立つな。オレの話を聞くんだ。お前にも関係があることだからな」

「厄介なオヤジが一人居るんだよ。国民学校の校長でね、われわれが脅してもすかしても頑として言うことを聞かんのだ。下っ端の連中じゃ埒があかん。オレが出張ってゆくことになったわけさ」

（父さんに違いない！）

アキはそう直感した。

「――そう、お前の父親だ。何食わぬ顔をして父親の家に戻り、動向を知らせてくればいい」

話を聞いて、アキは怒るよりも、父親のことを頼もしく思った。

「――イイ、よく聞きなさい。父さんは武家の生まれよ。卑怯なことや曲がったことが大嫌い。誇り高くて、恥ずかしいことをするぐらいなら堂々と死んだ方がマシって考えている。日本人はずっとそうした精神を守ってきたの。火事場泥棒のようなアンタたちとは違うのよっ」

アキの父、清は「北の街」で国民（小）学校の校長を務めていた。

官舎で夕食の食卓を囲んでいたとき、突然、三人のソ連軍将兵が朝鮮人の通訳を連れて乗り込んできたことがあった。

「明日の朝までに国民学校の校舎とこの家（官舎）を明け渡せ。分かったな」

日本式居間の畳の上へ、ドカドカと土足で上がり込み、有無を言わせぬ口ぶりである。

清は箸を置いて静かに立ち上がった。

「――ここは日本人の家だ。夕食中にいきなり土足で上がり込むとは無礼にもほどがある。まず降りろ！」

清の態度は毅然として、揺らぐことがない。

一人の兵士が夫婦に向けてマンドリン（サブマシンガン）を腰だめに構えるのが見えた。

「――殺される……」

母親は真っ青になった。

清は顔色ひとつ変えない。

「日本は確かに戦争に負けたかもしれん。だが、礼儀というものがあるだろう。それに学校は日本人が建てたものだ。勝手にあなたたちに渡すことはできない。どうしても、というのなら、正式な書類を作って持ってきなさい。話はそれからだ」

一歩も引かない清の態度に圧倒されたのか、翌日、上の階級の将校が現れ、紳士的な交渉の末、学校校舎は明け渡さずに済んだ。

秘密警察の人間であるイワノフにはそのやり方が生ぬるく映ったらしい。


イワノフは狡猾で強欲な男だった。

「どうしてもスパイをやらないならば、ナターシャがいうように、お前の一番大事なものをもらうしかない。ユーリ（崇）だ。今度は命の保証もできないぞ」

アキは背筋が凍りつくのを感じた。

（父さんを裏切るなんてできっこない。でも、崇だけは絶対に渡せない……）

「――クっ、どうした。お前はどっちを選ぶんだ。日本人が大嫌いだという『卑怯なこと』とやらを、たっぷりとやらせてやろうというんだ」

アキは自分の心にカギを下ろした。キッとイワノフをにらむ。

「分かったわ。父さんの所へ行く。だから、崇には手を出さないと約束してちょうだい」

「ユーリは当分の間、ナターシャが預かる。『人質』だと思え。お前がちゃんと仕事をするか、どうか分からないからな。父親には子供を産んだことは内緒だ。豊原で親切なソ連人にかくまわれ、ずっとメイドの仕事をしていた、とでも言えばいい」

一九四六年四月、アキとイワノフは「北の街」へ向かう。

イワノフはこの地の秘密警察のトップに就き、妻のナターシャと崇が一緒の家に住むことになった。

アキにとって、両親と会うのは、終戦直後以来である。不本意な形とは言え、再会がうれしくないはずはない。両親の懐かしい顔が浮かび、胸が締め付けられた。

清は、国民学校から名前が変わったソ連の初等・中学校付属日本人学校の校長になっていた。清の毅然とした態度によって、明け渡しを免れたあの校舎である。

「――アキ、無事でよかったな。母さんからお前が『豊原でソ連の軍人に連れて行かれた』と聞いて、心配していたんだが、お前のことだ。『必ず無事でいてくれる』と私は信じていたよ」

もう、こらえきれなかった。

大粒の涙が、アキの小麦色の頬をつたう。

(やっぱり、父さんにウソはつけない)

アキは、すべてを父親に打ち明けることにした。イワノフにスパイを命じられたこと。誠の子である崇を産み、「人質」に取られていること……。

「――そうか。辛かったな」

清は労るようにアキの肩に手をかけた。

「――いいかアキ、お前はだまってスパイをやりなさい。ありのままを報告すればいい。なぜなら、私は何ひとつやましいことをしていないからだ。それを理解してくれるソ連人だっているんだよ」

清はあくまで冷静だった。

北国・樺太は短い夏を迎えている。

意外なことにイワノフは秘密警察の仕事よりも利権あさりに熱を上げているようだった。地位をかさにきて、コルホーズ（集団農場）の実権を握り、日本人に作らせたジャガイモや黒パンなどを横流しし、せっせと私腹を肥やしているらしい。

最近は、アキが父親や周囲の日本人の行動を報告しても、どこか上の空だ。

（イワノフがここへ来たがったのはきっと、「利権」が狙いだったんだわ。父さんのことは口実。強欲で汚いヤツめ）

辛いのは崇に会えないことだ。手を伸ばせば届くような近い所にいるのに。何度、アキが訪ねても、ナターシャが会わせてくれない。

イワノフの横暴ぶりは目に余るものがあった。ソ連軍の中でも悪評が酷い。

やがてアキは、民政署のソ連人秘書が「イワノフを告訴する」というニュースを耳にする。

秋を迎え、北国・樺太は日ごと朝晩の冷え込みが増していった。

（もうすぐ雪が降る。崇は元気でいるだろうか……）

イワノフを告訴しようとしていた民政署の秘書は、アキの父親、清と昵懇（じっこん）の仲だった。同じソ連人として、イワノフのあまりの横暴ぶりを見逃せなかったらしい。

樺太ではやっと日本人引き揚げの話が持ち上がり始めていた。

その際、日本人の主要な個人資産は「ソ連へ寄贈」させられるという。

イワノフはそこに目をつけた。本来は、ソ連へ寄贈すべき資産を自分の懐へ入れ、拒否する日本人には「お前は日本へ帰さない」と脅しているのだ。

「――日本人として許せない行為だ。私は民政署の秘書と連名でイワノフを告訴することにしたよ。これはすべての日本人にかかわる問題なんだ」

清は家族の前でそう宣言した。

明治の男である。

どんな不利な状況にあっても、曲がったことは見過ごせない。一度言い出したら頑として聞かない。

「お父さん！　そんなことしたら、タダでは済みませんよ。家族全員が刑務所に放りこまれ、殺されてしまう。考え直してっ」

母親は半狂乱になった。

アキは黙っている。

（お父さんらしい。でも……）

「アキ、お前には迷惑がかかるかもしれない。心配なのは崇のことだ」

アキはもう一度、自分の心にカギを下ろした。

「——大丈夫よお父さん。アタシと崇のことなら心配しないで。どんなことになっても守ってみせるから」

敗戦国民が戦勝国の将校を訴える——。まるで勝ち目のない裁判に清は打って出た。

告訴を知ったイワノフが顔を真っ赤にして飛んできた。鬼のような形相である。

「——お前たち、よくも訴えたな！　もう絶対に日本には帰れないぞ。シベリアに送ってやる！」

頼みの綱だった民政署秘書からはずっと連絡がない。イワノフによって違うポストへ飛ばされてしまったらしい。

絶体絶命だった。

「もうお終(しま)いやわ。みんな死ぬんや」

不安におびえる母親はついに寝込んでしまった。

清だけが悠然としている。

そして、告訴から一カ月。

イワノフに飛ばされた元民政署のソ連人秘書が笑顔で駆け込んできた。

「やりました。告訴受理です。判決を言い渡すから二人そろって裁判所に出頭するよう命令書が届いたんです。これは勝てますよ」

「北の街」の地方裁判所。判決言い渡しの日。清には、法廷が見渡せる特別席が用意されていた。被告席から、巨体のイワノフが憎悪に満ちた目でにらみつけている。

裁判長の声が法廷に響く。

「被告人は、共産党員資格、軍歴剥奪。シベリアの刑務所で重労働九年に処す」

信じられない、といった表情のまま、イワノフはがっくりと膝をついた。

「どうか、どうか、お慈悲をください……」

なりふり構わず懇願するイワノフに裁判長は冷たい一瞥をくれただけでさっさと退廷した。

元秘書が清に手を差し出す。

「イワノフは、あまりにもひどいことをやりすぎた。あなたの勇気と正義が勝ったんだ」

「いえいえ、ソ連人のあなたが一緒に告訴してくれたからですよ」

二人はガッチリと両手を握り合った。

アキも清の勝訴はうれしかった。

けれど、不安な気持ちがもたげてくるのも抑えきれない。

(このままでは済まない、たぶん……)

悪い予感はすぐに当たってしまう。

判決の次の日。夜叉のようなナターシャが金髪を逆立たせ、家の前に立っていた。後ろにはマンドリン(サブマシンガン)を持った二人の兵士を従えている。

「アキ、お前には死ぬより辛い苦痛を味わってもらうわ。ユーリ(崇)は二度と抱かせない」

「お前は朝鮮人相手の娘子軍（慰安婦）になるのよ。これだけの器量よしなんだ。きっと売れっ子になるわ」

凍り付くような冷酷な目をしていた。

十章 ――一九四六年 レイテ島

九割以上の日本人将兵が敵弾に斃(たま)れ、補給を失い、戦死した地獄さながらのレイテの戦い。強烈な思いだけが、松男を突き動かした。

「カズを守るためにオレは死ぬ」

「本土には絶対にアメ公を上がらせねぇ……」

撃たれた右足が化膿(かのう)し、ウジが湧いている。マラリアによる高熱が止まらない。もはや、銃弾も食糧も水もない。立つことすらままならない体を奮い立たせ、「最後の最後まで戦い抜く」ことを決意したのである。

「こんなしぶとい連中と戦うのはもうイヤだ」という思いを米軍に植え付けるためだけに、だ。

あれから半年――。

松男は、レイテ島東海岸の俘虜(ふりょ)収容所にいた。

戦争はすでに終わっている。

米軍のジープがせわしく行き交い、米兵の陽気な嬌声が響いている。避難していた現地のフィリピン人にもようやく平穏な暮らしが戻りつつあった。

(なぜ、オレだけが生き恥をさらしてまで、ここにいるんだ)

松男は自分の心をうまく整理できない。

あのとき、最後の力を振り絞り、仲間の男と一緒に敵陣めがけて斬り込んでいったのではなかったか。

「タン、タン、タンッ」

敵による乾いた銃声を間近で聞き、撃たれた衝撃を体に感じたことまでに覚えている。だが……。

松男はちょうど、撃たれて戦死した仲間の男の体の下になり、致命傷には至らなかった。意識を失ったまま倒れているところを、敵兵に発見され、俘虜として収容されたのである。

収容所には約二百人の日本人将兵がいた。他の島から移送されてきた者もいた。

松男のように負傷したところを収容された者、自ら投降してきた者――。

俘虜を示すＰＷと背中に大書された作業服を着せられることを除けば、待遇はそれほど悪くはない。

食事は一日二食、米軍の携行食やコーヒーも出る。簡易の折り畳みベッドに毛布が支給された。

だが、日本人俘虜にとっては悪魔のような使者が突然、扉をたたく。

「『タナカ』という名前の者は全員、出ろ！」

戦犯の追及が始まったのである。

松男の名字も「田中」であった。


レイテ島は、約七千の島々からなるフィリピンの真ん中よりやや南にある。一年中、ほぼ高温多湿の熱帯性の気候で、時折やってくるスコールがシャワーのように一服の清涼を与えてくれる。

「タナカ」の呼び出しがあったのは、久々のスコールがひんやりした空気を運んできた直後だった。

十人の「タナカ」が整列した。

赤ん坊を背負ったフィリピン人の若い女が、食い入るように、ひとりひとりの顔を調べてゆく。〝首実検〟だ。後ろには銃を持った米兵が控えている。

「お前じゃない」

「もっと背が高かった」

女は夫や親族を、食糧を奪いにきた日本兵に皆殺しにされたのだという。

松男は堂々と立っていた。住民の殺害事件があった場所には一度も行ったことがなかったからである。

隣の男の様子がおかしい。真っ青な顔をして小刻みに体を震わせている。

(――コイツだな)

同じ名字ということで松男とも仲が良かった四十がらみの男だ。内地には妻と幼子四人が待っており、「早く日本へ帰りたい」と話していたのを覚えている。

松男の順番が来た。

そのときなぜ、そんな行動を取ったのか。自分でもよく分からない。

突然、大声で叫んでいた。

「――オレだ、オレがやったんだよ。さぁ、よくオレの顔を見ろ、思いだしただろう」

女は、ありったけの憎悪をむき出しにして、松男にむしゃぶりつく。甲高い声が響いた。

「そうだ、お前だ、(夫を)返せ、返せ!」

隣の男が「信じられない」といった表情で松男を見つめているのが分かった。

ニヤリと不敵な笑みで返す。

(どうせ、誰かが〝犯人〟にされるんだろ。オレはあのとき死んだんだ。今さら惜しい命じゃねぇ)

「カズを守るために」と最後の力を振り絞って敵陣に斬り込んだとき、仲間の男だけが死に松男は生き残った。今も自分の心が整理できないでいる……。

松男は、ルソン島へ移送されることになった。

遠巻きに眺めていた村の少年が、「お前は死刑だ」とばかりに手刀を首にあてている。

監視の米兵が行き先を教えてくれた。

「戦犯収容所だよ」

松男はレイテ島からルソン島マニラ南郊の収容所に移送された。

そこから戦犯裁判を行うマニラの軍事法廷に通う。

裁判はわずか四日間で終わった。

松男に掛けられた容疑は、複数の住民の虐殺、レイプ、略奪行為など十項目。弁護人はついていたが、起訴内容をくつがえす証人や証拠を見つけることは不可能に近い。

もとより、別の「タナカ」の身代わりになった松男は事件の現場に行ったことさえないのである。

〝犯人〟とされた「タナカ」だって、本当に戦争犯罪に該当するような罪だったのか？　戦争の中で行われたことである。武装しているゲリラと住民をとっさに見分けることは容易ではない。

（結局は、最初から結論ありきじゃねぇか……）

「――デス・バイ・ハンギング（絞首刑）」

判決を言い渡す裁判長はまるで、役所の窓口で書類を渡すがごとく事務的な口調だった。

エアコンなどない熱帯の軍事法廷は、蒸し風呂のようなひどい熱気と湿気に包まれている。

ひとり松男だけが、暗く冷たいところへ持っていかれたような不思議な感触を味わっていた。


「――隊長殿っ、助けてくださいよ。私は隊長殿の命令に従っただけじゃないですか。どうして、私が死刑にならなくてはいけないのですかっ、死にたくない……」

じっとりと肌に粘りつくような熱帯の空気を一瞬で凍りつかせるような悲痛な叫び声だ、松男が入っている独房まで響いていた。

いくら耳をふさいでも、声は消えない。まるで、ナイフで体に刻まれたように。

まだ三十代半ばの若い士官は、上官の命令でフィリピン人の俘虜を殺害していた。ところが、実行犯の若い士官が死刑なのに上官は終身刑であった。

死刑執行のとき、男は金網にしがみついて離れようとせず、最後には、しがみついている指をナイフで切り落とし、引きずられるようにして「十三階段」を上ったのだという。

（ひとごとじゃない。いつオレの順番が来るか……）

別人の「タナカ」の罪を被（かぶ）り、フィリピン・マニラの軍事法廷で「絞首刑」の判決を下された松男は、再び郊外の戦犯収容所に移されていた。

死刑執行は夜更けが多い。

〃使者〃は突然やってくる。

夕食後に囚人仲間と歓談したり、碁を打っていたらいきなり〃呼び出し〃がかかり、そのまま帰ってこなかったこともあった。

「墓穴が新たに掘られた」

「（引導を渡す）教誨師が明日は泊まるらしい」

こんな噂が流れるたびに、戦慄が走り、動悸が激しく胸を打つ。看守の靴音だけに神経を研ぎ澄まし、まんじりともせずに朝を迎える。

そうやってやっと「今日も生き延びた」と息をつく。精神がズタズタになっても不思議ではない。

戦犯の「A級」（平和に対する罪）と俘虜や住民の殺害・虐待などに問われた「B、C級」は罪の軽重で区別されているのではなかった。

死刑を執行された千人近い戦犯のうち、A級は七人だけ。残りはすべてB、C級である。
B、C級は「上官の命令に従っただけ」という若い将校や下士官クラスが多かった。
「首実検」で現地住民の言うなりに逮捕されたり、その場に行ったこともなく、明らかに冤罪を着せられた死刑囚も少なくない。外地の戦場から生還したのに日本で逮捕され、再び連れ戻された者もいる。

「――オレは人間ができてねぇな」

松男もまた〝死の恐怖〟と懸命に闘っていた。

十一章

一九四七年　樺太・慰安所

「——娘子軍？　〝売れっ子〟？　一体何のことなの」

アキはナターシャから突き付けられた言葉がまったく理解できなかった。

「朝鮮人に売るのよ、あんたを。日本人の男は戦争でみんな死んじゃったか、寒いところ（シベリア）へ行ってしまったでしょ。ここには朝鮮人しかいないのよ。彼らも朝鮮には帰れないから、日本人の女を欲しがってるわけ。あんたならきっと高い値が付くわ」

ナターシャの目が意地悪く笑っている。

アキは昂然と言い返した。

「バカなこと言わないで。そんなことより早く崇を返してちょうだい。崇はどこなのっ」

「ユーリ（崇）は二度と抱かせない、って言ったのを忘れたのかしら？　イイ、私はユーリを立派な軍人に育て上げることにしたのよ。シベリアの刑務所送りになるバカな男（イワノフ）

のことはもう忘れたわ。日本人に裁判で負けるなんて、恥さらしもいいとこ。私の父はあんな男よりずっと偉いのよ」

ナターシャの父親はソ連軍や民政局にも顔が利く実力者だった。どうやら、判決で軍歴や党歴を剝奪され、シベリアの刑務所で重労働を命じられた夫には早々と見切りをつけてしまったらしい。

「——分かっているだろうけど、あんたは私の命令を拒めない。『敗戦国民』だからよ！　でもね、最後に一度だけ、ユーリの顔だけ見せてあげるわ」

ナターシャの胸に抱かれた崇の姿が見えた。

もうすぐ一歳、見違えるほど大きくなっている。鼻筋は誠そっくり、大きな目はアキにそっくりだった。

（崇！　どんなに会いたかったか……）

ところが崇はアキを見たとたん火がついたように大声で泣き出した。

ナターシャの胸に顔を埋める崇——。

戸惑うアキを、勝ち誇ったようなナターシャの顔が見下ろしていた。

「分かったでしょ。ユーリはね、もうあんたの顔なんてとっくに忘れちゃったのよ！」

「娘子軍（じょうしぐん）」（慰安婦）とは、日本から東南アジア、インド、アフリカまで出ていった「からゆきさん」のことだ。日本時代の南樺太にもまた遊郭や慰安所があり、日本人酌婦（慰安婦）も朝鮮から来た女もいた。公娼制度があった時代である。

樺太の朝鮮人のほとんどは高賃金にひかれて自ら海を渡ってきた労働者だ。若い単身者のため、炭鉱などでは「朝鮮料理屋」と呼ぶ慰安所が設けられていた。経営者の多くは朝鮮人であり、酌婦もまた彼らが募集して連れてきた朝鮮人が多かった。

それは、「朝鮮人労働者が同胞の女を求めたから」にほかならない。

戦後、ソ連の軍政下で樺太の遊郭や慰安所は閉鎖を命じられ、仕事をやめない〝夜の女〟たちは刑務所にほうりこまれてしまう。酌婦は樺太から姿を消したはずであった。少なくとも表向きには……。

それには理由がある。ソ連が樺太に閉じ込めたのは約三十万人の日本人だけではない。約一万五千人の朝鮮人もまた、故郷へ帰さなかった。戦後、ソ連によって再開された炭鉱で再び働き始めた朝鮮人労働者と、同じく帰れなくなった朝鮮人酌婦。食べていくために、ひそかに仕事を続けざるを得ないケースもあっただろう。

帰れなくなった朝鮮の男はまた結婚相手として日本人の女を求めるようになる。〝人身売買〟に近いような結婚や、「家族を刑務所に入れるぞ」と脅され、泣く泣く従った日本人女性も少なくなかった。

翌朝、ナターシャがソ連軍の兵士を従えて、アキを迎えにきた。

崇の姿はない。

「あんたを買った朝鮮人の所まで（ソ連）軍の車で送ってあげるわ。ここから車で二時間ばかり行った炭鉱のそばよ」

「崇を返してちょうだい。どんなことでもするから、お願いだから……」

ナターシャにすがりつこうとしたアキを兵士がじゃけんに払いのけた。

「――フン、まだ諦めないの？　ユーリ（崇）はあんたの顔なんてとっくに忘れちゃっているのにねぇ。イイわ、素直に朝鮮人のところへ行くのなら、ときどきはユーリに会わせてあげる、本当よ」

そんな「約束」を信じたわけではない。

だが、崇を人質に取られている以上、従うしかない。それにも増して「（崇は）母の顔を忘れた」というナターシャの言葉がアキの心を切り裂いていた。

崇の父親である誠の消息は今も分からない。イワノフがいう「寒い土地」へ行ったのか、生きているのかどうか、もだ。

手を伸ばせば届きそうな内地では、すでに戦後の新しい槌音（つちおと）が高らかに響いているというのに、この細長い島の中はまだ時間が止まったままだ。

先が見えないことほど辛（つら）いことはない。捨て鉢になっていたのか……。

「コクリ」とアキが小さくうなずいたのを承諾のサインと受け取ったのだろう。ナターシャはせき立てるようにアキを軍の車に押し込んだ。

アキを買ったという朝鮮人は十歳は年上に見えた。細身を国民服に包み、柔和な笑顔をアキに向けている。物静かで、メガネの奥から愛嬌(あいきょう)のあるドングリまなこがのぞいていた。

男は朴大成(パクデソン)と名乗った。

(——学校の先生みたいな人)

そう思ったのもつかの間。朴はいきなりアキの体を引き寄せた。見かけによらず強い力で、抗(あらが)うアキをたちまち抱きすくめてしまう。

「よく来たな。ここにやってくる女には、みなこうするんだよ」

朴はニヤリと笑って体を離した。

周りを見渡してみる。

かなり大きな家らしい。

小部屋がいくつもある。アキと同じくらいか、もっと年下であろう娘たちの姿がさっきからチラチラのぞいていた。

「こんな仕事をして恥ずかしくないのですか。同胞の女性を食いものにして!」

言葉にとげを含ませたつもりである。

「こんな仕事って、酌婦(慰安婦)のことか? 世間ではピー屋と呼んでるがな。つまり、今じゃ裏稼業になった商売というわけだ」

アキは絶句した。朴がアッケラカンと答えたからである。

「何を言いたいかは分かっている。もちろん胸を張って威張れる仕事じゃない。世間じゃ、恥ずかしいこと、悪いことだというだろう」

朴は悠然としている。

「朝鮮はひどく貧しかった。いや今も貧しい。食えないから出稼ぎにゆく。樺太にもたくさんの若い男たちがやってきた。朝鮮で仕事を探すよりも、はるかに給料が良かったからな。女だって同じなんだよ」

話は終わらない。

「(慰安婦は) 確かに辛いし、哀しい。だけどな、他に食べていく方法がないんだ。同じような日本人の女だってたくさんいただろう、違うか！　年老いた親や幼い兄弟を養うために自分の身を苦界に落とす。そこで稼いだカネで故郷に家を建ててやった女……。そんな女たちの面倒を見る人間も必要だろう？」

うまく〝丸め込まれた〟ような気がしないでもない。

アキはキッとにらみつけた。

「だから、アタシを買ったとでもいうの？　人助けでもしているつもり？」

「そう、人助けだ。私以外の誰がやるというのか」

朴は意外な話を始めた。

「実はもうすぐ樺太から日本人の引き揚げが始まる。だが朝鮮人は帰れない。ソ連がそう決めたからだ」

（――えっ、日本人だけ？）

「私はしょせん裏稼業の人間だ。だが、同胞を助けたい気持ちは誰にも負けない。朝鮮人も帰したいんだよ。その仕事をあんたも手伝ってくれないか」

アキは混乱していた。

（朴大成は、いったい何者なのか？）

「あんたの武勇伝は聞いている。戦場で後輩を命がけで助けに行ったこと、遊郭で『赤鬼』に見事な金的蹴りを食らわしたこと、手伝ってくれる伴侶にはふさわしい」

アキは顔が赤くなった。

朴がそんなことまで知っているのは、ソ連軍に相当強いコネを持っているということか。非合法になった商売を続けていられるのもそのおかげなのだろうか？

ソ連地域からの日本人引き揚げに関して米ソ間で「引き揚げ協定」が結ばれたのは終戦から一年以上もたった一九四六（昭和二十一）年十一月である。

当時、占領下にあった日本政府は交渉のカヤの外に置かれた。

先立つ同年七月、ソ連軍は日本人や朝鮮人に「パスポルト（身分証）」を発効する。国籍欄は、日本人も朝鮮人もともに「無国籍」とされたが、民族欄は「日本」、「朝鮮」と明確に区別された。

　これが引き揚げで明暗を分けてしまう。

　引き揚げ対象として、米ソが協定で合意したのはパスポルトの民族欄に「日本」と書かれた者のみだった。

　ただし、朝鮮人を帰さなかったのは「ソ連の事情」である。

　理由は当時、始まりつつあった「冷戦」だ。朝鮮半島の北緯三十八度線の北半分をソ連が、南半分をアメリカが支配下に置いていた。ソ連をバックにした北の傀儡政権は樺太の朝鮮人を「自国の公民」としていたが、樺太の朝鮮人のほとんどは「南」地域の出身であり、ソ連としては「南」への帰郷を認めるわけにはいかなかった。日本人引き揚げ後の労働力を確保したい目的もあっただろう。

　だから、樺太の朝鮮人が帰郷できなかったのは日本の責任ではない。

　ただし、祖国への帰還問題に当時、どこの国も関心を持っていなかったことも事実であろう。

　樺太で裏稼業を続けている朴大成はそれをひとりでこじ開けようとしていた。

　だが、アキは帰郷の手助けはともかく、朴の伴侶になるつもりなど毛頭ない。

「あなたの考えは分かりました。でも、アタシには『大切な人』がいるんです。そして、息子を、崇を何としてでも取り返さなきゃいけない」

「――大切な人……か」

朴がつぶやく。

アキに悪い予感が走った。

「言いにくいことなんだが……」

察したアキは猛然と朴につかみかかった。胸ぐらをつかみ力任せに揺さぶる。

「ウソよ、ウソを言うな！　誠さんが死ぬわけないっ、アタシと崇を残して……。ね、ウソでしょ！」

「いや、ウソじゃない。あんたの大切な人は去年の三月にシベリアで亡くなっている。ソ連の友人に確かめてもらったのだから間違いはないんだ」

「――ううっ」

真っ暗な闇の中に突き落とされたような衝撃が走った。がっくりと膝をつき、涙が頬をつたう。

アキはありったけの憎悪をほとばしらせた目で朴をにらみつけた。

「あんたは知ってたな、最初っから。それでアタシを自分の伴侶にする、って。誰があんたの女なんかになるもんかっ」

「そうか。ならば仕方がない、やはり酌婦（慰安婦）になってもらうしかないな。ナターシャが言うようにあんたは一番の売れっ子になるだろうよ」

たばこを吹かしながら、朴が冷たく言い放った。

「確かに辛いし、哀しい仕事だ。それでも何のために女たちがこんなことをやるのか。甘っちょろい同情なんて何の役にも立たんということが分かるだろう」

嘲るようなせりふを残して朴は出て行った。

どれぐらい時間がたっただろうか。

怒り、悔しさ、辛さ、寂しさ……。さまざまな感情がごちゃ混ぜになってこみあげてくる。

アキはぐっと奥歯を噛みしめ、心に誓った。

「——仇をとってやる。必ず崇を取り戻す。鬼でも獣でもなってやるわ」

アキは自分の心にカギを下ろし、朴の伴侶になることを了承した。「復讐する」事だけが頭の中にあった。

十二章 ――一九四七年 フィリピン・東京

戦犯として絞首刑の判決を受けたカズの婚約者、松男の刑はなかなか執行されなかった。最終的な死刑執行命令書にサインがされないのである。どうやら、松男が他人の身代わりになったことが分かったらしい。

だが、判決が覆るわけでもない。松男は処刑の恐怖におびえながら、後からやってきた死刑囚の仲間を、先に十三階段へと見送る日々が続いた。

「これじゃヘビの生殺しじゃねえか。いっそ、ひと思いに殺(や)ってくれよ!」

気が狂いそうだった。

死ぬ覚悟はもう決めたはずなのに、さまざまな思いが浮かんでは消え、千々に乱れてしまう。

死刑囚とて手紙を書くことは許されている。カズへ何度、書きかけて破り捨てたことか。

「未練じゃやねぇか。お前あのとき、アイツの笑顔を冥土のみやげに死んだんだろう?」

独房でまどろんでいるうちに夢を見たらしい。松男は引き揚げ船に乗っている。桟橋で待つカズを見つけた。白い肌の笑顔にかわいらしいえくぼが浮かんでいる。

「――カズっ、カズっ――」

夢の中で松男は叫び続けていた。

そんなことをカズは知るよしもなかった。

松男が遠いフィリピンで生きながらえていること。しかし、戦犯として絞首刑を宣告され、〝死の淵〟に立たされていることを。

忘れたわけではない。

李哲彦と風変わりな同居を始めてからも、フィリピンからの引き揚げ船が着いたと聞くと、松男の消息を捜しに各所へ足を運んだ。

だが、松男の姿を見つけることも、松男のことを知っている人間に会うこともなかった。

レイテ戦では日本軍将兵の九割以上、約八万人が戦死している。

「あの部隊はおそらく全滅だよ」

「最期はみんな〝バンザイ突撃〟か、自決だろう。食う物もなくなり、地獄だった」

数少ない生還者は、思い出すのも辛(つら)い、とばかりに顔を歪(ゆが)め、わずかな言葉を絞り出した。

フィリピンからの引き揚げは、軍人、民間人とも比較的、順調に進み、一九四六（昭和二十一）年までに、その多くが祖国の土を踏んでいる。

もちろん、松男のように戦犯容疑をかけられた者を除いてだが……。

やがて、フィリピンからの引き揚げのニュースはほとんど聞かれなくなった。

松男らフィリピンの戦犯は祖国から〝忘れられた存在〟になりつつあったのである。


「――並河和子（なみかわかずこ）さんのお宅はここかい？」

訪ねてきた男の声が尖っている。

ボロボロの国民服に戦闘帽。三十歳に、まだいくらか間がある若い男が戸口に突っ立ったまま、あからさまな敵意をカズに向けていた。

「最初に言っておく。松男に頼まれたんじゃねぇぞ」

「松男さん？　松男さんは生きているんですか、どこにいるんですかっ」

矢継ぎ早のカズの問いかけを無視するかのように男はジロリとにらみつけている。

やっと、絞り出すような低い声が聞こえた。

「ああ、松男は生きてるさ。だがな、もうすぐ死ぬ。いやもう死んでるかもしれん。ヤツは別人の身代わりで戦犯になって絞首刑の判決を受けたんだよっ」

総身から血が引いた。

（松ちゃんが戦犯？　絞首刑って？）

頭が真っ白になる。言葉が出てこない。

「――フン、お前さんはいい気なもんだな。アイツが死にかけているというのに、お前さんはもう別の男をくわえ込んだか。しかも、『戦勝国民』の朝鮮人サマかい。ヤツらは相当景気がイイらしいからな。まったく女はたくましいぜ」

レイテ島の収容所で松男と一緒だったという男はどうやら、船橋の叔母のところで、あることないことを吹き込まれたらしい。

「松男はな、松男はなっ、お前さんを『守るために死ぬ』ってな！」

握りしめた男のこぶしが震えている。

カズは顔を上げられなかった。

（私ほどバカな女はいない。私が死ねばよかった）

松男の大きな背中、たくましい腕、真っ黒に日焼けした精悍（せいかん）な顔がいとおしく思い出される。

カズは、終戦から一年も松男が帰ってこないという「現実」しか受け止められなかった。聞こえてくるのは絶望的な話ばかり。船橋の叔母から冷たい仕打ちを受け、自分の居場所を失った。食べる物も住む場所もない……。

そんなとき現れた李哲彦にカズが図らずも心を動かされてしまったのは事実である。

（私は松っちゃんを裏切ったんだ。「三年待つ」と言いながら、本当に待つ覚悟があったのか。バチが当たったんだわ）

ところが、もうひとつカズが向き合わねばならない「現実」があった。

妊娠したのである。

もちろん、哲彦の子であった。


そのころ、松男ら死刑囚はそろって所長の呼び出しを受けていた。

冷たい汗が背中をつたう。張り詰めた空気がみなぎり、顔が蒼白になっている死刑囚もいる。

（いよいよか……）

だが、話は意外なものだった。

「お前たちは、モンテンルパ刑務所に移送されることになった。以上だ！」

（――ふぅ、また生き延びたか……）

松男は大きく息をついた。

モンテンルパ刑務所の正式名称を、ニュービリビッド刑務所（ＮＢＰ）という。フィリピンの首都マニラの南約三十キロ、中世ヨーロッパの城を思わせる、白亜の瀟洒な殿堂は、とても刑務所には見えない。

ただ、東洋一の規模を謳われた立派な建物も、戦犯として死刑判決を受けた囚人にとっては、「死の影」にとらわれた巨大な墓場に見えたであろう。

マニラの軍事法廷は当初、米軍が行い、フィリピン戦終結時と攻略時の司令官である山下奉文、本間雅晴の両将軍（ともに死刑）をはじめ、二百人以上が裁かれている。

一九四七年半ばからは、独立を果たしたフィリピンが裁判を引き継ぎ、四九年末まで続いた。戦犯として、起訴された百五十一人中、死刑を宣告されたのは実に半数以上の七十九人（五二％）。他国での戦犯裁判のそれが二〇％強であることと比べれば、フィリピンでの戦犯裁判が格段に厳しいものであったことが分かるだろう。


（もうたくさんだ。いったい、いつまでじらせば気が済むんだよ。ネズミをもてあそんでいるネコにでもなったつもりなのか）


「今日か、明日か」。処刑の呼び出しに怯（おび）え続けてきた松男の精神状態はもはや限界に近い。

モンテンルパでは、死刑囚は「青」の囚人服、無期・有期刑は「赤」のそれと、明確に分けられ、松男ら死刑囚は「青組」と呼ばれた。

死刑を執行する絞首台は、原っぱのような草地にぽつんと設（しつら）えてある。

トタンで葺（ふ）いたような粗末な屋根に覆われただけの執行場。そこへ続く板で拵（こしら）えた十三階段。

すぐ前には、死刑を執行された者の墓穴が掘られており、すでに無数の卒塔婆（そとば）が並んでいた。


（無念だったろうな。せめて、ひと目家族に会ってから死にたかったろうに）


そう思うと、またカズの笑顔が浮かんでくる。

何度も何度も、記憶から消し去ったはずなのに。

先が見えない悶々（もんもん）とした時間だけが流れてゆく……。

そこだけが戦後の復興から切り取られたようだった。

東京湾の埋め立て地に建てられた粗末なバラックの長屋に千人もの朝鮮人がひしめき合う。どんよりと空気をよどませている悪臭は、掃除などしたことのない共同便所か、ドブのような排水溝か、それとも、残飯を食い散らかすブタか、そばにあるゴミ焼却場なのか。あるいはその全部かもしれない。

酒が入れば、決まってケンカだ。けたたましい朝鮮語での罵り合い、つかみ合い。

もう、慣れっこになっているのか、修羅場のとなりで子供たちがキャキャッと走り抜けてゆく。

通うのは集落の横に立つ民族学校だ。

無邪気な子供たちも、やがて「現実」を知る。夢があきらめに変わるのにそう時間はかからない。

男も女も、年寄りもチョンガーも、そこにぶら下がって生きてゆくしかなかった。たとえ、鼻をつまみたくなるようなどん底の暮らしであっても。

カズも李哲彦もその中にいた。

「――子供ができたって」

哲彦は興奮していた。

何しろ、カズとは長いこと、まともに話すらしていない。体を求めようとすると、狂ったように暴れる。

(あの男が訪ねてきてからだ。フィリピンから復員してきた戦闘帽の男が)

カズの婚約者である松男は、他人の身代わりになり戦犯として絞首刑の判決を受けた。戦友であった戦闘帽の男は、その事実をカズに告げ、哲彦との同居を詰(なじ)ったのである。

それからカズの様子が変わった。

激しく取り乱し、泣き崩れたかと思えば、真っ暗な部屋の中でじっとうつむいている。

行き先も告げずに出掛けることも増えた。

哲彦との暮らしに絶望し、人形のようにされるままだったカズが、である。

それが、突然の「朗報」だ。哲彦の気持ちがたかぶるのも無理はない。

だが、カズはそれきり口を開かなかった。

ぐっと唇をかみしめ、固く握りしめた白いこぶしが小刻みに震えている。

大きな瞳から涙がひとつぶ、こぼれた。

「産まないわ。松男さんが生きてたの。でも死にかけてる……私が助けてあげないと」

「――産まない？（松男を）助けるだとっ」

李哲彦の顔色が変わった。

自分の子を孕んでいる女が他の男を思い続けている。狂おしいほどに。

はらわたが煮えくりかえる、というのはこのことだろう。納得などできるはずがない。

(じゃあなぜ、オレの所へ来たんだ)

カズはうつむいたままだ。

重苦しい沈黙が続く。

哲彦は改めてカズの顔を見た。

(それにしても美しい女だ。こんな清楚な顔をした女が他にいるだろうか)

そう思うと、よけいに怒りがこみ上げてくる。

激しい憎悪と未練が交錯した。

「バカなことをいうもんじゃない。外国に捕らわれている男をどうやって助けるというんだ。絶対に無理だ。絞首刑なんだろう」

冷酷な言い方がカズを刺激した。

「何だってやるわ。嘆願書も書く。マッカーサーにもお願いする。フィリピンにだって行くつもりよ」

哲彦はせせら笑った。

(目を覚ませてやる。「現実」を見ろ。お前はオレと暮らし、オレの子を産むしかないんだ!)

とっさに悪魔のようなセリフが口をついて出た。

「――お前は人殺しだ！」

「――助からない男のために、わが子を殺すんだなっ」

その言葉が鋭利な刃物となって胸を貫く。

（人殺し？　わが子を？）

カズは動揺した。

涙が真っ白な頬をつたう。一筋、二筋……。

そっとお腹に手をやった。

かけがえのない命がそこにあった。


同じ朝鮮人集落に住む東川民恵がカズを訪ねてきたのは数日後のことである。

民恵は、朝鮮出身のテナー歌手、長田健次郎の日本人妻として、四人の子供を育てていた。

「カズさん、お目出ただって。良かったわね。これからは母親同士、もっと仲良くなれるわ」

上流家庭に育った民恵は屈託がない。

民恵はカズのことを「哲彦の妻」と思い込んでいる。だから、せっかく授かった子供を堕ろすことなど想像もつかないだろう。ましてや、夫以外の男に懸想することなんて。

民恵の四人の子供たちは、すっかり朝鮮人集落になじんでいた。

言葉も習慣も知らず、朝鮮料理には手をつけようともしない母親を尻目に、この混沌とした

〝ゴッタ煮〟のような街を自在に走り回っている。

カズは民恵の子供がかわいくて仕方がなかった。

「母性」というものは突然、体の奥底から湧いてくるものかもしれない。泉から水があふれるように。

(――私の赤ちゃん)

トク、トクという小さな鼓動。お腹(なか)の中の命は母親しか頼るものがないのだ。

戦争が終わり、平和が戻ってきた世の中は、折からのベビーブームに沸いている。朝鮮人集落の中も出産ラッシュが続いていた。

「――子供ほど大事なものはないわ。男女の愛に勝るものは親子の情愛しかないのよ。これを無償の愛というのね」

民恵の言葉が決定打になった。

(産むわ。迷ったりしてゴメンね。バカなお母ちゃんを許してちょうだい)

カズは、小さな命を慈しむようにお腹にそっと手を当てた。

一九四八(昭和二十三)年春、カズは女の子を産む。

「べっぴんさんよ! お母さんそっくりね」

雪のような白い肌と、くっきりした大きな瞳。民恵がいうようにカズとうり二つだった。

「すごいぞ! カズ、よくがんばったな。こんなかわいい赤ちゃんは見たことがないよ。名前はそう、美子(ミジャ)だ。いい名前だろう?」

カズとの諍(いさか)いなど忘れたかのように、李哲彦は親ばかぶりをのぞかせている。

(そうね、いい名前だわ。でも「ミジャ」じゃない。「よしこ」よ。どんなことがあっても守らなきゃいけない、私の大事な大事な娘)

ひとりで、そう心に誓った。

十三章

―一九五三年　樺太・豊原

「お前だけが帰るというのか！　ふざけるなよ、オレはどうなるっ」

怒声と同時に朝鮮人の夫の手が飛んできた。

淑恵(よしえ)は、赤く腫れた頬を押さえながら、夫をにらみつける。

「帰るわよ。こんな息苦しい樺太の暮らしはもうイヤ。ソ連人に抑えつけられ、密告や刑務所送りに毎日、毎日ビクビクしながら過ごすなんてたくさんだわ」

「そうか、どうしても帰るというのなら、美和(ミファ)は置いてゆくんだな。連れてゆくことはゆるさん」

朝鮮人の夫は一歳になったばかりの長女の手を無理やり引っ張り、荒々しく出ていった。

淑恵はアキの女子防空監視隊の後輩である。ソ連軍の猛攻で孤立した樺太の「北の街」の最前線、監視哨の中で震えながらアキの助けを待っていた十二人の少女のひとりだった。

終戦後、両親を病気で相次いで亡くし、七人兄妹の暮らしが、長兄ひとりの肩にのし掛かっていた。そんなとき、十歳も年上の炭鉱で働く朝鮮人との結婚話が持ち上がったのである。淑恵はまだ十九歳だった。結婚はイヤだったが、すでに兄は朝鮮人の男から「お金」を受け取っていた。実態は〝人身売買〟と変わりがない。泣く泣く始めた暮らしは、惨めで貧しかった。ふだんは温厚な夫が、ひとたび酒が入ると、まるで人が変わってしまう。

「戦争中、日本人は威張りくさりやがって。オレたちはどんなにひどい目に遭ったか。お前は今でもオレのことをバカにしてるんだろう」

淑恵がいくら否定しても、夫は執拗にからんでくる。最後はお決まりの暴力だ。

樺太からの日本人引き揚げの話を淑恵が聞いたのは一九四七年の初めのことだった。兄妹もみな引き揚げるという。ただし、朝鮮人である夫については、ソ連が帰ることを認めていなかった。

(どうしよう……でも、樺太の日本人は皆帰るというのだから)

淑恵はたとえひとりでも日本に帰る覚悟を決めた。そして、引き揚げの申請を行う「オビル」(出入国管理局)へ向かう。

日本人の長い列ができていた。

四時間も並んだろう。やっと淑恵の順番が巡ってきたときソ連人の大女が手で制した。

「お前はダメだ。朝鮮人じゃないか!」

（えっ？　私が朝鮮人？）

淑恵は耳を疑った。

日本への引き揚げを申請する「オビル」でソ連の係官からそう告げられた淑恵は慌てて自分のパスポルト（身分証）の民族欄を見返してみた。確かに「日本」ではなく、「朝鮮」と書いてあるではないか。変更した覚えはないのに。

急いで自宅へ取って返し、夫を問い詰めた。

「私が朝鮮人って、どういうことなのっ」

「ああ、あれか。オレが変えておいた。夫婦なんだから当然だろう」

夫はぶっきらぼうに返事をすると、ゴロンと横になってしまった。

日本人妻の「民族」や「国籍」さえも朝鮮人の夫が勝手に変更してしまった事例は少なくない。

淑恵は夫の身勝手な行為に、怒りを通り越し、むなしさを感じていた。

隣で一歳の美和が安らかな寝息を立てている。淑恵がのぞき込むと、小さな顔に涙の跡がうかんでいた。突然、いなくなった母親を恋しがり、泣き疲れて眠ったところらしい。

（「家族は離れちゃいけない」って神様がおっしゃってるのかもしれない。おかあちゃんはどこにもいかないよ。帰る機会はこれからもきっとある）

淑恵は、いとおしい幼子の寝顔に頬ずりをした。何度も、何度も。

まさかこれから長い間、引き揚げの機会が巡ってこないとは、このとき知るよしもなかった。

アキは朴大成とにらみあっていた。

「(崇を)取り返すには、まず作戦をよく練るんだっ。相手はソ連のお偉いさんの娘なんだぞ!」

「あんたは、崇の居場所を調べてくれるだけでいい。後はアタシが取り返しにゆく」

やれやれ、といった表情で朴は首を横に振る。

「――絶対にムリだ。(日本人は)移動の自由もないのに、警備が厳しい将校用の住宅にどうやって忍び込むんだ? 万が一、うまく連れ出せたとしても、その後にどうやって逃げるつもりだ」

「――漁船で北海道まで逃げる。もう決めたの。たとえ、死ぬことになっても二度と後悔したくない」

朴は説得をあきらめた。どんな危険や困難がともなってもアキはやるだろう。母なのだ。鬼神のような形相を見ていればそれぐらいわかる。

「豊原だ。二人は製紙工場の元幹部宅にいる。そう、あんたが崇を産んだあの家に戻ったんだよ。幸い、今は日本人の引き揚げのために、南へ向けての大移動が始まっている。それに紛れて豊原まで行こう。ただし、時間がないんだ」

「――時間？」

「――まもなくナターシャは崇を連れて、モスクワへ戻ると聞いている。せいぜい一カ月しか余裕はない」

緊張が走った。

モスクワへ連れて行かれれば、永久に崇を取り戻すチャンスはないだろう。いますぐにでも発とうとしているアキを朴が制した。

「待て、私も一緒だ。伴侶だろう？（ソ連軍に顔が利く）私の妻ということにすれば、少しは安全に豊原までいけるだろう。後は出たトコ勝負だ」

朴はニヤリと笑い、片目をつぶってみせた。


一九四七年春、日本人の引き揚げが本格的に始まった。

船は西海岸の港から出る。

アキと朴大成は南へ向かう人波に紛れて豊原に着いた。春とはいえ、北国・樺太である。雪は残り、真冬のような木枯らしが容赦なく体を凍えさせた。

豊原は、日本が作った街である。

碁盤の目に通りを敷き、樺太庁や第八八師団司令部などの荘厳な建物が並ぶ。郊外には製紙工場があった。ソ連はその街を居抜きで奪い取ったのである。

ナターシャが崇と暮らす家は秘密警察の人間だったイワノフに気に入られたアキがかつて、メイドとして住み込み、崇を産んだ懐かしい場所だ。

「間取りは分かっている。夜になったら忍び込むわ」

はやるアキを朴が抑えた。

「私に作戦がある。ナターシャは崇の世話を朝鮮人の女中に任せているんだ。ナターシャが出掛けた隙に女中に話をつけよう。私は同胞だからね」

北海道へ逃げる漁船の手当てはまだできていない。ソ連は「逃亡は銃殺刑」と厳しく言い渡している。漁民の多くは今の北朝鮮地域から新たに渡ってきた朝鮮人。実力者の朴といえども簡単ではない。

だが、崇を取り戻すことしか頭にないアキをこれ以上、引き留められなかった。

「私が女中と話してる間に何とか連れ出すんだ」

目と目でうなづきあう。

小さなベッドに崇の姿があった。青い子供服を着せられ、すやすやと眠っている。

（崇！）声を潜めてアキは頬を寄せる。ぬくもり、吐息、小さな鼓動。たまらなくいとおしかった。

起こさないようにそっと抱き上げ、玄関へと急ぐ。

そのときだった。

「アキ、待ってたわ。悪いけど、あなたの動きなんて筒抜けなのよ。『協力者』がいるんでね」

ナターシャが硬い棒をアキの頭に向けて思い切り振り下ろした。鈍い音が響く。

遠のく意識の中でアキは懸命に崇を抱きしめようとしていた。

十四章

——一九五三年　モルテンルパ

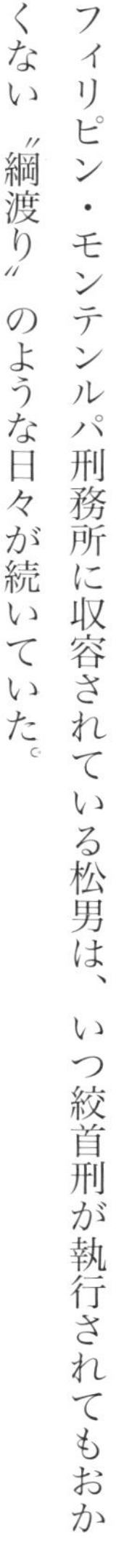

フィリピン・モンテンルパ刑務所に収容されている松男は、いつ絞首刑が執行されてもおかしくない〝綱渡り〟のような日々が続いていた。

李哲彦との間に、長女の美子が生まれてから間もないころだ。カズはフィリピンからの報道を新聞で目にする。

見出しに心臓が凍りついた。

「フィリピンで戦犯の死刑執行」「三カ月で三人」

(もう死刑執行はないのではないか)

日本人のかすかな希望を打ち砕く処刑であった。

《いま私は無実の罪に問われて死に直面している。死を恐れるのではない。虚偽の犯罪のために死ななければならないということが残念なのだ》

一九四八年夏、佐藤という将校は最期の最期まで身の潔白を訴える手紙を残して、モンテンルパの刑場の露と消えた。

同年秋には続けて二人の絞首刑が執行される。さらに三年後には、もっと衝撃的な、死刑囚たちを恐怖のどん底にたたき込むことが起きた。

「ちょっと呼ばれたから行ってくるよ。碁盤はそのままにしておいてくれ」

夕食後の自由時間。多くの死刑囚はリラックスして囲碁の対局や雑談を楽しんでいた。その最中、突然、十四人が呼ばれたのである。

「きっと減刑の知らせだよ」

呼ばれなかった他の死刑囚はうらやましがった。この二年半、死刑の執行はまったくなく、「減刑」の噂で持ちきりだったからである。

そのころ、モンテンルパに詰める日本人教誨師（きょうかい）の石川は所長からまったく違う通告を受けていた。

「突然なんだが。今晩、十四人の死刑を執行することになったんだ」

所長自身もたったいま命令を受けたばかりという。十四人は呼び出されたままの姿で手錠をかけられ、一時間だけ、遺書を書く時間を与えられる。

「父は無実だ」

「どうか立派な人間になってくれ」

短い文章には無念の思いだけが残された。

「死にたくない！　妻と子が待っているんだ！」

なりふり構わず絶叫した人もいる。

だが、情け容赦なくフィリピン兵に引っ立てられ十三階段を登ってゆく。顔に黒い布をかぶせられ、首に太いマニラロープがかけられたかと思うと、「ガターン」という耳をつんざく音が夜の静寂に響いた。

十四人の処刑を見届けた石川は重い足取りで残る死刑囚に報告しに行かねばならなかった。

「残念なことになりました」

「えっ、減刑じゃなかったのですか」

戦慄が走った……。

突然、石川は意外な言葉を口にする。

「どうです皆さん、歌を作りませんか？　日本の国民の心に響く歌を」

頭にあったのはシベリア抑留者の悲劇をいっぺんに日本人に知らしめた『異国の丘』である。だが、曲や詞を書いた者などひとりもいなかった。

「――歌を作れって？」

教誨師の石川にそう言われたモンテンルパの死刑囚は戸惑いながらも、「歌の会」の仲間であった白山に詞を、須藤に曲をつけることを頼む。白山も須藤も作詞作曲の経験などない。だが、心の底から湧き上がってくる魂の叫びを詞に曲にありのままぶつけることはできる。

冤罪（えんざい）を着せられ、戦争が終わったのに家族や恋人と会うこともかなわず、遠い異国の熱帯の獄につながれている明日をもしれない命――。

刑務所の教会に古ぼけたオルガンが一台あった。それを使って幾度、作り直したことか。やっと出来上がった詞と曲。哀愁を帯びたメロディー、断ちがたい望郷の念と、かすかな希望が込められた詞は、石川の手で東京へと送られる。

受け取ったのは歌手、渡辺はま子だった。ピアノを弾きながら歌うと、そばの母親が驚きの声を上げた。

「かわいそうな歌ね、何の歌？」

ディレクターはレコード化を即決する。

『あゝモンテンルパの夜は更けて』は、たちまち二十万枚の大ヒットを記録した。

時を経ずして、映画も製作される。

モンテンルパにつながれている死刑囚の男と、男の実家で帰りを待つ許嫁（いいなづけ）の若い女。女は男の帰りを信じながらも、いっときは、違う若い男に心を奪われてしまう。

カズはその映画を見て、胸の中を鋭利なナイフで抉（えぐ）られたような気持ちになった。

（私も同じだ。松ちゃんを待てなかった。自分の子供の方を選んでしまったんだわ）

だけど、今さら後戻りはできない。

渡辺はま子は、モンテンルパを訪問することを決意する。日本とフィリピンの間に国交はない。戦争の賠償問題が暗礁に乗り上げ、対日感情は最悪だった。

だが、はま子は耳を貸さない。後押ししたのは国民の圧倒的な声だった。歌や映画によって、モンテンルパの死刑囚のことを知った一般市民から寄せられた助命嘆願書は実に五百万超——。

一九五二年のクリスマス、幾多の困難を乗り越えて、はま子はモンテンルパに来た。

「皆さま、やっと来ましたのよ」

はま子の歌に、死刑囚たちが涙の大合唱をつけた。やがて教誨師の石川は歌が入ったオルゴールを持って、フィリピンの大統領を訪問することになる。

やっと面会が実現したものの、マラカニアン宮殿で迎える大統領の表情は硬い。

ところが、奇跡が起きた。

オルゴールから流れる『あゝモンテンルパの夜は更けて』のメロディーが大統領の心を揺り動かす。まるで熱い涙が冷たく硬い氷を溶かすように。

「とても哀しいメロディーですね。これは何という曲ですか？」

石川はすかさず応える。

「モンテンルパの死刑囚が作ったのですよ」

大きくうなずいて、いま一度、曲に耳を傾けた。

一九五三年六月、フィリピンの大統領はついにモンテンルパにつながれている日本人戦犯百八人全員の釈放を決める。

白山も須藤も、そして松男も。歌が、日本国民の膨大な助命嘆願書が奇跡を呼び起こし、死刑囚の命を救ったのだ。

（助かったんだ。オレはまだ生きられる）

松男は全身から力が抜けるようだった。無理はない。八年間も死のふちに立たされていたのである。

百八人の日本人戦犯を乗せた「白山丸」は同年七月二十二日、横浜港に入る。岸壁では、夫の、わが子の、恋人の帰りを一日千秋の思いで待ちわびた人たちで鈴なりだった。

松男は船上からカズを探していた。

日の丸がふられる。熱い抱擁、固い握手。

涙、涙、また涙……。

（未練だ。待っているはずがないだろう）

そう言い聞かせながら、松男は激しく心が揺さぶられていた。

カズは松男を迎えに行かなかった。

（――松男のたくましい腕で、力いっぱい抱きしめられたい）

そして、胸の中で告げるのだ。

「お帰りなさい」と。

何度その姿を夢に見たことか。

モンテンルパの死刑囚帰国のニュースをラジオで聞いたとき、自分の気持ちが波立つのを抑えきれなかった。

それまで、固く、固く封印してきた、狂おしいほどの松男への思い。

（港へ行きたい。そっと、陰から松ちゃんの元気な姿を見守るだけでもいい）

そう思っては、打ち消す。この繰り返しだった。隣で五歳になった美子が寝息を立てている。このごろめっきり、父親の李哲彦に面差しが似てきた。美子のふとんを直しながら、カズはまた、暗澹たる気持ちに捕らわれてしまう。

（ダメよ、できやしない。違う男の子供を産んだ私にもうそんな資格はないんだわ）

結局、松男を出迎えたのはフィリピンでの戦友だけだった。

松男ら五十六人の元死刑囚は、わずかな家族との面会時間の後、バスに乗せられ、巣鴨プリズンへ向かうことになっている。終身刑以下の者はその場で〝無罪放免〟となったが、五十六人の元死刑囚は終身刑へ減刑されたに過ぎない。形の上では、巣鴨プリズンに収監され、再び囚人としての日々が続くのだ。

ただし、八年間もおびえ続けた死の影はもうない。

「松男、よく頑張ったな。もう少しの辛抱だぜ。（巣鴨からも）すぐに出られるさ」

戦友はそういって松男の肩を抱いた。

だが、松男はどこか上の空だ。

「あの女のことなら忘れたほうがいいぜ。朝鮮人の男と一緒になって、子供までできたらしいからな」

心臓に五寸くぎを打ち込まれたようだった。

十五章

──一九五三年　東京

一九五三（昭和二十八）年。日本は前年四月のサンフランシスコ講和条約発効によって主権を回復し、高度経済成長の時代へと突き進んでゆく。テレビの本放送（ＮＨＫ、日本テレビ）が始まり、政界は、吉田茂首相の〝バカヤロー解散〟で騒然となっていた。

三月五日、星の数ほどの政敵、国民を粛清・処刑したソ連の独裁者、スターリンがモスクワ郊外の別荘で脳出血を起こして倒れ、死去する。享年七十四。

その〝魔性のＤＮＡ〟を受け継いだ北朝鮮の金日成が引き起こした朝鮮戦争は七月二十七日、膠着（こうちゃく）状態のまま休戦協定が結ばれた。双方の犠牲者は三百万人とも四百万人とも、離散家族は一千万人に及び、南北分断は固定されてゆく。

その対立は在日コリアン社会に刻んだ深い溝を決定的なものにしていた。

「休戦だって？　冗談じゃない。もうちょっとでアカの連中を追い出せるところじゃないか」

金東春は憤懣(ふんまん)やるかたない。

新橋のヤミ市で怪しげな商売をしていた東春は進駐軍から物資を優先的に回してもらうため、韓国を支持する在日コリアン団体「南団」の前身団体に参加。筋金入りの反共主義者となった東春は、朝鮮戦争が始まると「南団」の在日学徒義勇軍に志願し、最前線で北朝鮮・中国軍と死闘を繰り返したのである。

(これじゃ死んでいった連中に顔向けできないぜ)

在日学徒義勇軍の志願者約六百五十人中、戦死・行方不明者は約百四十人に上った。

一方、カズと同居する李哲彦は次第に、北朝鮮を支持する「北連」の前身団体への傾斜を強め、友人だった東春とたもとを分かつ。

前身団体の活動家は、日本の共産主義者の指導の下、祖国防衛隊を組織。米軍・韓国軍への軍事物資輸送阻止、生産拠点の破壊などを目指し、過激な実力行使に打って出る。

吹田事件、枚方事件などの騒乱事件を引き起こし、日本の国民の中に「朝鮮人は恐ろしい」というネガティブなイメージを強めてしまう。

それでも、哲彦は意気軒高だった。

「オレたちを、どん底の暮らしから救い出してくれるのは社会主義しかない。実現のためには実力行使もやむを得ない。それが正義なんだ」

左翼勢力が圧倒的に強く、バラ色に輝く社会主義の未来が信じられていた時代である。

次第に哲彦は北での生活を夢見るようになってゆく――。

一九五九（昭和三十四）年十二月の第一船から始まった北朝鮮への帰国事業には「前段」がある。

朝鮮戦争の休戦協定が結ばれた直後の夏に、早くも李哲彦が所属していた「北」を支持する民族団体は、日本政府に対し、在日朝鮮人の北朝鮮への帰国実現を要請している。その対象には、一般の在日朝鮮人だけでなく、長崎・大村収容所の収監者（密航者など）や、北の工作員まで含まれていた。

あくまで在日組織の発案としているが、北朝鮮本国と連携した出来レースだったと言っていい。

「親愛なる在日同胞たちが、祖国の戦後経済復旧を支援するための闘争に果敢に決起した」

北朝鮮はさっそく「歓迎」を表明した。

とりわけ欲しかったのが、本国にはほとんどいない高度な知識と技術を持った在日の人材であった――。

金東春が李哲彦を訪ねたのは五年ぶりだった。

「お前はいつまでアカの手先になってるつもりだ」

「なんだと！　そっちこそ米帝の子分だろう」

酒が入ると、たちまち罵（ののし）り合いになってしまう。

「オレはな、（朝鮮）戦争で北の連中のやり口をたっぷり見てきた。アイツらは人を殺すのに何のためらいもない。道案内をしてくれたり、食べ物を提供してくれた農民らまで容赦なく射殺したんだ」。韓国を支持する「南団」に属する東春は在日学徒義勇軍に志願し、朝鮮戦争に参加していた。

「すべては腐りきった南朝鮮（韓国）の李承晩政権を倒すためだ。現にイヤ気が差した同胞が今も日本へ逃げてきているじゃないか？」。哲彦は「北」にひかれている。カズと同居している埋め立て地の朝鮮人集落は「北」を支持する民族団体の拠点のひとつだ。

そこは日本の官憲もひとりでは怖くて入れない〝無法地帯〟といわれている。朝鮮戦争の混乱などで増加した日本への密航者もしばしば潜り込んでいた。

「なぁ哲彦、おれはケンカしにわざわざ来たんじゃないんだよ。お前もこっち（南団）へ来いよ。パチンコ屋をやろうと思うんだ。手伝ってくれないか。どうせ、ロクな仕事はしてないんだろう？」

東春は、家財道具などほとんどない狭苦しい部屋に哀れみの目を向けた。

隣の小部屋に人の気配がある。

裸電球が切れてしまった暗い部屋の中に、カズの透き通るような白い顔があった。

（相変わらずイイ女じゃねぇか。コイツにこんなゴミだめのような暮らしは似合わないぜ）

カズを、新橋のヤミ市で最初に見初めたのは東春である。

(もったいないことをしたもんだ)

カズに遠慮のない視線を投げている東春をとがめるように哲彦が口を開いた。

「申し訳ないが、仕事は手伝えない。オレはいずれ共和国（北朝鮮）に帰って、社会主義国家建設に力を尽くすつもりだ。このまま日本に居ても未来はない。こんなみじめな暮らしはもうたくさんだ」

「国へ帰るって、お前は南の出身だろう？」

「同胞じゃないか。それに統一は近い。もちろん社会主義国家としてな」

哲彦もまた密航者であった。検挙されれば長崎の大村収容所に送られ、思想信条の違う韓国へ強制送還されてしまう。それだけは絶対に嫌だった。


哲彦はときどき自分が分からなくなる。

「オレはいったい何者なのだ？　なぜ日本にいて、虫ケラのような暮らしを続けているんだ」

元は日本のことが好きだった。

戦前、日本に憧れて旧制中学に留学をした。戦争中は「日本軍人」として祖国のために戦った。そして、戦後再び「密航」までして日本へ渡ってきたのである。

「――だが、現実はどうだ……」

一九四七（昭和二十二）年の外国人登録令（後に登録法）で「外国人」とみなされ、二十七年四月のサンフランシスコ講和条約発効で完全に「日本国籍」を失う。もはや、哲彦が日本人として生きる道はなかった。

多くの社会福祉制度からは切り離され、まともな就職先はまずない。朝鮮人だと知れると、家すら貸してもらえず、民族学校からは日本の多くの高等教育機関への進学が認められていなかった。

日本人が住まないような埋め立て地や低湿地を〝不法占拠〟して集落を形成し、仕事は、ニコヨンとよばれた日雇い労働や廃品回収業、どぶろくの密造などで、わずかな日銭を稼ぐしかない。

もっとも、当時の日本の施政者に言わせれば「これにはちゃんとした理由と根拠がある」と反論するかもしれない。

彼らは戦後、自らの意思で日本に残ることを選択したのではないのか？　一部は「戦勝国民」「解放国民」だとしてわがもの顔で不法行為を繰り返し、果ては日本の共産主義者らと一緒になって騒乱事件を引き起こしたではないか。民族団体は脅しともつかない過激な行為で声高に「権利」を主張し、それが〝逆差別〟を産んだのではなかったか、と。

相反する思いは「負の連鎖」を呼ぶ。

蔑視と差別、敵対である。

「よなげ」が哲彦の仕事だった。

東京湾の埋め立て地にある朝鮮人集落の近くには、関東大震災のときに捨てられた大量の廃棄物が残っている。腰まであるゴム長をはいて、その〝ゴミの山〟に入り、くず鉄や金目の金属類をさらうのだ。

ゴミにたかる大量のハエが真っ黒な塊になって顔にまとわりつく。体に染みついたドブのような悪臭は何度洗っても消えやしない。一日中、ゴミの山の中で肉体労働をしていると、くたくたになり、どぶろくを浴びるように飲んで倒れて寝てしまう。

(もう一度、人生をやり直したい)

社会主義への傾斜を強める哲彦には、北朝鮮への帰国だけが希望の光のように見えていた。


師走の木枯らしが容赦なく吹きつけている。

東京湾の埋め立て地にある朝鮮人集落。粗末なバラックは強風を受けただけで崩れ落ちそうだ。

夕暮れどき、灰色のオーバーを着込み、中折れ帽をかぶった大きな影があった。松男である。

一九五三年も残り二日となった十二月三十日。巣鴨プリズンでフィリピン関係戦犯の釈放式が行われた。死刑から無期に減刑された松男らは、フィリピン大統領の特赦令によって釈放されたのである。

在日フィリピン代表部で公使に謝意を伝え、支援団体の祝賀式に臨んだ後、元死刑囚らは慌ただしく、帰りを待ちわびた家族のもとへ向かう。

だが、すでに家族が亡い松男には行く場所がない。気がつくと、松男の足は、戦友から聞いたカズの家へと向かっていた。

(ひと目、アイツの顔を拝むだけでいいんだ。それだけで)

そう言い聞かせた。

戦争が終わってから八年もたっているのだ。他人の身代わりになったのは自分の意思ではないか。他の男へ走ったカズは責められない。だが……。

フィリピンから引き揚げ、巣鴨プリズンに収容されている半年間。カズの顔が頭の中に焼き付いて離れなかった。もう異国の刑務所ではない。手を伸ばせば届くところに夢にまで見た愛しい女がいる。

この瞬間にも、他の男の手に抱かれていると思うと、気が狂いそうになった。

(オレは情けない男だ。未練じゃねえか)

何度も何度も自己嫌悪に陥りながら、気持ちの整理がつかない。

集落の中で寒さをこらえて立っていると、ひどい気分がまたこみ上げてきた。

(――帰ろう……)

そのとき、戸口に幼子を連れた女の姿が見えた。

松男はさっと建物の陰に体を隠し、女の様子を遠目でうかがう。

透き通るような白い顔、大きな瞳。

（――間違いない。カズだ！）

子を産み、二十八歳の女盛りとなった容姿は、松男が知っている「清楚な少女」とは少し違う、匂い立つほどの色気に包まれている。

「――カズ！」

思わず声が出てしまった。

「――松ちゃん、松っちゃんなの……」

夢にまで見た声が返ってきた。

八年間も熱帯の獄で処刑の恐怖におびえながら、夢に見続けた愛(いと)しい女。

その顔が目の前にあった。

「――カズ……」

もう一度、松男が名を呼ぶ。

長い拘禁生活ゆえか、三十歳になったばかりというのに、中折れ帽をとった頭には少し白いものが混じっている。

「お帰りなさい。長い間本当にご苦労さまでした」

カズは深々と頭を垂れた。

本当は、たくましい胸の中へ飛び込んでゆきたい。だが、松男の顔を見ることができなかった。

知らぬ間に涙があふれてくる。

手をつないだ五歳の美子が、母親の突然の泣き顔と見知らぬ男の顔を不思議そうに見つめていた。

「相変わらず泣き虫だな。お前は元気そうじゃねぇか。こんなかわいい子までできて」

松男は優しく美子の頭に手をやった。

「松ちゃん、アタシね、アタシはね」

何を、どう話したらいいのか分からない。カズの顔はもう涙でぐしゃぐしゃだった。

そのときだった……。

「おい、オレの女房に何しやがる」

胴間声(どうま)が響いた。

「よなげ」の仕事から李哲彦が帰ってきたのである。

どぶろくをしこたま飲んだのか顔が真っ赤だ。

ありったけの憎悪を込めた目が松男をにらんでいる。好いた女が狂おしいほどに思い続けた男を。

「――お前が松男か？　ここに何しに来やがった！」

そういうなり哲彦は、もつれた足で松男に突進した。殴りかかった手が空を切る。体をかわされ、哲彦はカエルのように、はいつくばってしまった。

ガキのころから腕っ節では誰にも負けなかった松男である。生っちろい哲彦の相手ではない。

「——やめて！」

カズが懸命に割って入った。

転んだ哲彦の腕に血が滲んでいる。それを拭おうとせずに、地面から激しい言葉を投げつけた。

「帰れ！　今度来たら殺してやる。この『死に損ない』が。ここにはな、日本人を殺したいほど憎んでいる連中がゴロゴロいるんだからな」

騒ぎを聞きつけた集落の男たちが四、五人集まってきた。棒を持っているのもいる。

「松ちゃん、帰って。ごめんなさい」

カズは今一度、頭を下げるしかなかった。


松男には、李哲彦の憎悪の感情をむき出しにした激しい拒絶の理由が分からなかった。

(オレはカズの顔を見たかっただけだ。子までもうけて幸せな家庭を築いていたのではなかったのか……)

それに、カズのあの涙である。

（アイツは意に沿わぬ暮らしをさせられているのか？　もしや、オレを待っていてくれたのか？）

疑念とわずかな期待が膨らむ。

今一度、カズを訪ねたい誘惑にかられてしまう。

だが、哲彦は酔っていたとはいえ、殺意までほのめかした。松男は自分の身の上よりも「カズに迷惑がかかる」と思うと、ためらわざるを得なかった。

埋め立て地の朝鮮人集落では、哲彦が汚い言葉でカズを詰（なじ）っていた。

「お前が、あの死に損ないを引っ張り込んだのか！　きょう（巣鴨プリズンから）出たばかりというじゃないか。そんなに男の体が恋しいか！」

「やめてください。そんなんじゃありません。家の前で偶然、出会っただけです」

カズはそういいつつ、哲彦の汚い言葉によって封印していた感情に火がついた気がした。

（そうよ、私はずっと松ちゃんを待っていた。たくましい腕に抱かれたかったんだ）

カズの、そんな心の内を、哲彦はずっと前から見透かしていた。だから、よけいに意地になってしまう。

「いいか、二度と会うんじゃないぞ。オレはいずれ、共和国（北朝鮮）へ帰って、社会主義国家建設に加わる。こんな、みじめで虫けらのような暮らしとはオサラバだ。もちろんお前たちも一緒だからなっ」

「行きません！、私も美子も日本人です」

カズはきっぱりとそう言い切った。

カズと哲彦は結婚していない。二人の間にできた美子はカズの子、並河美子（なみかわよしこ）として戸籍に入っている。

「違う。美子はオレの子だ。朝鮮人・李美子（イミジャ）だ！」

ただならぬ両親のけんまくに美子が声を上げた。

「オンマ（母ちゃん）もアッパ（父ちゃん）もけんかしないで」

幼い顔から涙があふれている。

美子は哲彦によくなついていた。

カズはこれまで何度、美子を連れて、朝鮮人集落を出てゆこうと思ったかしれない。だが、父親と離れねばならないわが子の不憫（ふびん）を思って耐えてきたのだ。

松男の訪問はカズの心を激しく揺さぶった。

（今度こそ出てゆく、もう自分にウソはつかない）

《長い間、お世話になりました。私はやはり北朝鮮へは行けません。美子と一緒に家を出ます》

哲彦が「よなげ」に出ているときに、カズは書き置きを残し、美子を連れて家を離れた。もう戻るつもりはない。さりとて、行くあても、蓄えもなかった。

父親になついている美子にはウソをついてしまった。

「(お父さんが)長い間、仕事で留守になるので私たちも親類の家へゆく」と。

松男のことを心から慕いながらも、美子を連れて一緒に暮らすわけにはいかない。もとより、松男の住所さえカズは知らないのだ。

(船橋の叔父さんにお願いするしかない)

東京大空襲でひとりぼっちになったカズが頼った叔父の家。〝厄介払い〟をしたくてしょうがない叔母から冷たい仕打ちを受け、「二度と戻らない」と心に固く誓った、あの家である。

哲彦との同居を一方的に告げ、カズが叔父の家を逃げるように出てきてからもはや十年近い。

不安に押し潰されそうな気持ちで訪ねたカズと美子を、中年に差し掛かり、でっぷりと肥(こ)えた叔母はまるで穢(けが)れたものをみるような目で見下ろしていた。

「いまさら何の用かね。朝鮮人の子まで連れて」

そばで、中学生の末娘が意地悪く母親の耳にささやいた。さも、聞こえよがしに。

「ねぇお母ちゃん、ニンニク臭いよ。これって、朝鮮人の匂いじゃない?」

下げたままのカズの顔から大粒の涙がこぼれた。悔しさと情けなさ、そして、やり場のない憤怒の感情が洪水のようにあふれ出してくる。

「——美子行こう、もう帰ろう」

幼子の心にも、知らない大人から侮蔑を受けていることは分かる。カズに隠れて今にも泣き出しそうな美子の手を無理やり引っ張り、踵(きびす)を返した。

(来ちゃ、いけなかったんだ、ここには)

自分のわがままな行動で、幼い美子にまで辛(つら)い思いをさせてしまったことをカズは激しく悔いていた。

旅館に泊まるお金など持っていない。

カズが頼れる知人は、もう民恵しかいなかった。

だが、それは再び、朝鮮人集落に戻ることを意味する。哲彦に見つかるのは時間の問題であろう。

そのとき……美子の声にカズはハッとした。

「アッパ(お父ちゃん)に会いたい、もうお家(うち)に帰ろうよ」

十六章 ―― 一九五三年　樺太・豊原

アキはまだ樺太から出られない。

崇を取り戻すために、朴大成(パクデソン)とともに豊原のナターシャの家に忍び込み、一度は、わが子をこの手で抱きしめた。力いっぱい。

だが、協力者の内通でナターシャの待ち伏せを受け、棒でしこたま殴られた上、誘拐未遂と不法侵入の罪で、朴と一緒に刑務所(チョロマン)へほうり込まれてしまったのである。

刑期は三年であった。

「わが子を取り戻すのがなぜ誘拐なのか？　誘拐はナターシャの方ではないか」

形ばかりの裁判でアキはそう訴えた。〝モスクワ宛て〟に上申書まで書いたが、ソ連軍政下の樺太で日本人の言い分が通ることは、ほとんどない。

何しろ、秘密警察による監視、弾圧、密告が横行する中、「(禁止されている)ラジオを聴いた」「命じられた労働を休んだ」というばかげた理由で、二万人もの日本人が刑務所に入れられたのである。

囚人は〝タダの労働力〟として、土木作業や建設現場、女はニシンの加工場などでコキつかわれた。

密告した協力者は、アキの父親、清の家に住み込んでいた若い日本人青年であった。ソ連の秘密警察に脅され、スパイ行為を強要されたことを、涙ながらに打ち明け、許しを請うたのである。当時、無理やりスパイにさせられた日本人は山ほどいた。断れば〝刑務所行き〟にさせられてしまう。

樺太の日本人は、一九四六（昭和二十一）年十二月から約二年半の間に約二十九万人が引き揚げていた。

帰れなかった例外は、アキみたいに刑務所にいた者、そして、朝鮮人と結婚した後輩の淑恵のような日本人妻たちである。ソ連によって帰郷をストップさせられた朝鮮人も依然、足止めされたままだ。

だがソ連は「引き揚げ完了」を一方的に宣言してしまう——。


アキが三年の刑期を終えて、樺太の刑務所を出たとき、迎えてくれたのは先に出所していた朴大成だけだった。

「――よくがんばったな、アキ」

そういうなり、朴はアキの身体をぐっと引き寄せ、力いっぱいに抱きしめた。

アキは抵抗しなかった。顔をうずめたシャツから、うっすらとたばこの匂いがする。

「てっきり、あんた（朴）が、スパイだと思ってたわ。でも、一緒に刑務所に入れられていたとこ見ると違ったのね」

「裏稼業の商売も、家もカネもぜんぶ、取り上げられてしまった。私はもうスッカラカンだ。体だけはこの通り元気だけどね」

朴は、おどけて力こぶをつくってみせたが、カラ元気にしか見えない。

崇を取り返すためにナターシャの家に侵入したアキに協力したことで、恐らくソ連軍とのパイプも切れてしまったことだろう。アキは、朴を巻き込んでしまったことを申し訳なく思った。

「――崇のことなんだが……」

朴が真顔になった。

「やっぱり、ナターシャと一緒にモスクワに行ってしまったらしい。申し訳ないが、今の私の力では居場所さえもはっきりとつかめないんだ」

全身の血が逆流する思いだった。ずっと封印していたわが子への思いが甦る。

どんなに忘れようとしても、忘れられるはずがない。ナターシャに棒で殴られ、遠のく意識の中で懸命に抱きしめた崇の肌の温もり、小っちゃな吐息と鼓動。自分の命よりも大切な宝物。

それがもう手の届かない遠くへ行ってしまった、というのか。

アキはわれを失った。

「モスクワまで取り返しに行くわ。今すぐ日本に帰る。そこからソ連へ行くのよ！」

「――どうやっていくつもりだ？」

朴は諭すように語りかけた。

「――ソ連はな、もう『樺太からの引き揚げは完了した』と言っている。ソ連に行くどころじゃない！　日本人も朝鮮人も、この監獄のような樺太からさえ出られないんだ。あんたも私もなっ」


樺太で朝鮮人と結婚したアキの後輩、淑恵は知らぬ間にパスポルト（身分証）の民族欄を夫に「朝鮮」へと変えられてしまった。それゆえ、一九四六年十二月から始まった日本人の引き揚げに加わることができず、娘の美和と三人で樺太に留まらざるを得なかった。

その後はいくら待っても、淑恵ら日本人妻に引き揚げのチャンスはやってこなかった。

「お前、国籍をどうするつもりなんだ。もちろん共和国（北朝鮮）にするんだろうな。美和も一緒だ」

ハナから決めつけるような夫の口ぶりである。

淑恵はわざと横を向いて答えなかった。

一九五二年まで「無国籍」だった樺太の日本人、朝鮮人は、民政署から新たにソ連国籍か、友好国の北朝鮮国籍か、どちらか取ることを迫られている。

朝鮮人の夫は、三十八度線より南（後の韓国）の出身である。だが、戦後、北朝鮮地域から樺太へ渡ってきた人間から「お前たちはすべて共和国（北朝鮮）の公民である。国籍を取れば国に帰れるし、共和国によって南北が統一されれば、故郷にも戻れるだろう」と、さんざん吹き込まれていた。

日本人である淑恵にそんな気はない。

（私は日本に帰るのよ。それに社会主義の恐ろしさは、この樺太でたっぷりと味わっているじゃないの。北朝鮮がいい国であるはずがないわ）

それを口に出せば、また夫に殴られる。

だから、淑恵は夫にも黙って自分と美和は「無国籍」で通すことを決めていた。

ただ、困ったことがある。

十歳になっていた美和の学校問題だ。日本人の引き揚げによって、付属の日本人学校は廃止され、日本人子弟もソ連か朝鮮の学校に通うしかない。

美和の学校には北朝鮮の女教師が着任していた。

戦後、ソ連によって新たに労働力などとして樺太へ連れて来られた朝鮮人には二種類ある。

ひとつは、かつてスターリンによって、中央アジアなどへ強制移住させられた朝鮮族（国籍はソ連）。もうひとつは、北朝鮮地域から渡ってきた者たちで、ニシン漁などの仕事に就くことが多かった。

その数、合わせて約二万人。

これに加えて、朴大成ら戦前、戦中に来た朝鮮人が約一万五千人残っていたから、当時、樺太には「三種類」の朝鮮人がいたことになる。

彼らは互いに陰口をたたき合い、交流することもなかった。

「あなたたちは共和国（北朝鮮）の公民なのですよ。タダで大学へ行くことも、（ソ連の）モスクワ大学へ留学することさえもできるのです。共和国の国籍を取って安心して国へ帰りなさい」

北朝鮮から来た、民族学校の中年女性教師は、ことあるたびに淑恵や美和に対し、社会主義のバラ色の未来を語り、北朝鮮国籍を取ることを勧める。

朝鮮語やロシア語が必須科目となり、児童は少年団のような赤いネッカチーフまで着けさせられた。あまりのしつこさに、とうとう美和が音を上げてしまう。

「お母ちゃん、学校を替わりたい」

とはいえ、もう樺太に日本人学校はない。「せめてクラスを替わりたい」と淑恵が校長に頼むと、聞きつけた女教師が家まで怒鳴り込んできた。揚げ句、朝鮮人の夫まで一緒になって淑恵を非難する。

淑恵はもうがまんならなかった。

「北朝鮮から樺太へやってきたという人たちを見てみなさい。着る物や靴さえもまともになく、食べる物にも困っている。私たちも貧しいけど、あの人たちはもっとひどい。そんな国へ行って、未来などあるはずがないじゃありませんか！」

夫の手が淑恵の頬を張った。

女教師が顔を真っ赤にしてにらみつけている。

樺太の朝鮮人が集まる、吹けば飛ぶようなマッチ箱のような集落に、目つきの鋭い軍服を着た男が突然、やってきたのは夜中の一時ごろだった。

「すぐに開けるんだ！」

通訳の朝鮮人とマンドリン（サブマシンガン）を持った兵士を従えた将校の男は、一目で秘密警察と知れた。中からの返事の前に玄関の戸を蹴破り、ズカズカと土足のまま部屋へ上がり込む。

寝具にくるまり、美和をかばうように震えている淑恵を冷たい目でにらみつけた。

「お前には反ソ罪、資本主義援助の罪がかけられている。詳しく事情を聴く。すぐに準備しろ！」

すかさず、通訳の朝鮮人が耳打ちした。

「この女は日本人だ」と。

将校の顔色が変わった。

「――日本人だと！　日本人はもう引き揚げたはずじゃないか。なぜ、お前だけ残っている。そうか、お前はスパイだな。シベリアに送ってやる、一生出られんぞ」

（――スパイ？　シベリア？）

何のことだか、淑恵にはまるで分からない。懸命に首を横に振る。何度も何度も。

「違う、違うんです。どうか、見逃してください」

朝鮮人の夫が飛んできた。両手を合わせながら必死に拝む。そして、家にあった、ありったけのルーブル紙幣をそっと将校に握らせた。

「フンこんなはした金で。まぁいい。お前は朝鮮人だろう？　国籍は取ったのか？」

将校の態度が少し、和らいだのを見た夫はここぞとばかりに畳みかけた。

「私たちは、いずれ共和国（北朝鮮）へ行くつもりです。批判するつもりなんぞ、毛頭ありません。どうかそれで、助けてください」

（北朝鮮？　そんなっ、私たちは日本に帰るのよ）

そう言い返したかったが、淑恵は怖くて声が出せなかった。

「そうか、それならば今回だけは特別に見逃してやる。だがな、お前たちは監視対象だ。へたな考えは起こすんじゃないぞ、分かったな」

泣く子も黙る秘密警察である。有無を言わせぬ口ぶりに、あらがうことなどできるはずもない。

淑恵たちの北朝鮮行きはトントン拍子で進んだ。

〝ミニ・帰国事業〟と言うべき運動で樺太から北朝鮮へ渡った朝鮮人は一九五〇年代後半までに約四百人に上る。帰ってきた人はひとりもいなかった。

十七章

——一九五七年　樺太・豊原

アキと朴大成（パクデソン）は、ソ連がユジノサハリンスクと名前を変えてしまった南樺太の中心地・豊原に「新居」を構えることになった。

カミソリを頬に当てられるような厳しく長い「冬」と、短いけれど、燃え上がるような「夏」が三度ずつ過ぎていった。

アキは、朴大成との間に二人の子をもうけていた。恵子と誠一である。

「誠」の字を付けよう、と言い出したのは朴だ。

「大事な人の仇（かたき）を取るんだろう。忘れちゃいけない。それから、誠一は長男じゃなく次男だ。兄貴の祟がいるからな。長男を必ず取り戻すんだ」

誠一が生まれたとき、朴は学校の先生みたいな顔を赤らめ、少し照れくさそうに言った。

（——ありがとう。必ず取り返すわ）

十歳以上も年長である朴の思いやりを噛みしめ、アキは黙礼だけで返した。

もうすぐ三十歳になる。戦後、樺太の地に閉じ込められてからすでに十年近い。

「状況」は何にも変わっていなかった。

すべてを失った朴は、朝鮮にいたときに覚えがあった理髪師として働き、何とか家族を養っている。

アキは、洗濯の仕事やコルホーズ（集団農場）の農作業の手伝いぐらいしか仕事がない。二人の幼子を抱えて、食べてゆくだけで精いっぱい。秘密警察やスパイによる監視、密告。「自由」がまったくない息苦しさは相変わらずだった。

わずかな光明は、一九五三年に独裁者、スターリンが死に、朝鮮戦争が休戦となって、ソ連が西側諸国との関係改善を模索し始めたことである。

日ソ国交正常化交渉は五五年六月、ロンドンで始まった。日本側が最優先事項として、ソ連側に求めたのが「残留日本人の無条件送還と情報提供」である。

ただ、このとき「残留者」として日本政府や日本人の頭の中にあったのは主にシベリア抑留者のことであろう。

樺太に、アキや淑恵のような日本人がまだ残っていることをほとんど国民は知らず、日本政府も特段の関心を払っていなかったのである。

アキが豊原（ユジノサハリンスク）のバザール（市場）で後輩の淑恵を見かけたのはそんな

ときだ。

スカーフに古ぼけた外套（がいとう）をまとい、小学生ぐらいの女の子の手を引いている。

「――淑恵ちゃん、よね。引き揚げなかったの？」

「――ひ、人違いです」

淑恵はうつむいたまま慌てて駆け出した
「待って、淑恵ちゃんでしょう！」

アキは、バザール（市場）の雑踏をかき分けるように淑恵の後を追った。

終戦の年の夏、樺太へのソ連の突然の侵攻で焦土と化した「北の街」。最前線の監視哨（しょう）に取り残されていた女子防空監視隊のひとりが淑恵である。

アキが決死隊を作り、「死化粧（しにげしょう）」をして助けにいったかわいい後輩。その顔を見間違えるはずがない。

昔から駆けっこには自信がある。

娘の手を引き、スカーフで顔を覆って逃げ出した淑恵を、人けのないバザールの隅っこで、後ろから抱きかかえるようにして捕まえた。

「なぜ逃げるの？　アキよ、アタシを忘れたの！」

淑恵の肩が震えている。泣いているようだ。

「忘れるもんですか！　私の命を救ってくれたアキ姉さんのことをっ」

やっと絞り出した声は消え入りそうだ。

淑恵は、周囲に人の気配がないのを何度も確かめてから、初めてアキの方に向き直った。

女学校の生徒だったころの淑恵のハツラツとした若さが〝生活やつれ〟で、すっかり失われている。

だが、切れ長の目と、すっきりと鼻筋の通った整った顔は、紛れもなく懐かしい淑恵だった。

「――じゃ、なぜなの」

「――姉さんに迷惑がかかる」

やつれて細くなった頰を涙がつたう。

「――迷惑？」

「――私はスパイの疑いをかけられて秘密警察に監視されているのです。アイツらは樺太に残った日本人を不審に思っている。引き揚げが完了したのに、わざと残ってスパイ活動をしているんじゃないかって。だから私と接触したことが分かると、姉さんまで」

淑恵は声を潜め、もう一度周囲をうかがった。

「私たち家族はもうすぐ、北朝鮮へ行くことになりました。夫とこの子も一緒です」

「――えっ、北朝鮮へ？」

アキは、淑恵が終戦後、両親を病気で亡くし、〝人身売買〟のごとく炭鉱で働く朝鮮人と結婚したことを知らなかった。

アキ自身、当時はそれどころではなかった。崇をナターシャに奪われ、慰安所を経営する朴大成に〝カネで買われた〟身の上だったのである。

「北朝鮮へ行くことは秘密警察の命令なの？」

淑恵は悲しげにうなずいた。


アキは淑恵と娘の美和を引きずるようにして自宅へ連れてきた。豊原郊外の山に立つ廃屋を修理したあばら家である。理髪師の仕事から戻った朴大成と隣のアジュマ（おばさん）に預けていた幼い恵子と誠一がいた。

「アタシの夫も朝鮮人なのよ」

アキはそう言って朴を淑恵に紹介した。二人の子供をもうけ、やっと「夫」と呼べるようになったのである。十歳以上年の離れた朴は、アキにとって相変わらず父か兄みたいな存在だったけれども。

アキと朴は、ソ連によって樺太に足止めされている日本人と朝鮮人を故郷へ帰そうとしている。

だがソ連は、日本や韓国への引き揚げは認めないが、朝鮮人には、友好国である北朝鮮への帰国をしきりに勧めるようになった。

「お前たちは『共和国（北朝鮮）の公民』だ。帰れば家も学校も病院もタダで行ける。（ソ連の）モスクワ大学にだって留学できるんだぞ」

樺太の朝鮮人はほとんどが「南」（現在の韓国）の出身で「北」は故郷ではない。

「すぐに（北朝鮮の手で）統一される。故郷にも帰れるんだ」と甘言を弄して、ソ連が同胞を北朝鮮へ送り込もうとしていることに朴は警戒感を強めていた。

諭すように淑恵の顔をのぞき込む。

「あんたのご主人も南だろう？　戦後ここ（樺太）へきた北の連中を見なかったのか。私たちよりずっと汚く貧しい身なりで、満足にメシさえ食っていない様子だった。それが北の現実なんだよ」

戦後、引き揚げた日本人に代わる労働力として、ソ連の要請で北朝鮮や大陸から樺太に渡ってきた朝鮮人（族）は約二万人。特に北朝鮮から来た人たちは貧しく、同じ同胞でも互いに交流はなかった。

「――分かっているんです。でも、行かなきゃ秘密警察から家族全員が大変な目に遭わされるでしょう。私はいい。けれど、この子（美和）だけは」

淑恵は傍らの娘をぎゅっと抱きしめた。

「それに、樺太に居たって変わりがないじゃないですか。監視、密告、投獄。もうたくさん！本当に南北が統一されたら日本にも帰れるかもしれない」

覚悟を決めた顔だった。

アキには掛ける言葉が見つからない。

「――そうね。母親にとってわが子ほど大切なものはないもの」

わが身に聞かせるようにつぶやいた。


当時の樺太には、ソ連共産党系の御用新聞ぐらいしかメディアがなかった。朴はひそかに禁止されているラジオを隠し持っていたが、秘密警察に見つかれば刑務所行きである。

夜、街が寝静まってから、小さなボリュームで日本からの放送を耳をすまして聴く。雑音まじりのニュースや歌番組である。

その中に、ＮＨＫラジオの「尋ね人の時間」という番組があった。シベリア抑留者や引き揚げ者、消息不明の戦友、家族、親類から寄せられた手紙を紹介し、関係者からの連絡を待つ、という伝言番組である。

ある日、朴と一緒に番組を聴いていたアキは心臓が止まりそうになった。自分の名前が読み上げられたからである。

「寺谷昭子（アキ）さんを捜しています。樺太からの引き揚げ者です。シベリアのラーゲリ（収容所）で亡くなった親友の大切な人でした」

手紙の差出人は大阪の福田武だった。

封印していた誠への思いが体中を駆け巡る。

朴は冷静だった。

「よし、こっちから日本へ手紙を出してみようじゃないか」

このころになるとやっと、樺太の日本人は手紙を出せるようになっていた。

もちろん、ソ連当局の検閲がある。へたなことは書けない。相手に届くかどうかも不確かで、半年もたって忘れたころに返信が舞い込むこともあった。

手紙を出す？　だが、誰宛てに出せばいいのか？

放送局へ宛てれば、禁止されているラジオを聴いていたことがバレてしまう。先に引き揚げた養父母が日本のどこに落ち着いたのかも分からない。

結局、アキが八歳までいた北海道の住所に宛て、「樺太にまだ残っていること」だけを書いた。

だが、その手紙は、ラジオに投稿した大阪の武の所へは届かなかった。ナターシャ宅への〝不法侵入〟で、すでに秘密警察から要注意人物としてマークされていたアキの手紙は、真っ先に握りつぶされてしまったからである。

その代わり、武のもとへ「奇妙な手紙」が届く。

差出人の名前がなく、北海道の地方都市の消印が押してあった。

「あなたが、お探しの寺谷昭子（アキ）は朝鮮人と結婚し、まだ樺太に残っています」

それだけ書いてある。

出したのは、アキの養父、清であった。

もちろん、清はアキの生家である福田のことを知っている。だが、生後すぐに里子に出されたとき、「二度と関わりを持たない」「生家を明かさない」と親同士で固い約束がしてあった。ラジオの放送を聴いたとき清はやむなく差出人を記さず、アキの消息だけを知らせることにしたのである。

武は武で、北朝鮮へいった妹（カズ）のことは聞いていたが、もう一人、双子の姉（アキ）がいることは知らない。あくまで親友（誠）の恋人としてアキを探していたのである。

奇妙な手紙を不審に思いつつ、武は強い憤りを感じていた。

（朝鮮人と結婚した、やて）

（誠は最期の最期まであんたの名前を呼んでたんや。今もシベリアの冷たい土の中で迎えを待ってるんやで。それをさっさと他の男と結婚したやと）

樺太のアキはそんなやりとりがあったことなど知るよしもない。

当然のことだが、日本へ送った手紙には何の反応もなかった。

業を煮やしたアキはとんでもないことを思いつく。

「――モスクワに電報を打つわ」

ソ連の独裁者、スターリンの後継者となったフルシチョフに直接、帰国を訴えるというのだ。

アキは一度、言い出したら聞かない性分だ。電報の文面はこうである。

【やむなく樺太に残っている日本人がまだいるのです。どうか、どうか、家族と一緒に日本へ帰らせてください】

ところが、奇跡が起きた。何の手違いか、その電報が「クレムリンの主人」に届いてしまう。当時のソ連には、国交を回復したばかりの日本との関係に配慮しなければならない事情があった。

アキの「大ばくち」は成功した。

しばらくして、オビル（入国管理所）からアキに呼び出しがあった。

「あんなまねをしちゃいかん……。この度、わが国は大いになる温情を持って、お前を日本へ帰すことになった。家族も一緒になっ」

苦虫を嚙みつぶしたような係官は、しぶしぶといった口ぶりでこう告げた。

ついに、アキの二十四年ぶりの引き揚げがかなうのである。

「――やっと、やっと暗闇のような暮らしから抜けられるのね……。これで、これで祟に一歩、近づける……」

長いトンネルの中に閉じ込められたような日々を思うと、とめどなく涙があふれた。

一九五八（昭和三十三）年一月。アキと朴大成と二人の子供が乗り込んだ「白山丸（はくさん）」は京都・舞鶴港へ着く。

凍てつくような真冬の日本海をわたり船が港に近づくころには冷たい雨がみぞれに変わっていた。

船上から、遠くの岸壁が見える。

小さな木造の桟橋に出迎えの人があふれていた。ブラスバンドが奏でる「軍艦マーチ」のメロディーが海を伝ってかすかに聞こえてくる。

(――帰ってきたんだわ……今度こそ。アタシの故郷に、日本に)

強風に飛ばされそうなスカーフを手で押さえながらアキはずっと祖国の大地を見つめていた。

アキの電報で堅い扉が開かれた「第二次集団引き揚げ」によって、約二千人の日本人とその配偶者の朝鮮人、子供たちが樺太から日本に引き揚げる。

だが、樺太には尚、約四百人の日本人が残されていた。

十八章　一九五九年　東京

行く場所がなくなったカズは美子を連れて、仕方なく李哲彦と住む埋め立て地の朝鮮人集落に舞い戻っていた。

「もう戻らない、自分の気持ちにウソはつかない、と誓ったのに」

カズは唇を噛んだ。無力感、絶望、情けなさ――がごちゃ混ぜになって押し寄せてくる。

カズは再び〝もの言わぬ人形〟に戻ってしまった。

哲彦は、そんなカズをよそに着々と帰国事業への参加準備を進めている。

埋め立て地の朝鮮人集落は「北連」の拠点のひとつである。住民はまるで「バスに乗り遅れるな」といわんばかりに先を争って参加を決めてゆく。

長田(ながた)健次郎にはスター歌手として〝特別待遇〟が約束されていた。

首都・平壌の高級住宅地の豪邸、運転手付きの自家用車、四人の子供たちには、希望する学

校への進学。もちろん、長田自身には、スター歌手にふさわしい活躍の場と肩書が与えられる。

そんな好条件を示されてもなお、日本人妻の東川民恵は不安が消えなかった。

日本の社会は、政治もマスコミも周囲も帰国事業を絶賛するばかりである。〝外堀が埋められる〟ような圧迫感に耐えかねて民恵はカズを訪ねた。

「カズさん、あなたはどうするの？　やっぱり北朝鮮へ行くの？」

カズはうつむいた。しばらくあって無言で首を横に振る。

「そう、私も行きたくないのよ」

民恵は、ぐっと身を乗り出して、かねてから考えていた「計略」をカズに持ちかけた。

「いまの様子だと（帰国船が出る）新潟まではどうやら行かざるを得ない雰囲気のようね。でも、最後に赤十字国際委員会からひとりひとりに対して意思確認があるのよ。そこで『行きません』と言って一緒に逃げよう。ねっ、子供たちも一緒よ」

《北朝鮮への帰国事業　日朝赤十字が協定に調印》

一九五九（昭和三十四）年八月、松男は新聞のニュースを見て激しく動揺していた。

「アイツも行ってしまうのか。手の届かない遥か、遠くの国へ」

松男もカズへの思いを断ちきれずにいた。

五三年暮れ、特赦で巣鴨プリズンから釈放され、その足で埋め立て地の朝鮮人集落にカズを訪ねたときから、もう六年になる。今は、同じ死刑囚だった陸軍士官学校出身の須藤の誘いで、警察予備隊→保安隊→自衛隊と名を変えた組織に身を投じていた。

あのとき、カズと同居する李哲彦から「今度来たら殺すぞ」と凄まれ、不可解な思いを抱えながら仕方なく立ち去った。「カズに迷惑はかけられない」と無理やりに自分の思いを封じ込めたのである。

それが、狂おしいほどに甦ってくる。帰国事業のニュースを聞いてもう居ても立ってもいられなくなった。

知らぬ間に松男の足は、埋め立て地の朝鮮人集落へと向かう。

高度経済成長からそこだけが取り残されたような街は六年前と何ひとつ変わっていなかった。

「どん、どんッ」

松男は、いきなりカズの家の玄関の引き戸を激しく叩いた。

無茶は承知である。

「——どなたですか?」

か細い声……カズに違いない。

真っ暗だった家の中に小さな灯りがともる。

「——オレだ、松男だ。開けてくれないか」

戸の向こうに沈黙があった。

「北朝鮮へ行ってしまうのか？　なあ、教えてくれ」

ガラガラという音がしてゆっくりと引き戸が開かれる。カズが立っていた。じっとうつむいたまま。

六年ぶりである。

互いに年は三十代の半ばになった。

だが、カズは昔のままだった。夜の闇に透き通るような白い肌が映える。引っ詰めにした黒い髪。大きな瞳から今にも大粒の涙がこぼれそうだ。

「──松ちゃん、会いたかった」

秘めた思いがほとばしる。

その言葉に松男は我を忘れた。

カズの細腕を強引につかみ、引きずるように外へと連れ出す。寝かしつけた美子を家に置いたまま。李哲彦は「よなげ」の仕事で留守だった。

みすぼらしい連れ込み旅館。

カズと松男はその一室で向き合っていた。

「──カズ、オレはなぁ、一時たりともお前のことを忘れたことはなかったんだ。戦争に行ったときも、フィリピンで死刑にされかけたときも。ずっと、ずうーっとだ」

胸の奥底に封じ込めていた思いの丈を松男がぶちまける。熱い言葉はとどまることを知らない。タガが外れてしまった桶からあふれ出すように。

固くこぶしを握りしめ、うつむいて聞いていたカズの体が小刻みに震えている。

ポタリ、ポタリ、熱いしずくがこぼれた。

「――ごめんね、ごめんなさい、松ちゃん。分かってたの。だけど私は、私は……」

涙でくしゃくしゃになったカズの顔。松男は黙って自分の胸の中に抱き寄せた。

カズが松男の背中にそっと腕を回す。

〝ひとつになる〟のに時間はかからなかった。

この瞬間を、どれほど願ったことか。

夏の夜の、まとわりつくような熱気と湿気が汚い部屋を覆う。カビ臭い、せんべい布団の中で、カズと松男は夢中で、互いを求め合った。

どれぐらい時間がたったのだろう。

ずっと気になっていたことを松男が問いかけた。

「カズ、まさか北朝鮮には行かねぇよな、なっ」

カズは答えない。

「オレと一緒に暮らそう。娘さんも一緒にだ」

両手で覆った顔からまた、涙があふれた。

「――美子はかわいそうな子なの。日本の学校で『チョウセン』だって、いじめられて。それに父親を慕っているのよ」

カズは自分の言葉にハッとした。

寝かしつけた美子をひとり、家に残したままだ。それに、同居する李哲彦もそろそろ「よなげ」の仕事から戻る時間だ。

「――帰らなきゃ」

乱れた髪を直し、カズはあわてて身繕いをした。

(私はつくづく勝手な女だ)

自分が嫌になる。

哲彦との子である美子を産む、と決めたとき、自分は「男女の愛」よりも「親子の情愛」を選んだのではなかったか。それなのに。

美子のあどけない寝顔がまぶたに浮かぶ。

「二つの大事なもの」のはざまでカズの心は大きく揺れていた。

十九章　一九五九年　朝鮮人集落

二十四年ぶりに祖国に帰ったアキはニュースを聞いて耳を疑った。

《北朝鮮への帰国事業（一九五九年）十二月に第一船》

「ダメ、絶対に行っちゃダメ。みんな、共産主義の独裁国家の恐ろしさを知らないのよっ。すぐにやめさせなきゃ」

アキは、共産主義の独裁国家の「真の顔」を知っている。樺太にいた十三年の間、秘密警察による監視、投獄におびえ、人間にとって何より大事な「自由」を奪われる息が詰まるような暮らしを強いられてきた。

アキの後輩である淑恵の一家のように、樺太から、〝ミニ・帰国事業〟で北朝鮮へ渡った人たちの末路は、いずれもが「消息不明」である。

それなのに。

《地上の楽園、労働者の天国》

日本では、社会を挙げての大歓迎ムードに酔いしれている。

反対しているのは、わずかに韓国やそれを支持する在日組織の「南団」ぐらいだ。

「何としてもやめさせなきゃ。直接、その人たちを説得するしかないわ……」

東京湾の埋め立て地にある朝鮮人集落。北朝鮮を支持する在日朝鮮人組織「北連」の拠点であり、住民の多くが帰国事業へ参加しようとしていた。

そこは、日本の警察官でさえ、ひとりでは怖くて立ち入れないという無法地帯に近い。

(話せば分かってもらえる。いま、本当のことを伝えなきゃ、きっと後悔する)

アキは自分を奮い立たせた。

薄汚れたバラックが立ち並び、すえたような臭いが鼻をつく。見るからにそこだけ空気が違う。

「ごめんください。どなたかいらっしゃいませんか」

玄関先から声を掛けると、赤い顔をした初老の男が不審そうに顔だけをのぞかせた。

「何の用だ」

尖った声が酒臭い息を運んでくる。

「帰国事業に参加することを考え直してほしいのです。あの国は『地上の楽園』ではありません」

アキの言葉に初老の男はぐいっと身を乗り出し、荒々しく襟首をつかんだ。

「お前、『南』のスパイだな。女だてらにいきなり乗り込んでくるとはいい度胸じゃないか。ただで済むとは思っていないだろうなっ」

日雇いの労務者らしい男は、すごい力で襟首を絞め上げ、アキの身体をつり上げた。息ができない。

捨て身のひざ蹴りが男の金的に命中した。

「うっ、何をしやがる」

男が股間を押さえて苦しそうにうずくまった。騒ぎを聞きつけて、四、五人の男たちが駆け寄ってくる。

「コイツはスパイだ。やっちまえ」

地面に転がっている男がアキを指さすと、男たちは色めき立った。好色そうに下卑た薄笑いを浮かべている若い男もいる。

アキは体を強ばらせた。多勢に無勢だ。いくら護身術の名手といえども勝ち目はない。

「やめて！」

女の声が響いた。

「同じ目」が見つめている。

声を発した女は双子の妹、カズであった。

生まれた直後、ともに里子に出されたアキとカズ。それっきり会ったことは一度もない。ただし、互いに双子の姉妹が居ることは知っている。

手がかりは、幼い頃から持っている天満の天神さんのお守り。

だが、そんなものは必要なかった。

磁石が引き寄せ合うようにお互いがお互いを感じ合う。

小麦色に日焼けしたアキと、透き通るような白い肌をしたカズ。大きく凛とした瞳。

にっこり笑うと、アキは左頬に、カズは右頬に同じエクボが浮かぶ。

まるで「鏡」のように二人は向き合った。

カズがためらいがちに声を掛ける。

「――あなた……もしかしてそうなの？　姉さんなの？」

東京大空襲で養父母を失い、天涯孤独の身の上となったカズ。美子の父親である李哲彦から、北朝鮮行きを迫られ、振り切ることができない松男への思いに激しく心を揺さぶられている。

誠との間にできた崇を奪われたアキは、ソ連や北朝鮮の、共産主義の独裁国家との闘いを決意した。樺太から出ることを禁じられた人たちを救い出そう、北朝鮮への帰国事業を何としてでもやめさせようと、立ち上がったばかりである。

「アタシは寺谷昭子。樺太から日本へ、やっと戻ってきたところよ」

「私は並河和子よ。娘がひとり」

小学生ぐらいの、かわいらしい女の子が恥ずかしそうにカズの後ろにくっついていた。

「昭子と和子。たった七日しかなかった昭和元年に生まれたからそう……もう間違いないわ」

アキとカズ。

二人は声をそろえて笑った。

思いがけない展開に、アキを取り囲んでいた朝鮮人集落の男たちも戸惑いを隠せない。

「あんたら双子の姉妹なのか」

「そうみたいね」

改めて互いを見つめ合う。

三十二歳。

つまりは三十二年ぶりの再会であった。


「カズ、って呼んでいいわね」

そう言いながらアキは、怖いほどの真剣な目つきでカズの顔を見据えた。

カズの家にふたり。

美子は寝かしつけ、李哲彦は「よなげ」の仕事で留守だった。気兼ねするものはない。

「聞いてほしいのよ。北朝鮮へは絶対に行っちゃダメ。アタシは樺太でさんざん見てきたの。共産主義は怖い社会よ。バラ色なんかじゃない。ねっ、みんなにもそう説明してちょうだい。

そのことが言いたくてここまでやってきたのよ」

思いの丈をアキは一気にまくし立てた。

カズは答えない。

目をそらし、辛そうに唇を噛む。

「私だって行きたくはないわ」

カズのか細い声。

「じゃなぜ？　行くことないわ」

「この子よ」

カズは隣の部屋で、小さな寝息を立てている美子にそっと目をやった。

「親類からね、『朝鮮人の子、ニンニク臭い』って蔑まれたのよ。かわいそうでね。この子には何の罪もないのに。親ばかかもしれないけど、すごく勉強ができるの。できれば大学まで出して、医者か学者にしてあげたい。でもね、日本に住んでいる限り、そんなことは夢のまた夢よ」

カズと哲彦は正式に結婚していない。美子はカズの戸籍に入っている日本人だ。

だが、世間はそう見てくれない。

最初、カズは哲彦の反対を押し切り、無理やりに日本の小学校に通わせた。名前も並河美子（なみかわよしこ）である。

それでも朝鮮人集落から通っていることは隠せない。たとえ子は知らずとも、親が教えてしまう。

「あの子とは遊んじゃいけません」と。

そうなると、子供の世界は残酷だ。

「汚い」

「臭い」

「あっち行け」

ノートを破かれたり、靴を隠されたり。やっとできた友達が知らぬ間に去ってしまう。

美子に泣きつかれ、カズはしぶしぶ民族学校へと転校させた。だが、そこからは、ほとんど日本の大学へは進学ができない。

「北朝鮮へ行けば大学へ行ける。学費もかからない。美子にはそこしか生きる道はないのよ」

カズの言葉にアキは言い返すことができなかった。子を思う母の気持ちは痛いほどよく分かる。モスクワへ連れ去られたまま、消息も分からない崇の姿が目に浮かび、胸が締め付けられた。

「また、来るわ」

そう言って立ち上がったアキに、カズは思いのほか強い言葉を返した。

「いいえ、もう来ないで。今度来たらあなたはただでは済まないわ。(北朝鮮行きは)もう決めたことよ」

松男のことは話せなかった。

ひそかな逢瀬はあれから二度、三度と続いている。

松男からも強く引き留められていた。

（——美子と松男）

二つのかけがえのないもの。カズがどちらかを選ばねばならないときが迫っていた。

いや、答えは最初から出ていたのかもしれない。

（そうよ、この子を産むと決めたときから、そうだったのよ）

やがて否応なく、松男との別れを余儀なくされる事態が起こる。

李哲彦に逢瀬がバレたのだ。

「よなげ」の仕事に出る、とウソを言って家を出た哲彦はひそかにカズの跡をつけた。朝鮮人集落の荒くれ男たちも一緒にである。

怪しげな連れ込み旅館に二人が消えたすぐ後に、哲彦らは部屋に踏み込んだ。

「このメス豚め！」

「死に損ないが」

あらん限りの悪罵を投げつけ、樫の棒で二人をめった打ちにする。血まみれで虫の息となった松男ひとりを部屋に置き去りにし、哲彦はカズを引きずるようにして家へと連れ戻した。

「お前は二度とこの家から出さんっ」

そう言って哲彦は、カズを太いロープでぐるぐる巻きにして柱に縛り上げた。

ぐったりとしたカズは自分でも不思議なことに、安堵感に近い気持ちに包まれているのを感じていた。

（これでよかったのよ、これで）

一九五九（昭和三十四）年も暮れようとしていた。

カズと哲彦、そして美子は翌六〇年一月末に出港する帰国船に乗ることになった。

その船には示し合わせたように、希代のテナー歌手、長田健次郎と日本人妻、東川民恵の一家も乗り込むことになっている。

ただし民恵は、乗り込む帰国船の出航日が決まってもなお、諦めていなかった。最後の最後に、北朝鮮行きを拒否することを。

帰国者が「出航前の三泊四日」を過ごす、新潟の日赤センターでは、歓迎行事、通関や検疫、外貨への両替などの事務手続きに加え、赤十字国際委員会の立ち会いの下、ひとりひとりに対して、最終的な意思確認が行われることになっている。

「カズさん。そこではっきりと『私は行かない』と言うのよ。子供と一緒に逃げましょう」

民恵の重ねての誘いにカズは首を横に振った。

「――私は狡い女です。その上、甘ったれで、泣き虫で、優柔不断なばかりに哲彦さんも松男さんも傷つけてしまった。娘は、美子は家族一緒に北へ行くことを望んでいます。その気持ちに応えたい、今度ぐらいは自分でちゃんと決めたいのです」

反論を寄せつけない凛とした目だった。

一九五九年十二月十四日、ついに北朝鮮清津(チョンジン)港へ向かう帰国第一船が新潟港から出航する。

周辺は騒然としたムードに包まれた。

新潟港は外海から入り込んだ信濃川沿いにある。

師走の寒風が吹き付ける、小さな岸壁に詰めかけた見送りの人たちは約三千人。あまりの人出に入場制限がかけられたほどだ。

一方で、この数カ月後に市民・学生運動によって退陣することになる韓国の李承晩政権は力ずくでの「北送阻止」の強硬姿勢を崩していない。

日赤センターの爆破未遂事件の発覚や帰国船の撃沈計画が浮上。さらには、韓国を支持する「南団」系の男たちが線路に座り込み、帰国者を乗せた臨時列車が数時間遅れる騒ぎもあった。

だが、韓国が在日コリアン帰国に対して、突き付けた条件は、強制連行補償金として一人一千ドルの支給など、とても日本政府がのめるものではない。帰国船の配船まで自前でやるとした北朝鮮側に軍配が上がったのは自明のことだったろう。列島挙げての歓迎ムードが盛り上がる中で「何としてでも第一船に乗りたい」と勢い込む人が後を絶たなかった。

ソ連船籍の貨客船「クリリオン号」と「トボリスク号」。赤十字マークをつけた船に勇躍、乗り込んだ北朝鮮への帰国者第一陣は九百七十五人。ブラスバンドが奏でる「金日成将軍の歌」「蛍の光」、そして「万歳（マンセー）」の連呼の中、〝地獄への片道切符〟の旅は始まったのである。

二十章　一九六〇年　新潟

北朝鮮への帰国船が出る新潟港には毎週、一千人もの帰国者が怒濤のように押し寄せていた。全国各地から集まった帰国者は、火曜日に新潟駅に到着し、専用バスで「ポドナム（朝鮮語で柳の木）通り」と名付けられた道を通って、新潟空港の隣にある日赤センターへ入る。米軍の元施設を転用した簡易宿泊所で三泊四日を過ごした後、金曜日の午後には船が出航、そして二昼夜明けた日曜日には北朝鮮東海岸の清津（チョンジン）港に到着するというスケジュールになっていた。

帰国者専用の臨時列車は東京の場合、品川駅から出発する。

一九六〇年一月末、そのホームにカズと李哲彦の一家、そして、テナー歌手、長田健次郎と日本人妻、東川民恵の姿があった。

「どうしても行くの？」

見送りではない。諦めきれない双子の姉、アキが最後の説得に駆けつけていた。

「私はあなたのように強くはない。でも、今度は自分で決めたのよ。『地上の楽園』なんてウソかもしれない。ただね、このまま日本に残ってもこの子（美子）に未来は描けない。可能性にかけたいのよ」

吹っ切れたようなカズの表情だった。

「――会ったばかりなのにもうお別れなんて。必ず、必ずまた会えるよね」

動き出した列車の窓越しにアキはカズの手をぎゅっと握りしめた。

涙目になったカズが何度もうなずく。

「手紙を書くわ、それに、アキの闘いを応援してる。あなたならきっとやり通せるわ」

一月二十九日、冬の新潟には珍しい青空が、出航時間の午後には急にみぞれまじりになっていた。

鈴なりの岸壁に船の方をじっとにらみつけている男の影があった。松男である……。

「北連」、日朝協会、帰国協力会。

北朝鮮への帰国事業を強力に推進し、連携を取ってサポートした組織である。後の二者の事務局は事実上、日本の左翼政党が牛耳っていた。

梁田がいたのは新潟の帰国協力会である。よく現場で一緒になった康（カン）という男は「北連」新潟県本部の幹部で〝帰国者送り出し〟の実務責任者だった。

康の最も重要な仕事は「生活指導」という名の説得である。

出航前の三泊四日を過ごす新潟の日赤センターに来てから、「どうしても行きたくない」という人が出てくる。それを脅し、すかし、なだめて説得し、最後は強引にでも船に乗せてしまう。

「オレはだましてでも船に乗せる。そうすることが祖国への忠誠であり、正義なんだ」

康は本気でそう信じていた。

ある家族のうち、高校生の長男だけが「やっぱり行かない」と渋り出したことがある。鬼のような形相になった父親はとうとう包丁を取り出して、息子の顔に突き付けた。「お前のためなんだぞ。それが分からんのか。共和国（北朝鮮）は大学までタダで行かせてくれるんだ」

包丁を握る手がブルブルと震えている。このままでは発作的に刃傷沙汰になりかねない。康は二人の間に割って入り、息子をそっと連れ出した。

「いいか、黙って船に乗れ。心配するな。出航前にオレが、お前だけを連れ出してやるから」

もちろん本気ではない。とにかく船に乗せてしまえば〝こっちのもの〟なのだ。

センターから「急に自宅へ戻りたくなった」と言い出した老人にしこたま酒を飲ませ、ぐでんぐでんに酔わせて船に押し込んだこともある。酔いがさめたころにはもう日本海の波の上だ。

それだけではない。「北連」は帰国者の財産も根こそぎ奪ってゆく。「共和国には何でもそろっている。党の温かい配慮で、衣・食・住の心配はない。だから余計な物は持っていくな、ここへ置いていけ」

そうささやき、家や土地、店舗、工場、機械はそっくり寄付させてしまう。一人当たり持ち帰ることが許された四万五千円は英ポンドに両替することになっていたが、やがてこれも「北連」が預かることに。腕時計、ネッカチーフなどの手みやげも「共和国の計画経済を乱す」というばかげた理由で取り上げられた。

新潟は歓迎ムード一色に染まっていた。

この地が帰国船の出航地に決まったのは、自ら誘致に名乗りを上げたからである。

日本統治時代に朝鮮北部の清津などと定期航路で結ばれていた「実績」をテコに、県知事が北朝鮮に乗り込んでまで獲得した名誉ある出航地のポジション。

帰国者を乗せた列車が新潟駅に着くたび、歓迎ののぼり、北朝鮮国旗の手旗がふられた。

帰国船でやってきた朝鮮赤十字代表団を歓迎するためのパーティーの開催。日赤センターでは、新潟市内の小学生が参加する「帰国学童を送る会」が教職員組合主導で毎回開かれる。

「正義と人道の風よ吹け!」

誰もが〝良いこと、素晴らしいこと〟を支援していると思い込んでいた。

出航時はもっと〝お祭り騒ぎ〟になる。

色とりどりのテープが投げ入れられ、ブラスバンドが〝鉦や太鼓〟で賑々しく盛り上げる。「万歳万歳（マンセー）」の大合唱。送る側も送られる側も満面の笑み……それがやがて、涙に変わってゆく。

集団ヒステリーのような高揚した雰囲気の中で、テナー歌手、長田健次郎の日本人妻、民恵だけが、ひとり醒めていた。

（みんなどうかしている。いったい誰が「地上の楽園」を自分の目で見たっていうの）

日赤センターに手伝いに来ている梁田にも何度か不安な胸の内を訴えた。

最終の意思確認は明日に迫っている。

（やっぱり断ろう。北朝鮮へは行けない）

そう覚悟を決めた。米軍のごわごわした毛布で体を包みながら民恵はその夜、一睡もできなかった。

そんな民恵の異変に気づいた男がいる。「北連」議長の姜徳秀（カンドクス）だ。長田健次郎はＶＩＰであり、一家を挙げての帰国は〝事業のシンボル〟である。その妻をこの期に及んで離脱させるわけにはいかない。姜は一家とピッタリくっついて離れなくなった。

民恵が〝最後のチャンス〟とみていた最終の意思確認は結局、形だけであった。

家長である長田に「行きますね」と念押しの質問があっただけ。民恵には発言の機会すらなかった。

逃げ出そうにも姜が目を光らせている。

「全員で一緒に記念写真を撮りましょう」

絶望する民恵の手を無理やり引き、姜は得意げにカメラに向けてポーズをとった。


カズと李哲彦の一家、そして、テナー歌手、長田健次郎と民恵が乗り込む第六次帰国船の「クリリオン号」は一月二十九日、新潟港から出航することに決まった。

日赤センターから港へは専用バスで行く。すでに岸壁は二千人を超える見送りの人たちが鈴なり、長田目当ての大勢のメディアがカメラを構えている。

朝鮮赤十字の代表団、迎接委員が船から下りてきた。花束の交換、帰国者名簿の確認、代表者のスピーチ。すべての手続きが終わり、帰国者全員が船に乗り込んだのは午後三時。朝には冬の新潟には珍しく真っ青に晴れていた空が、そのころには、いまにも泣き出しそうになっていた。

カズは淡々としていた。

今度こそ自分で決めたのである。

(――後悔はしない。美子のため、それから「もうひとつの命」)

そっとおなかに手をやった。

カズが松男の子を身ごもっていることに気づいたのは一カ月ほど前である。

その事実が心の支えとなった。

(松ちゃんと私の命がここに宿っている。それだけで生きていける。どんな辛い目に遭っても。そして、美子とこの子だけは命に代えても私が守るのよ)

船上はハプニングに沸いていた。

長田が外套を着たまま、タラップの上で突然、高らかに歌い始めたのである。

「オーソレミヨ」

長田の十八番。朗々とした歌声は寒風に乗って港に響き渡った。拍手と大歓声。

そのとき、カズは岸壁の人波に松男の姿を見つけた。怖いような目でこちらをにらんでいる。

カズは体中が熱くなるのが分かった。

(ごめんなさい、松ちゃん。でも私は大事なものをもらった。忘れません)

カズは松男の顔を正面から見据えた。そして、おなかに手をやり、その手で松男を指さした。

にっこりとほほ笑む。

サインの意味に気づいた松男が驚いたように顔を歪めた。

大声で叫んだ言葉が、強風と大歓声にさえぎられてしまう。松男も大きく手を振った。

ブラスバンドの演奏が「蛍の光」に変わる。

「クリリオン号」は冷たい雨をついて、真冬の日本海へと針路をとった。

二十一章　一九六〇年　清津

日本人拉致被害者、横田めぐみさんが、北朝鮮の工作員によって新潟の海岸付近で拉致されたのは一九七七（昭和五十二）年十一月十五日のことだった。

当時十三歳の中学生だっためぐみさんは、工作船の暗い船倉に閉じ込められ、約九百キロも離れた北朝鮮・東海岸の清津へ連れて行かれる。日本海を行く約四十時間、めぐみさんは「お母さん、お母さん」と泣き叫び、壁や出口を幼い爪で懸命にこじ開けようとし続けた。清津に着いたときは、爪がはがれ落ち、血だらけになっていたという。

どれだけ不安で、どれほど怖かっただろうか。

「新潟――清津」は、その十八年前の一九五九（昭和三十四）年十二月十四日に第一船が出た、北朝鮮への帰国事業の船がたどったルートである。

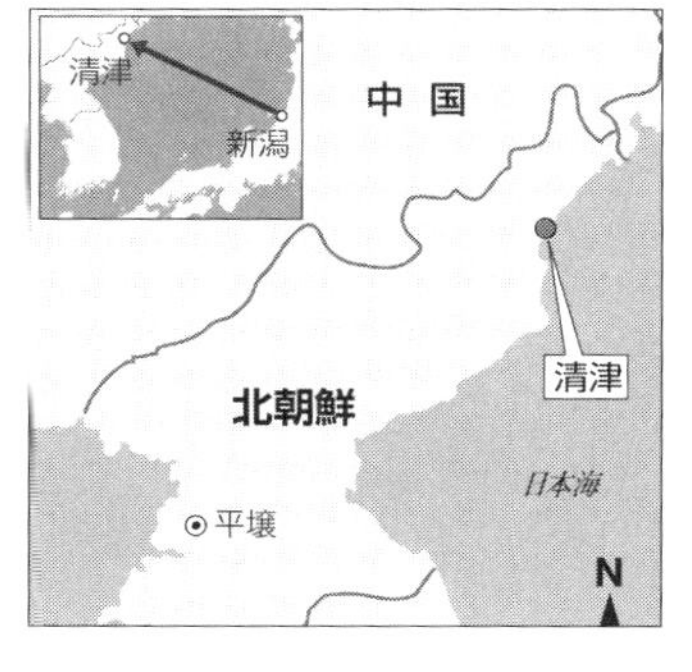

清津は日本海に面した港湾都市。緯度でみると北海道の函館とほぼ同じ位置にある。日本統治時代には、内地と大陸・満州を結ぶ玄関口として発展し、新潟との間には定期航路が開かれていた。

北朝鮮は後に工作機関の連絡所を設け、工作船が出入りする拠点のひとつとなった。

一九六〇年一月二十九日夕、カズの一家と、テナー歌手、長田健次郎らを乗せた帰国船「クリリオン号」は新潟を出航した。

二昼夜かけてゆっくりと日本海を進み、清津に着いたのは三十一日午後四時ごろである。

「見えたぞ！　祖国だ、共和国（北朝鮮）だ」

船はしばらく港の外に留まってから入港する。

待ちきれない帰国者は、われ先にとデッキに上がり〝地上の楽園〟をのぞき見た。バラ色に輝く大地と真っ青な空を想像したに違いない。

だが、そこは暗く灰色の雲に覆われていた。やがて氷雨が降り出す。

気温は零下十度。帰国者たちは肌を突き刺すような冷たさに思わず外套の襟を合わせた。

清津港には、日本からの帰国船を出迎える人たちが二千人も詰めかけていた。

デッキの上からのぞき見た帰国者には、それが浮浪者の集団に見えたという。

人々の顔はどす黒く、見るからに不健康そうだ。身にまとっている服はボロと見間違うみすぼらしさ。凍てつく寒空に下着やくつをはいていない子供もいる。遠望できる清津の街の外には〝発展する工業都市〟の影すらない。木の緑がすべてはぎ取られた禿げ山が、荒涼とした姿をさらしていた。

「――おかしいぞ！」

「――だまされたんだっ、これが〝地上の楽園〟か？」

帰国者たちは、風船がしぼむように多大なる「希望と期待」が急速に薄れてゆくのを感じていた。

すでに船の中から〝異変〟はあった。出される食事がまったく酷い代物で口にできない。デザートに、と渡されたリンゴは虫食いだった。

「このまま日本へ帰してくれ！」

あまりの失望に打ちひしがれて、港に着いた後も頑として船から下りようとしない帰国者もいた。

だが、そんな「自由」があるわけはない。ここはもう、唯一無二の最高権力者・金日成が君臨する独裁国家なのである。

約一千人の帰国者は、港近くにある清津招待所に案内された。ここに約一週間滞在し、その間に勤務先や居住地が決められる。

「子供たちに」と袋詰めのお菓子が配られた。ビスケットみたいなそれはまるで、おがくずを固めたような珍妙なお菓子だったという。

李哲彦はずっと押し黙ったままだった。

「お家に帰りたい」と小学生の美子がカズの手を引っぱり、ぐずり始めている。

だが〝想定外〟だったのはむしろ、帰国者を出迎えた北朝鮮の市民のほうだったかもしれない。

「日本でひどい差別を受け、貧しい生活を強いられてきたかわいそうな同胞」

そんな触れ込みだったのに、帰国船から下りてきた人々は一様にパリッとした洋服に身を包み、血色のいい顔をしているではないか。

憐憫の情はすぐに怨嗟と羨望へと変わった。

カズの一家や、テナー歌手、長田健次郎ら帰国者が案内された清津招待所では、朝鮮労働党の担当者が個々に面接を行い、一週間のうちに配属先（職場と居住地）が決められることになっていた。

まず行われたのが財産の巻き上げである。

帰国者の中には、日本でパチンコ屋を何店舗も経営していたり、工場やビルを所有し、手広く事業をしていた裕福な自営業者も珍しくない。

「共和国（北朝鮮）では何でもタダだから、身ひとつで行けばいい」と、北朝鮮へ渡るに際して多くは「北連」へ寄付させられたが、中には資産をカネに換え、「預金証書」の形で持参したり、自家用車や工作機械を船に積み込み、持ってきた帰国者もいる。

彼らは最初だけ大事にされた。

帰国者がめったに配置されない首都・平壌に住むことを許されたり、工場の責任者に命じられる。もちろんそれは形の上だけだ。

彼らの「預金証書」には数千万円から億単位の金額が書き込まれている。「北連」の説明では北朝鮮へ着いてから現地の通貨で引き出せるはずであった。

「こちらで日朝交易に関する事業をやってみたい。それに必要な資金は持ってきた」

「私は日本で医者だった。腕には自信があるし、医療機器もある。共和国の人々に尽くしたい」

帰国者は口々に夢や希望を語った。

だが、それこそが〝思うツボ〟である。

「そんなに日本時代が忘れられないのか」

「お前は資本主義に毒されている」

罪状の名目は何でもよかった。

自己反省を迫り、職場のポストや住居を追われ、持ってきた資産やカネは自主献納させて、あっという間に身ぐるみを剥いでしまう。

自家用車を持ってきた帰国者には、貴重品であるガソリンの配給をストップさせた。

「走れない車を持っていても仕方ないだろう」と、これまた自主献納で巻き上げる。

一方、資産も技術もコネもない一般の帰国者は、地方の僻地へと送られ、きつい炭鉱労働や工場、農場に配置されるのが常だった。

カズと李哲彦の行き先は中朝国境の田舎町だった。


北朝鮮と「北連」が帰国事業の〝広告宣伝塔〟としてVIP扱いしてきたテナー歌手、長田健次郎には「特別待遇」が用意されていた。

港で長田を出迎えた顔ぶれがすごい。

まず、舞踊家の崔承喜（チェスンヒ）である。

東洋人離れした、類いまれなる美貌とスタイルで戦前、「半島の舞姫」「東洋のイサドラ・ダンカン（二十世紀を代表するアメリカのモダンダンサー）」と絶賛された、ピカソやコクトー、川端康成ら世界一流の文化人に愛された大スター。

それから、北朝鮮の芸術家として最高の名誉である「人民俳優」の称号を持つ黄（ファン）チョル。かつて長田が日本でともに仕事をした、バス歌手の金完羽（キムワヌ）、新民謡歌手の王寿福（ワンスボク）ら懐かしい顔がそろっていた。

「どこかで酒を買ってきなさい。皆さんに飲んでいただこうじゃないか」

嬉しくなった長田は、そういって、長女にカネを握らせた。ところが、港のどこを探しても、酒など置いている店はない。

あわてて金完羽が〝即席の独演会〟を提案した。

「まずは一曲、ここで披露してくださいな」

長田はまんざらでもない。新潟港を出航するときにはタラップの上から十八番の「オーソレミヨ」を朗々と歌い上げ、大喝采を浴びたのである。

(よし、もう一度だ)

伴奏なしで、満座の観客を虜にした高音の美声が、零下にまで凍えきった北の港に響き渡った。

ところが、西欧音楽などまるで知らない北朝鮮労働党の迎接委員には、この宝物のような「オーソレミヨ」が理解できない。

それどころか、このイタリアの名曲を「敵」である米帝の歌だと勝手に思い込み、「(長田は)けしからんヤツだ」と怒り出したのである。

この「騒ぎ」をそばで見ていた崔承喜は、ひとり冷ややかな顔をしていた。

(あなたはとんでもない国に来てしまったのよ)

実はこのとき崔は「追放先の炭鉱」から来ていたのだ。

北朝鮮の首都・平壌を流れる大同江(テドンガン)のほとりに、訪朝した各国VIPがよく訪れる平壌冷麺の老舗「玉流館」がある。その味は、取材で訪れた韓国人記者が「この味はソウルにはない」と感激のあまり、三食全部を玉流館で食べたエピソードがあるほどだ。

　この場所に、かつて崔承喜舞踊研究所が建っていた。白亜の殿堂と呼ばれた瀟洒な四階建て。最高権力者・金日成がプレゼントしたのである。
　一、二階が三百人にも及ぶ団員の宿舎、三階が事務室、四階がけいこ場にあてられていた。その四階によく、金日成が訪ねてきた。白い毛皮でできた長靴が〝首領様の目印〟だったという。
　崔承喜は、日韓併合の翌年である一九一一年、朝鮮半島中東部、江原道・洪天で生まれている。

　朝鮮へ公演にきたモダン・ダンスの石井漠(ばく)に師事。十七歳でデビューし、モダン・ダンスに、伝統的な民族舞踊の要素をミックスさせた新しい踊りでブームを巻き起こす。「さい・しょうき（日本語読み）」の名は瞬く間に世界へと知れ渡った。

　終戦の翌年（一九四六年）、崔は左派・共産主義勢力に近い夫とともに北へ向かう。金日成は〝東洋の至宝〟を最高の待遇で迎え、やがては北朝鮮の文化芸術全般を取り仕切るポストへ上り詰める。

　だが〝悪魔の使者〟は突然、やってきた。

　一九五八年十月、金日成の論文の中で、崔のことが「個人英雄主義」と批判されたのである。

理由らしきものはいくつかあった。

金日成と直接話ができる崔に労働党の幹部が嫉妬し、「態度が高慢だ」と告げ口したこと。

金日成が政敵としてスパイ容疑をデッチ上げ、粛清・処刑した朴憲永と崔の夫がつながっていたこと。

事実はどうであれ、こうなるとどうしようもない。天国から地獄、名誉あるポストも豪華な研究所もすべて取り上げられ、崔は命こそ奪われなかったものの、山間部の炭鉱へと追放されてしまう。

長田健次郎を清津に出迎えた六〇年一月、崔はそんな厳しい立場に置かれていたのである。


カズの一家の行き先は、中朝国境の小さな村に決まった。

哲彦の仕事は炭鉱夫である。

首都・平壌へ行けるのは帰国者のうちのほんの一握り。仕事も、ほとんどが炭鉱夫や工場勤務、農作業などのきつい単純労働者である。

だが、日本で旧制中学を出たインテリの哲彦にはそれが不満でならない。

配置を言い渡した朝鮮労働党の担当者の男にさっそく食ってかかった。

「納得できません。私は日本で中学を卒業しているのですよ。共和国の大学へ進んで、もっと、もっと勉強したいのです。学費もいらないと聞きました。お願いです。平壌の大学へ行かせてくださいませんか」

党の男がたちまち顔を歪めた。

哲彦は、自分の言葉が最も危険な〝タブー〟に触れていることに気がついていない。

「『日本』だと。お前はどうやらブルジョア思想がまだ抜けてないようだな。階級性が足りん。わが国で最も重要なのは労働者だろう。党の温かい配慮でお前のように腐った資本主義に染まったヤツも社会主義国家建設に寄与させてやろうというのだ。ありがたいと思わんか！」

まったく、とりつく島がなかった。

配置先に文句をつけたのは哲彦だけではない。

〝地上の楽園〟を夢見て海を渡ってきたのに、着いたのは灰色の荒涼たる地。人々の身なりは浮浪者と見まごうほどのみすぼらしさ。揚げ句、炭鉱や農村行きを告げられては怒り心頭になるのも無理はない。

「オレはだまされたんだ。テコでもここから動かんぞ。この船で日本へ帰るっ」

そういってわめき続けた中年の男は、兵士に銃を突き付けられて無理やりバスに乗せられ、どこかへ連れ去られた。それきり行方は分からない。

カズはなぜか震えが止まらなかった。

零下十度、二十度にもなる凍えるような寒さだけではない。

得体のしれない不安感、黒々とした不気味な雰囲気に胸が押し潰されそうになる。

美子の小さな手をカズはギュっと握りしめた。

中朝国境の小さな村へは、帰国船が着いた清津から、バスや汽車を何度も乗り継いで丸一日かかった。

北朝鮮東海岸屈指の港湾都市であった清津も、日本の都会の賑わいとは比べ物にならない。ひとたび街中を抜けると、たちまち田舎の景色が広がる。

陽が落ちると、汽車の窓から望む外は、街灯ひとつ見つからない真っ暗闇であった。

「オンマ（お母ちゃん）、痒いよぉ」

美子が掻き毟しった足に赤い斑点がある。カズが診てやると、木製の汽車の座席のすきまから、南京虫がゾロゾロと這い出してくる。

移動中は食事どころか、水も出ない。

やっとこさ、国境近くの小さな村の最寄り駅に着き、招待所（旅館）に入ると、黒いパンのような食事が配られた。それが石のように硬い上、酸味が強くて、とてもじゃないがのどを通らない。

配置先が決まるまで約一週間滞在した清津の招待所では、三食とも白米のごはんが出た。そのうち一食には、肉のスープもついたのだが、カズは、やがてそれが〝そのとき限りの特別待遇〟であったことを思い知らされる。

一家にあてがわれた住居は「小さな村」に新築された四階建てのアパートの一室である。

取りえは新しいことだけで、二間限りの家には、トイレも風呂も水道すらない。電気は一応、通っているものの、朝夕以外は停電になった。

食事は、かまどで炊く。だが、燃料がない。自分たちで山へ入り、廃木の根っこを探してきてくべるのだ。

家にあった壺の中に、わずかばかり米と黒い小麦粉が入っていた。殻ごと挽いてしまうので、そんな色になってしまう。

(地上の楽園どころか大変な所へ来てしまったのかもしれない)

カズは、とてつもない不安が押し寄せてくるのを感じていた。

アパート群には、日本人妻が約二十人いた。

日本人妻が一番、苦労したのは、朝鮮語ができないことである。

日本語を話すことはタブー。

互いに、日本人であることは何となく分かっているものの、名前さえも知らない。

朝鮮では、いったん子供ができると、〝子の名前のお母ちゃん〟と呼ばれるからだ。

カズの場合ならば、「美子オンマ(お母ちゃん)」である。

アパートには、カズら日本からの帰国者だけでなく、元からの北朝鮮市民も住んでいた。

中でも、人民班(隣組)の副班長を務める四十がらみの婦人が、言葉も習慣も分からない日本人妻たちに付いて何くれとなく面倒を見てくれる。

配給の受け取り方、当番の掃除の仕方、黒い殻付き小麦からパンを作る方法。

（親切な人もいるもんだ）

感謝していたカズに、あるとき別の日本人妻がこっそり耳打ちをしてくれた。

「あんたもおめでたいね。あの副班長の女は、私たちの監視役なんだってさ。ヘタなことを口にすると、たちどころに密告されて、二度と帰ってこられないって話だよ。気を付けなさいね！」

カズは背筋がゾッとした。

李哲彦は毎日、アパートから歩いて炭鉱まで通う。片道一時間。バスも自転車もない。

人民学校（小学校）に通い始めた美子も、やはり徒歩で片道一時間かかる。最初の登校日、カズはとっておきの白いブラウスとピンクのスカート、赤いエナメルの靴を美子に履かせてやった。

ところが、朝、大喜びで学校へ行ったはずの美子が夕暮れ時になっても帰宅しない。

心配になったカズが学校へ行ってみると、物置のような小屋から美子の泣き声が聞こえる。

「オンマ、オンマ」

パンツ一枚の姿でガチガチと歯を震わせている美子がカズの胸に飛びつく。そばにはボロボロに引き裂かれたブラウスとスカートが捨てられていた。

子供は時として残酷になる。

北朝鮮の子供は人民学校の教師から「日帝（大日本帝国）の悪行」をさんざん刷り込まれ、大人からは「帰国者」への陰口をたっぷりと吹き込まれていた。

そんなとき、自分たちが見たこともない上品で、きれいな服を身にまとい、ピカピカの靴を履いた日本人の子供が現れたらどうなるか。

白いブラウスとピンクのスカートを、同級生に引き裂かれたカズの娘、美子は、あれほど楽しみにしていた学校へ通うのが苦痛になった。

「キポ（帰胞）」「チョッパリ（日本人への蔑称）」

のべつまくなしに悪口を浴びせられる。日本から持ってきた真新しいノートや消しゴム、二十四色のクレパスは誰かにたちまち盗まれてしまった。幼い体に殴られたような青あざができていることもある。

炭鉱夫にさせられた李哲彦も鬱屈していた。

「祖国に帰って理想的な世界、新しい社会主義国家建設に参加するのだ」と、胸を膨らませて海を渡ってきたのに現実はまるで違うではないか。

来る日も来る日も、暗い、地の果てのような坑道にもぐり、一日、十時間も粉塵と汗まみれになってツルハシを振り続けるだけの仕事。日本時代からまったく修理も改善もされていない古い坑道では、しばしば落盤事故が発生し、死人がたびたび出た。

（オレはいったい誰なんだ？　ここで何をしてる？）

気が滅入ると酒に逃げ込んだ。

とはいっても、この国では酒もそう簡単には手に入らない。トウモロコシやどんぐりで、自家製の焼酎を作って飲むしかないのである。

カズは約束通りアキに手紙を書いた。

検閲があるので「真実」は書けない。切手の裏側に小さな文字でびっしりと書き込んだ。

《アキ、どうやらあなたの言う通りだったようね。これからは絶対にこの国に来させてはいけないわ。でもねアキ、私のことは心配しないで。何とか生き抜いて見せる。そして必ず子供たちを守ります》

カズは少しだけ膨らみ始めたおなかに手をやる。

自分にとってはかけがえのない大切な命。ただ、世間から見れば松男との〝不義の子〟だ。

哲彦はまだそのことを知らない。

二十二章　一九六四年　国境の村

「公開処刑」というものを、カズが初めて見せられたのは、中朝国境に近い小さな村に来てから、随分たったころである。

「美子（ミジャ）オンマ！　絶対に参加しなくちゃいけないよ。絶対にだよっ」

アパートの人民班（隣組）の副班長を務める四十がらみのアジュマが、何度もカズに念押しに来ていた。別の帰国者から「あの女はスパイだよ。気をつけなさい」と耳打ちされた、あのアジュマである。

（――処刑だなんて）

たまらなく気分が重い。

「小さい子がいるので許してもらえませんか」

わずかな望みをかけてカズはそう訊いた。

そばで三つになったばかりの長男、哲秀（チョルス）が元気よく走り回っている。日本にいたとき、幼なじみの松男とひそかに逢瀬を重ね、身ごもった不義の子だ。まだまだ目を離せない年ごろである。

「託児所があるじゃないか！　そんなこと、理由にならないね。必ず来るんだよっ」

案の定、アジュマはにべもなかった。

処刑場は近くの河原にある。

丸太を十字に組んだ磔台のようなところで、二十五歳ぐらいの女がロープで縛られていた。罪状は「牛泥棒」だという。

スラリと背が高く、細っそりとした体を囚人服に包んでいる。涼やかな目をした美しい女だった。

「助けてください。二度としません。どうか」

叫び声は猿ぐつわで遮られた。黒い目隠しがされると同時に号令がかかる。

「撃て！」。ぐったりと女の体が崩れ落ちた。

カズが、松男との不義の子を身ごもっている、と分かったとき、夫の李哲彦は不思議なくらい、冷静だった。

「――そうか」

冷たい声で、そう言ったきり、カズを詰ることも、声を荒らげることもない。まるで、ずっと前から知っていた、とでも言うかのように。

やがて、月が満ちて、男の子が生まれたとき、哲彦はたった一言、こう告げた。

「名前はオレの字を取って『哲秀』にしないか。跡継ぎの男の子だからな」

カズは、胸の内を見せようとしない哲彦を訝しく思いながらも黙って夫に従った。

夫婦仲は日本にいたときから冷え切っている。帰国事業で北朝鮮へ来てからは、体を重ねることはもちろん、言葉を交わすことさえ減っていた。

祖国の社会主義建設に参加することを強く望み、日本で果たせなかった大学進学の夢を抱いて、はるばる日本海を渡ってきたのに、与えられた仕事は、苛酷な重労働である炭鉱夫だ。

（――こんなはずじゃなかった。理想の国づくりなんてどこにもない。それに、アパッチ〈日本からの帰国者が北朝鮮の旧住民を指す隠語〉の連中ときたら、何かにつけてオレたちのことを蔑みやがる）

頭に浮かぶのは繰り言、恨み言ばかりだ。いきおい、酒量が増えてしまう。

「――ゴホ、ゴホッ」

やがて哲彦はイヤな咳をするようになった。

地の底みたいな劣悪な労働環境での長時間労働。狭い坑道の中で炭塵を大量に肺に吸い込み、胸を病んでしまったらしい。

仕事も休みがちになり、まだ四十の坂を越えたばかりの哲彦の顔が急に老け込んで老人みたくなった。

きつい労働である炭鉱夫には、一般の労働者よりも割り増しの配給がある。だが、仕事を休めば、たちまちその分を差し引かれてしまう。

一家の食糧事情は急速に悪化した。

「――すまない。オレが頼りないばっかりに」

哲彦はめっきり弱気になった。

そして、カズは職場への配置を願い出る。


VIP待遇で北朝鮮へ迎えられたテナー歌手、長田健次郎にもゆっくりと暗い影が忍び寄っていた。

平壌郊外の高級住宅街に用意された豪邸と果樹園付きの庭、運転手と自家用車。輝かしい国立芸術劇場歌劇団歌手のポストと「功勳俳優」の称号。

帰国二年目（一九六一年）はもっとすごかった。

同郷の後輩である北朝鮮の最高権力者、金日成の絶対の信頼を勝ち取った長田は、華々しく海外公演へと打って出る。ソ連、ポーランド、東ドイツ、キューバ、そして中国。

北朝鮮の友邦である当時の「東側諸国」ばかりとはいえ、日本時代にもかなわなかった〝夢の世界デビュー〟である。長田は舞い上がった。

「世界の人民に歌で朝鮮人の見本を見せてやる。首領様（金日成のこと）は私の夢と希望を実現させてくださったのだ」

中国公演では、長田の歌に感激した首相の周恩来がわざわざ面会にきた。

「君は『東洋のカルーソだ』」

そう言って長田の手を力強く握り締める。

（エンリコ）カルーソとは、歌劇王と呼ばれたイタリアのスター歌手。ヨーロッパに留学経験があった周恩来はカルーソをよく知っていた。長田にとっては最高の褒め言葉であったろう。

やがて、長田をさらに喜ばせる出来事が起こる。名門中の名門、ソ連のボリショイ劇場から

「オペラの専属歌手として契約を結びたい」という信じられないオファーが舞い込んだのだ。

（夢じゃないのか？　やはり共和国へ来てよかった。私はまだまだやれる）

長田は歌手としての絶頂を感じていた。

だが、皮肉なことに、このオファーが「転落」のキッカケを作ってしまう。

世界の舞台での、長田のあまりの〝売れっ子ぶり〟を目の当たりにした朝鮮労働党の当局が、にわかに危機感を強めたからである。

「長田は外国へ亡命してしまうのではないか」と。

それを限りに海外公演は組まれなくなった。

長田健次郎が海外公演を待ち望んでいた理由のひとつに、「外国の歌を歌える」ことがあった。

海外公演では、アンコールにその国の歌を歌うという慣例がある。例えば、ソ連では「ボルガの舟歌」というように。

そんなことくらいで？　と思うかもしれない。

だが、北朝鮮では選曲の自由などなかった。来る日も来る日も、最高権力者、金日成の偉業をたたえる革命歌や、朝鮮民謡ばかり歌わせられるとあっては、長田でなくともイヤになる。

とうとう〝衝突〟が起きた。

それは、日本からの帰国者を特別に招いた音楽会でのことである。

「『オーソレミヨ』をぜひ歌わせてくれないか。日本ではおなじみの曲なんだ。今度だけでいい。朝鮮の歌ばかりでは、皆さんも楽しめないだろう？」

だが、度重なる長田の懇願にも、労働党当局の答えは「ノー」。

華々しい海外公演は「亡命の恐れがある」と封じられ、北朝鮮国内では好きな歌も歌えない。

長田の不満は暗い影になって膨らんでいった。

それでも、長田には外での「仕事」があるだけまだマシである。

日本人妻の民恵は孤独だった。

朝鮮語も、朝鮮料理も、朝鮮の習慣も分からず、友達ひとりいない。

夫の長田は歌手としての仕事が忙しく、上級学校に通う子供たちは寄宿舎住まい。唯一の知人だったカズは、平壌から遠く離れた「国境の村」へと行ってしまい、消息ひとつ聞こえてこなかった。

「――三年のがまんよ。三年たてば日本への里帰りができる。『北連』の人はそう約束した」

その約束だけが、いつ崩れ落ちてもおかしくない民恵の心を支えてきたといってもいい。

ところが、一九六〇（昭和三十五）年の帰国から三年が過ぎても、一向にそんな気配はなかった。

民恵はもう限界だった。

（首領様に直接訴えるしかない）

それが〝地獄への扉〟とは知らずに……。

《偉大なる首領様、どうかお願いです。一度、日本へ里帰りさせていただけませんでしょうか。共和国（北朝鮮）へ来てからもう三年がたちました。お約束では「三年たてば里帰りができる」と》

長田の日本人妻、民恵は、たどたどしい朝鮮語でしたためた手紙を北朝鮮の最高権力者、金日成に手渡すことにした。

平壌の劇場で開かれた長田の独唱会。いつものように上機嫌で楽屋を訪れた金日成に、民恵は思い切って駆け寄る。

取り巻きが止めるヒマもなかった。

(全人民にとって優しい〝お父さま〟である首領様なら、きっと分かってくださるはずだ)

民恵はそう信じていた。

もちろん、長田は妻が、そんな大それた行動に出るとはツユほども知らない。

「――フンっ」

金日成は不機嫌そうに鼻を鳴らし、でっぷりと肥えた顔をゆがめた。

そして、中身を読むことすらせず、民恵の手紙を側近に向けて無造作にほうり投げると、プイっと席を立ってしまったのである。

長田は背筋が凍りついた。

民恵は何事が起きたのかも分からず、ただ、オロオロと震えている。

「同志!　一体何のマネだ、これはっ」

そばに控えていた労働党で芸術・文化部門を担当する幹部の表情が青ざめている。

つい先日も、帰国者のバリトン歌手が気安く、金日成の肩をたたいてしまい、粛清されたばかりではないか。幹部は自分の首を心配した。

「タダでは済まないぞ、タダでは」

幹部はやがて、民恵の手紙に「日本への里帰り」を希望する内容が書かれていたことを知ると、ただちに長田を呼びつけた。

「同志！　あの女（民恵）と離婚するんだ。いいなっ。これはあなたのためなんだぞ」

「――でも、妻はどうなるのですかっ、妻は」

長田の問いかけに幹部は「そんなこと知らんよ」と言わんばかりに横を向いた。


炭鉱の仕事で胸を病み、寝込むことが多くなった夫の李哲彦に代わって職場への配置を願い出たカズは村の協同農場に配置された。

社会主義の北朝鮮では労働者に男も女もない。同様に仕事を持つのが普通だ。ただし、カズはこの国へ来てすぐ哲秀を妊娠しているのが分かったため、これまで職に就いていなかったのである。

「同務（カズのこと）、遅すぎたくらいだ。温かい党の配慮で社会主義建設に尽くせる場を与えられたんだ。ありがたいことだろう」

もう、何度聞かされたかしれない呪文のような言葉をカズはじっと頭を下げて聞いていた。

（それどころじゃない。生き抜かなきゃならない）

協同農場でのきつい労働、病人である夫の世話、手のかかる毎日の家事と育児。たまの休日とてゆっくり休めるわけではない。アパートの人民班（隣組）の号令一下、清掃奉仕や労働奉仕に駆り出される。

水道もトイレも風呂もなく、電気は朝夕にしか通らない生活。配給の食糧はいつも不足がちで、燃料の薪さえ山に入り自分で刈ってこないといけない。

あるとき、カズは鏡を見て驚いた。

髪はぼさぼさ、目は落ちくぼみ、化粧気のない肌はかさかさ……まるで、老婆か鬼女みたいな自分の顔がそこに映っていたからである。

(おばけだわ、お母ちゃんは。ごめんね、こんな国に連れてきてしまって)

カズは、隣で静かに寝入っている美子と哲秀の将来を思うと涙がこぼれそうになる。

唯一の楽しみは日本人妻同士でひそかに集まって、おしゃべりをすることだった。

扉と窓を固く閉じ、禁止されている日本語と日本の歌を歌う。日本に残る家族や親類から送られた日本の食材で、おはぎやいなりずしを作って食べる。

「――帰りたい。日本へ帰りたいわ」

誰からともなく、すすり泣きがもれた。

そんな日本人妻のひとりからカズは、あるとき意外な言葉を聞く。

「私はあなたにそっくりな目をした人を知ってます」

樺太から来たアキの後輩、淑恵であった。

ピンとくるものがあった。

(――アキに違いない)

「その人は多分、私の双子の姉じゃないかしら？　寺谷昭子って言うんだけど」

「――ええっ、そうです。アキ姉さんよ」

淑恵も偶然に驚きながら自分のことを語り始めた。

終戦の年、八月十五日以降も侵攻をやめないソ連軍によって殺されかけたこと。女子防空監視隊の先輩であるアキが決死隊を作って助けに来てくれたこと。戦後、樺太に残らざるを得なかった朝鮮人と結婚し、娘をもうけたこと。そして、ソ連の秘密警察ににらまれ、半ば強制的に北朝鮮へ渡ってきたこと。これまで、辺鄙な村を転々としてきたこと。

淑恵は、つらそうに目を伏せた。

「アキとはね、東京の朝鮮人集落で偶然会ったの。『絶対に北朝鮮へは行ってはいけない。樺太で共産主義の恐ろしさ、さんざん見てきたから』って止めてくれたけど、私は聞かなかった。バカね」

今さらながら、アキが言っていた「共産主義の恐ろしさ」がカズには身に染みる。人間にとって「自由」というものが、どれほど大事だったことか。

(淑恵さんも私も囚われ人と変わらないのだ)

そんな思いを懸命に振り払いながら、カズは努めて明るくふるまった。

「次のアキへの手紙に淑恵さんのことを書くわ。きっとびっくりするわね。そうそう、今日はね、カレー粉とコーヒーがあるのよ。みんなで、おいしいものを食べましょう。日本の歌も歌おうよ。美空ひばりがいいかな？　それとも三橋美智也？」

「いいわね。樺太にいるとき、ひそかに日本のラジオを聴くことだけが楽しみだったから、日本の歌はよく知っているの。今日は、窓をしっかり閉めて、思い切り歌いましょうよ」

淑恵も少しだけ元気を取り戻したようだった。

二人は、帰国者の中にも密告者が紛れ込んでいることをまだ知らなかった。

住民を監視し、密告するのは人民班（隣組）の班長や、副班長だけではない。日本から帰国事業で北朝鮮へ渡ってきた「帰国者」の中にも、素知らぬ顔でスパイ行為を行い、当局に密告する人間が潜り込んでいたのである。

それが発覚したのは、幸いにもというべきか、日本人妻たちの集まりではなかった。

ある日、仕事を終えた帰国者の男たちが酒を飲んでオダを上げていたことがいつの間にか知れ、そのうちのひとりの男が、翌日突然、踏み込んできた秘密警察に連行されてしまう。

「いったい何の罪なんだ」

男たちには思い当たることがない。なぜ、集まりが当局に知れたのか、もだ。

「あれかもしれん。あいつは軽口をたたいたろう。偉大なる首領様のことを。〝金ちゃんがそんなにエラいのか〟ってな。それを誰かが密告したんだ」

背筋が凍りつくようだった。

北朝鮮では、職場で学校で地域で、最高権力者、金日成の偉業が呪文のように繰り返し、繰り返し唱えられる。まるで神棚のように肖像画が奉られ、「偉大なる首領様、万歳」「万年長寿を祈ります」などと書いたスローガンがあちこちに刻まれている。

《百戦百勝の鋼鉄の霊将》

《日帝を打ち破った革命の首領》

奇跡を起こし、人民が幸せに暮らせるのも、豊作なのも、産業が発展するのも、すべて、《偉大なる首領様のおかげ》なのだ。

それが、たとえウソで塗り固めたバカバカしい経歴だと分かっていても異を唱える者はいない。「命に関わる」ことだと身に染みて知っているからだ。

だが、日本からの帰国者はそうではない。

「地上の楽園」「労働者の天国」などどこにもない苛酷な暮らし。娯楽や安らぎどころか、あらゆる「自由」がない息の詰まるような毎日。

「酒を飲んで〝恨み言〟のひとつぐらい言いたくなるじゃないか」というわけだろう。

だが、当局にとって帰国者は「資本主義が抜けていない危険分子、監視が必要な連中」であった。


「三年たったら日本へ里帰りできる」

「もうすぐ朝鮮は（北朝鮮によって）赤化統一される。そうなれば日本とも国交ができるだろう」

帰国事業で北朝鮮へ渡る日本人妻は、言葉も習慣も違う国に行くことを不安がった。

当然であろう。

二度と祖国の土を踏めず、両親や家族と会えないことが事前に分かっていれば、ほとんどの日本人妻が参加を取りやめたに違いない。

彼女たちの不安を打ち消すために、「北連」などが持ち出したのがこの〝口約束〟だったのである。

長田の日本人妻、民恵は〝三年目の里帰り〟を手紙にしたためて最高権力者の金日成に訴え、労働党幹部の逆鱗に触れてしまう。

「あの女（民恵）と離婚しろ！」と、党幹部から迫られた長田は途方に暮れていた。

（党の決定に逆らうことはできない。だが、もし離婚すれば民恵は強制収容所に送られてしまうだろう。子供たちはどうなる。私の仕事は）

不安ばかりが襲ってくる。

ただでさえ、最近は党とうまくいっていない。

海外公演が認められたのは最初の一、二年だけ。飛び上がるほど喜んだ名門中の名門、ソ連のボリショイ劇場からの専属契約のオファーも党の意向で、断らざるを得なかった。

北朝鮮国内での独唱会の機会もめっきり減り、音楽大学で後進の指導に回ることが多い。

（私の歌はもうダメなのか？　首領様はあれほど喜んでくださったではないか）

長田は歌に殉じた男である。

優先順位のトップはいつでも「歌」なのだ。

どうしてもそれを諦めることができない。

とうとう、長田は「民恵との離婚」に同意してしまった。

(もう一度歌うためなんだ。分かってくれ)

民恵が家を出てゆくとき長田は見送らなかった。

机の上に、置き手紙がある。

《あなたに迷惑をかけて申し訳ありません。あなたの歌が大好きでした。子供たちを頼みます》

長田は男泣きに泣いた。

離婚された民恵の〝行き先〟は、平壌郊外にある「四十九号病院」という鉄格子付きの医療施設だった。

そこが、精神を病んだ人を隔離する特別な場所だと分かったのはしばらくたってからである。

「ありがたく思うんだなっ、お前は本来、死ぬまで出られん管理所(強制収容所)へゆくはずだったんだ。それが党の温かい配慮でここに変わった。まぁ、出られんのには変わりはないが」

陰険そうな顔に意地悪い笑みを浮かべながら労働党の幹部は民恵にそう告げた。

どうやら、強制収容所に行かずに済んだのは長田が懸命に頼んでくれたおかげらしい。民恵は二度と会えないであろう長田の優しい顔を思い浮かべ、少しはホッとした気になれた。この「四十九号病院」で民恵が、日本から連れて来られた美しい女性を見かけるのは、これからずっと後のことになる。

長田の仕事は相変わらず停滞していた。

心を鬼にし、妻と離婚してまでとった「歌」を思うように歌わせてもらえない。五十代も半ばになった長田は自慢の高音が思うように出なくなっていた。持病の肺の具合も思わしくない。芸術家好きの最高権力者、金日成は相変わらず、世界中から同胞の音楽家を集めている。ソ連、中国、日本。国立芸術劇場歌劇団にも、長田の地位を脅かす後輩がどんどん入ってくる。歌わせられるのは十年一日のような革命歌や朝鮮歌謡ばかりだ。

(こんな歌はもううんざりだ。なぜこの国の連中には、オペラのアリアや歌曲の素晴らしさが分からないのか)

それでも、十八番の「オーソレミヨ」の歌詞と題名を朝鮮語に替えることでやっとこさ、当局の許可が出たことがある。ところが、このイタリアの名曲を一度も聴いたことがない北朝鮮の聴衆にはさっぱりウケなかった。

さらに、一九六〇年代後半から七〇年代にかけて、北朝鮮の音楽界を一変させる事態が起こる。

〝親愛なる指導者〟と呼ばれた金日成の長男で後継者の金正日（キムジョンイル）が芸術部門のイニシアチブを握り、イデオロギー色の強い「革命歌劇」を前面に打ち出す。

長田の出番はますますなくなった。


肺を病んだ李哲彦の病状はどんどん悪くなっていった。だが、この国では、貧しい住民は医者になどめったにかかれず、薬すらない。ただ、ただ、じっと寝ていて死ぬのを待つしかないのである。


いよいよ、起き上がることも困難になったとき、哲彦は枕元にカズを呼んだ。

「――話がある。ここへ」

それだけ言うのがやっと。痩せこけてあばらが浮き出た胸が苦しそうに波打っている。

「――こんな国へ連れてきて本当に悪かった。お前と一緒に夢を見たかったんだよ」

「オレは、オレはな、新橋のヤミ市でお前を見かけたときから、ずっと好きだった。どんなことをしても、ウソをついても、離したくなかった」

「日本のことも大好きだった。けれど、オレが愛した二つともが振り向いちゃくれなかった」

ゼイゼイと呼吸が荒くなってゆく。

「ゴボ、ゴボッ」。激しく咳き込むと、哲彦はバケツに大量の血を吐いた。

「いいえ、申し訳ないのは私の方です。空襲でひとりぼっちになり、ヤミ市で哲彦さんに助けられたときは本当にうれしかった。でも、私が優柔不断で、狡い女だったばっかりにあなたを傷つけてしまった」

「それに、私がこの国に来たのは自分の意志です。美子を大学へ行かせてやりたかった。あなたの責任なんかじゃありません」

カズが哲彦の手を包むように握りしめる。

哲彦の目からすっと一筋の涙がこぼれた。

「——あ、り、が、と……」

それが最期だった。

思えば、哲彦ほど不幸な生涯もない。

日本統治時代の朝鮮に生まれ、日本に憧れ、日本で学んだ。そして、日本の女を愛した。ところがそれは、哲彦がいうようにいつも〝片思いの恋〟であり、自分に応えてはくれない。理想の社会と、夢を描いた北朝鮮もまたそうであった。

カズには優しく誠実だったときの哲彦の姿ばかりが思い出され、涙があふれてくる。

「——ありがとう」

カズもまた、同じ言葉を哲彦に贈った。

二十三章
――一九七八年　平壌

「マグジャビ」という恐ろしい言葉がある。

朝鮮語で〝根こそぎ捕まえる〟という意味だ。

「ドン、ドンっ」

夜中に突然、激しくドアが叩かれる。険しい顔つきをした秘密警察の人間が土足で荒々しく上がり込み、「反革命」の罪状を読み上げたらもうおしまいだ。

家族全員……老人も女、子供も容赦なく、着の身着のまま、秘密警察のトラックに押し込まれ、めぼしい家財道具はその場で没収されてしまう。

食事も与えられず、トイレも垂れ流し……。何時間もトラックに揺られ、山深く、人里離れた管理所（強制収容所）のゲートをくぐると、鉄条網に覆われた高い塀と監視塔で銃を構えながら厳しい目をこちらに向けている警備の兵士が見える。

家族は離ればなれ。生涯会うことも、生きてここを出ることもできない。

帰国事業で北朝鮮へ渡った「帰国者」がマグジャビの狙い撃ちにあっていた。

北朝鮮の独裁者、金日成は自分の一家が君臨し続けることにしか興味がない。

彼は一九五三年、ソ連の独裁者、スターリンが死に、後継者のフルシチョフによって批判され、墓まで暴かれたのを見て心底から恐怖を感じた。

改めて自らを〝唯一無二〟の絶対的な存在として国民に崇めさせる思想面の締め付けを強化する。国内派（南労党派）、延安派、ソ連派、甲山派……政敵を容赦なく粛清・処刑し、〝親愛なる指導者〟と呼ばせた長男の金正日を後継者とするレールを盤石にした。

そのなかにあっては、「資本主義の国からやってきた」日本からの帰国者は〝邪魔者〟であり〝不純な夾雑物〟に他ならない。

夫を亡くしたカズの一家にもマグジャビの魔の手が忍び寄ろうとしていた。


「――オンマ（お母ちゃん）、どうして私は大学へ行けないの……。ねぇ、どうして」

平壌の医科大学への進学を望んだカズの娘、李美子の成績は抜群に良かった。

それなのに。

カズが住む辺境の村から、子供を平壌の医科大学へやるのは至難の業とされている。いくら成績がよくても、田舎は「入学枠」が少ない上、コネのある労働党幹部の子弟らが優先され、枠が埋まってしまう。

「――ケっ、身の程しらずが。成分が低い『在胞』（日本からの帰国者への蔑称のひとつ）のクセに高望みすんなって」

人民班アジュマ（おばさん）が近所で陰口を触れ回っているのを伝え聞いた。「出身成分」の存在をカズが知ったのはこのときである。

一九六五年、日韓の国交が正常化され、両国の関係強化に危機感を抱いた金日成は翌年以降、スパイや反党・反革命分子をあぶり出すために、全住民を対象とした再登録事業に乗り出す。労働党の党員に対しては党員証の再交付を行った。

父祖の代々の家系や過去の仕事、行動、思想面のチェックなどを徹底的に調べ上げ、七〇年代までに三階層、五十一分類の出身成分にランク付けする。

最もランクが高い「核心階層」は抗日戦争の革命家の遺族や労働党員など。逆に最低の「敵対階層」には日本統治時代の協力者や元資本家、地主など。そして、カズの一家など、日本からの帰国者のほとんどは〝腐った資本主義社会（日本）に染まった〟者として、真ん中の「動揺階層」の中でも末端のランクに位置づけされた。

「動揺階層」と「敵対階層」は監視対象だ。秘密警察などが言動に目を光らせ、事あればただちに、地獄のような強制収容所へ送り込まれてしまう。

何のことはない。

これは、貧弱な経歴と名声の無さゆえに政敵を次々と処刑台へ送り込んだ金日成が、ウソで塗り固めた自身の神格化物語と唯一無二の思想に異を唱えさせないため、そして、失敗に失敗を重ねた無理な工業、農業計画への批判を封じるための〝恐怖政治〟に欠かせない重要なツールであった。

出身成分の低い帰国者はなかなか党員にも軍人にもなれず、いい大学にも行けなかった。

京大工学部の学生だった崔が、日本人の友人たちの反対を押し切って、北朝鮮への帰国船に乗り込んだのは一九六一（昭和三十六）年のことである。

「オレは北朝鮮へゆく。科学の知識で祖国建設へ尽くしたいんだ」

崔はどうしても日本での将来を描くことができなかった。当時、在日朝鮮人を採用する大手企業はまずなく、有名大学を出てもパチンコ屋や飲食店、肉体労働に就くしかない。

崔は唯一の希望の光を「北」に見た。

最初は順調だった。

祖国の社会主義建設に貢献したいという、強い情熱に燃える優秀な若手研究員であった崔は希望通り、首都・平壌の研究機関に配置される。

研究に必要な学術書や顕微鏡などの機器類は、野菜の行商で糊口をしのぐ、日本の老母に頼み込んで、船便で送ってもらった。

《母ちゃん、無理を言ってゴメンな。共和国（北朝鮮）はまだ発展途上だけど、皆が意気に燃えている。向上心がすごい。ボクはここへ来て本当に良かった、母ちゃんも日本で苦労するぐらいなら、早くこっちへ早くおいでよ。待ってるからね》

はつらつとした文面の手紙が母親へ何度か届いた。

やがて、独身の崔に結婚話が持ち上がる。

相手はカズの娘、美子であった。

日本からの帰国者は帰国者同士で結婚するケースが多い。優秀な成績だったのにもかかわらず、低い出身成分のせいで、大学進学を断念した美子は、エリート若手研究者との縁談に飛びついた。

（平壌で暮らせる。もしかしたら大学へも）

だが、事態は暗転する。

「こんなザマじゃ百年たっても日本に追いつけまい。できるのはクズばかりじゃないかっ」

崔は思わず声を荒らげた。

もう、がまんがならない。技術や設備、物資が劣るのはしようがない。むしろ〝無地のキャンバスにイチから〟描き始める気概と情熱、そして大きな夢を持って、この地へ渡ってきたのである。

（ところが現実はどうだ……）

独裁者、金日成の思想こそが唯一無二であり、「外国のやり方なんて取るに足らない」。軍事費に膨大な予算を割くあまり、外貨不足に陥り、生産現場にもカネが回らない。揚げ句、思いつき、行き当たりばったりの非科学的指令が乱発される。

工業も農業も疲弊し、破綻していった。

金日成は苦境を打開するため、千里馬運動をブチ上げ、生産現場では「一年分の労働を百日で達成せよ」などという無茶なノルマが課せられてしまう。結果、出来上がったのは、まったく使い物にならない粗悪品のヤマであった。

一九七〇年代に入ると、今度は、長男、金正日を後継者とすべく、三大革命小組の運動が展開される。現場の事情をまるで知らない若手の党員が大量に動員され、崔ら、年かさの研究者らに対し、ノルマの数字だけを居丈高に突き付け、命令した。

「――もうイヤだ。この国の科学に未来などないっ。来るんじゃなかった」

日本からの帰国者というだけで、「出身成分」は低く、重要なポストには就けない。崔は次第に愚痴をこぼすようになった。

「動揺階層」である帰国者は監視対象である。特に旧帝大出身のインテリ層には疑惑の目が向けられた。

「なぜ、こんなにも優秀な人材がやってきたのか？　スパイが目的ではないのか？」というわけである。

崔の不平不満はたちまち、秘密警察に知れ渡った。

「ドンっ、ドンっ」

深夜三時、崔と美子の一家が住む平壌のアパートのドアが荒々しくたたかれた。

「すぐに荷物をまとめろ！」

秘密警察が土足で踏み込んできた。

崔と美子、七歳になるひとり息子のヨンホは慌ただしくトラックの荷台に押し込められた。

真冬の平壌。気温は零下二十度、肌を突き刺すような冷え込みが襲ってくる。許された持ち物はほんの身の回りのものだけ。美子はあわてて外套をつかみ、寒さに震えているヨンホにかけてやった。

「いったい何なんです？　どこへゆくのですか？」

必死に食い下がる崔に、秘密警察員の男は冷たい一瞥をくれ、吐き捨てるように宣告した。

「お前は反党・反革命分子だっ」

何時間、トラックに揺られたろうか。

山深い強制収容所の物々しいゲートをくぐったころにはすっかり夜が明けていた。

崔と、美子・ヨンホとはそこで別の車に移された。行き先が違うらしい。

収容所には二つの区域がある。死ぬまで出ることができない「完全統制区域」と、運が良ければ出所の可能性がある「革命化区域」だ。

政治犯とされた崔は完全統制区域、家族として連座制を適用された、美子とヨンホは革命化区域。そのときは家族が、それきり生きて会うことができないなんて、思いもしなかった。

山間部の数キロ四方を高い塀と鉄条網で囲った広大な収容所には三万人もの囚人がいる。そこはこの世の「地獄」だった。

人間の尊厳などカケラもない。ケダモノ以下の扱いが平然と行われ、すべては闇へと葬り去られる。

ここではたった三つのことしか存在しない。血を吐くような「重労働」、〝偉大なる首領様〟の教えを呪文のように唱える「学習」、そして、過ちを犯したときに科せられる「拷問」である。

人間として最も大事な「生活」はないに等しかった。衣も食も住も。野垂れ死んでいった囚人はごみクズみたいに処理された。

美子とヨンホにあてがわれたのは粗末な石積みのボロ小屋。周囲に同じような小屋が点在している。

そこは〝人間狩り〟ともいうべきマグジャビにやられた日本からの帰国者だけが囚われている村だった。

「よく聞け！　注意事項を言い渡す」

強制収容所の革命化区域に押し込められた美子とヨンホ、すえた匂いがするゴワゴワの囚人服に着替えさせられ、保衛員（看守）の前に連れ出された。

「いいかっ、オレたちは先生様だ。お前らはオレたちの前で勝手にツラを上げるな。囚人同士で勝手に集まったり、しゃべったり、移動も許さん。労働のノルマが達成できないときはメシを減らす。それから、ヘタなことは考えるんじゃないぞ。へっ、へっへ……生きてここから出たかったらな」

せせら笑うように言い放つと、保衛員の男は、ねめつけるような視線を美子の体に向けた。

幼いころは父親の哲彦似だった美子は、長じるにつれ母親のカズそっくりになっていた。透き通るような白い肌と大きな瞳、艶のある長い髪…。

〝人間狩り〟というべきマグジャビでは、都会の平壌で高いポストに就き、教養のあるインテリ層ほど狙い撃ちにあった。研究職の夫を持つ美子もそう。

そんなインテリ女性の体をもてあそび、汚れたケダモノに墜とす……。それが保衛員の常套手段である。

「オイお前、お前は労働が終わったらオレたちの部屋を掃除に来いぃ！　いいなっ」

美子を指さした保衛員が下卑た笑みを浮かべている。思わず美子は、ヨンホの小さな体をギュッと抱きしめた。

美子らに科せられた労働は人力だけによるダム工事だった。

冷たい真冬の川に入り、手ですくった土や流木を運び、堤を築く。防寒具もたき火もない。一時間もしないうちに美子は足の感覚がなくなった。休むことなど許されない。その日はノルマが達成できず、夜が更けてからも延々と厳しい作業が続いた。

やっと小屋へ戻り、頭を下げてもらった夕食は、トウモロコシを茹でて団子にした飯がひとつかみと具も塩気もない汁だけである。

ただでさえ少ない食事を美子は、育ち盛りのヨンホの皿に分けてやった。

「ドン、ドンっ」

固い石の寝台の上に、ようやく横になったとき、荒々しく扉が叩かれた。

「掃除だ。掃除はどうした。早くしろっ」

カズは、娘の美子一家が〝人間狩り〟というべきマグジャビにあい、強制収容所へ入れられたことを知らなかった。

異変の兆候はあった。

カズが住む国境の村から平壌は遠い。電話もなく、移動の自由もない国で、唯一のコミュニケーション手段だった手紙のやりとりが、あるときからまったく途絶えてしまったのである。

「――もしかして、美子の身に悪いことが」

不吉な思いがカズの脳裏をかすめる。

マグジャビの嵐は国境の村でも吹き荒れていた。同じアパートに昨日まで住んでいた一家が突然、跡形もなく姿を消してしまう。

思い切って党の委員会に尋ねてみると「レンガ工場へ行った」という思いもよらない答えが返ってきた。

「――レンガ工場？ （研究職から）配置換えになったのですか？ どこに？」

質問への答えはそれ以上なかった。

やがて、レンガ工場が強制収容所行きを指す隠語であると知ってカズは目の前が真っ暗になった。

だが、収容所がどこにあるのか、どんな罪なのか、いつ釈放されるのか。すべてが闇の中だった。

（――お母ちゃんが、こんな国へ連れてきたばっかりに。幼いヨンホまで）

何もできないもどかしさと、後悔し切れない自責の念でカズは身を切り刻まれるようだった。

国境の村の暮らしも厳しくなっていった。食糧の配給は質も量も低下するばかり。日本からの帰国者は、親類などからの仕送りに頼るしかない。それが期待できない者は、闇のビジネスに手を染めるか、それとも、ただ「死」を待つか。

冷たい川の中に素足で入り、人力でダムを造るという信じられない重労働をやっと終え、全身の感覚もなくなった体を寝台に横たえたとき、美子は保衛員に呼び出された。

「掃除に来い、といったろう！」

それが名ばかりであることは美子にも分かる。

「――許してください先生様、どうか……幼い息子がいるんです」

保衛員の男はニヤリと笑うと、いきなり美子の頭を殴りつけた。

「勝手にしゃべるなと言ったはずだ。息子がいる、だと。よし、息子にも見せてやるがいい」

そう言い放つと、男は美子とまだ七歳のヨンホを引きずるようにして保衛員の詰め所に連れ込んだ。

「さぁ、掃除をするんだ。まず雑巾で床を拭け」

四つん這いになって床を拭き始めた美子の姿を保衛員の男がゲラゲラ笑いながら眺めている。

男が美子の尻を撫で始めた。

体をよじって逃げようとする美子を無理やり抑えつけ、裸にひん剥き、のし掛かった。

幼いヨンホにも母がいじめられているのは分かる。

「――やめて！」

小さな体に精いっぱいの力を込めて体当たりする。

だが、男のごつい手で弾き飛ばされてしまった。

それ以降の記憶が美子にはない。

保衛員の呼び出しは毎晩のように続いた。
やがて、美子は妊娠してしまう。
強制収容所で保衛員に体を弄ばれ、身ごもった女性囚人の末路は哀れだ。
腹を殴りつけられて子供は流され、たいていは自らも殺されてしまう。だが、この保衛員は
よほど、美しい顔をしたインテリである美子に未練があったらしい。
強制収容所には「表彰結婚」なる制度がある。囚人の労働意欲を高めるために、模範囚同士
を結婚させ、子供を作ってもいい、としたのだ。
「お前は特別に命を助けてやる。この男と結婚するんだ。もちろん腹の子供の父親はこの男だ。
分かったなっ。掃除はこれからも続けるのだぞ」
結婚相手として保衛員が連れてきた男もまた、日本からの帰国者の息子であった。
優しい男だった。保衛員のすきを見ていろんな話をしてくれる。そこが帰国者ばかりの村で
あることを教えてくれたのもその男であった。
「すべては金正日を後継者にするためさ。邪魔になりそうなヤツ、家系や思想、言動に問題が
ありそうなヤツを徹底的にあぶり出し、根こそぎマグジャビで引っ張られたんだよ。特に日本
からの帰国者は狙われた。『北連』の元幹部でさえも」
美子の夫にさせられた男の祖父も祖母も「北連」の有力地方本部の元幹部だった。
金父子に、朝鮮労働党に忠誠を誓い、帰国にあたっては日本で経営していた二軒のパチンコ

店を売り払った全額を党に納めた。それだけではない。平壌の中心部に巨大な金日成の銅像ができる、と聞いたときには新たに五千万円を寄贈したのである。

「それなのに……」

ある日、党の高位級幹部であった祖父が突然、行方不明になり、家族は強制収容所へと引っ立てられた。

「何代か前が日帝の協力者だったそうだよ。そんなもの、日本の帰国者だったら誰でも引っかかってしまう。本当の理由は、粛清された幹部に祖父が繋がっていたことらしいけどね。いったんにらまれたらどうしようもない。これからはどんな手をつかってでもここから生きて出ることだけ考えろ。諦めちゃダメだ」

折れそうになる心を、美子の夫はそう言って、幾度となく励ましてくれた。

表彰結婚の夫婦とはいえ、同居は許されない。普段は別のエリアに住み、月に一度程度、通ってくることができる。美子はひとりでヨンホと、保衛員との間に生まれた幼子を必死で守っていた。

配給される家畜のエサ以下の食事では重労働に耐えることができない。ヘビやカエル、ミミズを捕まえ、無理やりのどに押し込んだ。とりわけドブネズミはご馳走だった。柔らかい骨までしゃぶれるからである。

保衛員の陵辱は続いていた。

美子は屈辱と苦痛に耐えながら、夫に教えられた、この地獄から「生きて出ること」だけを考えていた。

二十四章
――一九七九年　東京・平壌

アキは自分の無力さに打ちのめされていた。

帰国事業で北朝鮮へ渡った双子の妹、カズから届いた手紙の切手の裏には、娘の美子一家が強制収容所へ送られてしまったこと。そして、樺太でのアキの後輩であった淑恵（よしえ）が夫を亡くして精神を病み、とうとう子供を道連れに投身自殺したことが小さな字で綴られていた。

「――淑恵ちゃん……。アタシは何にもできなかった。助けてあげられなかった。カズの子供たちだって」

大粒の涙が頬をつたう。悔しくて、情けなくて、不甲斐なくて、唇を力いっぱい噛みしめた。

赤黒い血が滲んで、滴り落ちる。

「何があったアキ、どうしたんだっ」

ただならぬ様子に驚いた夫の朴大成（パクデソン）が声をかけた。

「――北朝鮮へ行くわっ。今すぐよ。カズを連れ戻さなきゃ、美子たちを助けなきゃ……」

アキは半狂乱になって大声で叫び続けた。

一度言い出したら絶対に聞かない。

アキの性分を知りつくしている朴は止めようとしなかった。

「――そうか。方法は二つある。ひとつは北朝鮮の労働党と友党関係にある革新党の訪朝団。もうひとつは、『北連』を窓口にして、数年前から始まった祖国訪問団に加わることだな」

朴には幅広い人脈がある。「南」も「北」もだ。

「『北連』の人を紹介してくれないかしら。双子の妹がいるのだからアタシだって行けるはずだわ」

朴が難しい顔になった。

「カネがかかるんだよ。相場は一人一千万だ」

「一人一千万円ですってっ」

朴大成の話に、アキは目を剝いた。

「そうだ。あの国が何でもカネ次第なのはよく知っているだろう。献金の額によって、向こうで会える人も決まるんだよ」

確かにアキも耳にしたことがある。

在日朝鮮人社会の中では、さまざまな怪しげな噂話が飛び交っていた。

「ある『北連』の幹部は、北朝鮮で辺鄙な田舎に飛ばされた弟を平壌へ戻すために五千万円払った」

「別の幹部の母親は、強制収容所へ入れられた帰国者の息子を出すために二億円積んだ」

祖国訪問団を迎える党の担当者のさんざんな悪評も届いていた。強欲かつ横柄。何かというと〝袖の下〟をせびる。帰国者という〝人質〟を取られている訪問者の家族は文句ひとつ言えない。

訪問団の家族を迎えるために、党の担当者が宴席を設け、帰国者が日ごろ見たこともないごちそうと酒が並べられた。もちろん、党の担当者は主賓席にふんぞり返り、たらふく飲み食いをする。訪問団が帰った後、その豪勢な宴席の勘定はすべて、帰国者に回されていたという。

「それでも、何十年ぶりに家族や親類と会えるのだ」

カネのある在日朝鮮人は高い献金も厭わず、訪問団に加わった。

北朝鮮で厳しい生活を強いられてきた帰国者が、訪問団が持ってきたカネや生活物資によって〝一息つけた〟のも事実である。たとえ、党の担当者に何割かをピンハネされたとしても、だ。

祖国訪問団には『北連』の人間でなくとも、韓国籍でも、日本籍でも参加はできる。つまり、アキでも。

(だけどアタシにそんなお金はない。一千万円なんて逆立ちしたってできっこない)

アキは途方に暮れた。

自分に課した三つのミッションは何ひとつ解決できないでいる。朴と一緒に樺太に取り残されている日本人・朝鮮人を帰すこと。北朝鮮に渡った日本人を助けること。そして、長男の崇を取り戻すこと……。

アキは、革新党の長老議員と険しい表情で向き合っていた。

「無茶いうなよ。わが党は（北朝鮮の）労働党と友党関係にある。お前さんが『北』でやろうとしていることが分かった以上、訪朝団に加えるわけにはいかん」

北朝鮮へ渡って日本人妻の里帰りを訴えるため、革新党が中心となった「友好の船」のメンバーに入れてほしい、というアキの願いに長老議員はにべもなかった。

アキも負けていない。

「この瞬間にも、日本人が強制収容所へ送られ、地獄の苦しみを味わっているんですよ。『友好』だ『支援』だと言っている場合じゃないでしょう」

「――帰国事業で渡った日本人妻や在日朝鮮人は『皆、幸せに暮らしている』と北朝鮮側は説明しているんだ。それを信じるほかないだろう」

アキは本気で腹を立てた。

「――幸せですって？　だったらなぜ約束通り〝里帰り〟を認めないの。なぜ『帰国者』が行方不明になっているのよ。本当に幸せに暮らしているか。アタシがこの目で確かめてくるわっ」

長老議員は頭を抱え込んでしまった。

北朝鮮へ渡った日本人妻らの惨状は少しずつ漏れ伝わってきている。だが、党の方針に面と向かって逆らうわけにもいかない。

「──新潟に、梁田（やなだ）という男がいる。元は日本革命党にいて、帰国事業に協力した人物だ。今は革命党を離れて、帰国した日本人妻と文通をしている。梁田を一度訪ねてみるといい。確か、次の『友好の船』で訪朝すると聞いている」

「あ、ありがとうっ。やっぱりあなたは話せるわ」。思わずアキは長老議員の首に両手を回した。


革新党の長老議員に紹介された新潟の梁田が参加する訪朝団「友好の船」は帰国事業二十年を記念して一九七九（昭和五十四）年春に出発する。

「党派は問わない」といいながら、団長は革新党の地元選出の国会議員。団員は同党の支持母体である労働組合幹部らが多く、北朝鮮の労働党と友党関係にある〝革新党色〟が極めて強い団体だった。

「──ひとつだけ言っておく。『日本人妻の里帰り』問題だけは絶対に口にしちゃいかん。みんな共和国（北朝鮮）で幸せに暮らしているのだからなっ」

長老議員と梁田の口添えで、アキが国会議員秘書の身分で訪朝団に参加できると決まったとき、団長から、いきなりクギを刺された。

アキは梁田と目を合わす。

ついさっきまで二人で「日本人妻の里帰り問題を絶対に提起しよう」と話していたばかりだったからである。

「分かりました。団長がおっしゃるように、日本人妻が幸せに暮らしているところを、たっぷりと見てきたいと思いますワ」

皮肉混じりにアキが返すと、団長が憎々しげな視線を向けているのが分かった。「勝手な行動は許さんぞ」と言わんばかりに。

その半年前……。

アキは今回の訪朝をめぐって、夫の朴大成と激しくやりあった。

「気でも狂ったか！　いくらお前さんでも、そんなことは無理だ。出来っこない。死ぬぞ」

「――難しいことは分かってる。でも今、行動を起こさなきゃ、日本人は永久に取り戻せないのよ」

アキが考えた計画。

それは、北朝鮮にいる双子の妹、カズとアキが入れ替わり、一時的にカズを日本へ帰そう、という奇想天外なアイデアであった。

「帰国事業の当事者であるカズが日本で『真実』の姿を訴えることが大事なのよ。『地上の楽園』なんてウソっぱちだった帰国事業、地獄のような強制収容所……。日本の政治家に、役人に、場合によっては国連やアメリカ大使館に駆け込んで話を聞いてもらう」

不安そうな顔をしている夫の朴大成を尻目に、アキは滔々と持論をした。

「――それだけじゃない……（娘を収容所に入れられた）カズの心は多分もう限界よ。一度でいい、故郷の土を踏ませてあげたいの」

そういって視線を落とした。

「――だがな、お前さんはどうなる。〝入れ替わり〟がバレたらただでは済まんぞ。処刑されるか、よくても強制収容所行きだ。たとえ、うまくごまかせたとしても、一体いつ日本に戻れるか」

朴は納得しなかった。アキがやろうとしている計画が無謀極まりない。

突然、ひとしずくの熱い涙がアキの頬をつたった。

「――アタシね……、まだ何ひとつできてないじゃない。（長男の）崇も取り戻せない。樺太も北朝鮮もよ」

自らに課した三つのミッション。

わずかに、樺太に閉じ込められた朝鮮人の帰還問題だけは朴とアキの努力で薄日が射してきている。

「樺太は動くかもしれない。それはあなたにやってもらう。だから、アタシにも仕事をさせてほしいのよ。この瞬間も北朝鮮で、塗炭の苦しみを味わっている日本人を救い出す……。国がやらないならアタシがやってみせる。命がけは承知の上よ」

覚悟を決めた顔つきだった。

「――子供たちをお願いするわ。アタシはきっと日本に戻ってくる、きっとよ」

そのときから半年……。

わずかの期間にアキは朝鮮語を勉強し、乏しい北朝鮮の情報を懸命に集めた。

帰国事業二十周年と銘打った「友好の船」の訪朝団は北朝鮮の主要都市を回り、〝幸せな暮らしを送っている〟はずの日本からの帰国者と面会する。

(チャンスはそのときよ)

アキはカズとおそろいの胸のお守りをギュっと握りしめた。


「生きてここから出ることだけを考えろ」

カズの娘、李美子が強制収容所に入れられて一年になる。人間としての尊厳などカケラもない悲惨な日々を送りながら、獄中で「表彰結婚」をさせられた夫から聞いた、この言葉を頭に刻みこんでいた。

何も分からぬまま、七歳で収容所に連れて来られた長男のヨンホは、収容所内の人民学校

（小学校）に通っている。保衛員にレイプされて生まれた次男は生後三カ月になったばかりであった。

ヨンホの学校は「普通の学校」ではない。児童は全員が囚人の子供だ。教師は保衛員が務め、腰に拳銃をぶら下げている。授業は午前中のみ。午後からは、大人と同じく重労働をこなさねばならない。

「お前らは生きるに値しない重罪人の子供だ。しかし、偉大なる首領様が贖いの機会を与えてくださったんだ。しっかりと勉強するんだな」

教師役の保衛員は児童をにらみつけながら、ドスを利かせた声でまずそう告げた。

暴力などは当たり前。口答えをしたり、指示された仕事ができなかったりすれば、凄まじい罰が待っている。教師の暴力で児童が死んでもお構いなしだ。

「――オイ、淫売のセガレ、お前だ！」

ヨンホは自分が呼ばれていることに気がつくと、恥ずかしさで顔が真っ赤になった。母親が保衛員に体を弄ばれていることが知れ渡っていたのである。

「クズ、マヌケ、犬野郎……」

他の児童も名前など呼ばれたためしがない。

家畜のエサ以下の食事しか与えられない児童たちは成長が止まってしまい、皆背が低かった。

顔はどす黒く、ガリガリに痩せた体からはあばら骨が浮き出ている。ネズミ、カエル、ミミズ……。考えるのは「食べ物」のことしかなかった。

「おーい、死刑をやるから集まれってよ」

あるとき、公開処刑の連絡が回った。ここでは児童も必ず「見学」しなければならない。

脱走を企てて捕まった若い男が絞首台に吊されようとしていた。銃殺より重い刑である。目隠しをされ、ロープが首にかかると、小便が漏れた。

児童たちもゲラゲラ笑いながら男に石をぶつける。

人間の感情などいつの間にか無くなっていた。


(カズは応じてくれるだろうか……)

アキは不安だった。

双子の姉妹がそっくり〝入れ替わり〟カズを日本に帰そうというアキの計画は、ひそかに手紙の「切手の裏」に書き込む作戦で伝えてある。

(――後は、出たとこ勝負だわ)

帰国事業二十年を記念した「友好の船」の訪朝団。当局がセットした、日本からの帰国者との面会は白々しいものだった。

「――偉大なる首領様と党の温かい配慮で私たちは幸せに暮らしております。何不自由ありません」

呪文のように繰り返される言葉を何度聞かされたことか。きっと、何度も予行演習させられたことだろう。美しく着飾った民族衣装のチマ・チョゴリもこの日のために党が用意したものに違いない。

「日本人妻の日本の親たちはもう高齢だ。ぜひ一度会いたいと願っている。日本への里帰りを検討していただけませんか」

北へ渡った日本人妻と長く文通している梁田が手紙の束をかざしながら、同席していた労働党の幹部に思い切ってそう訴えた。

答えはない。

不機嫌そうな党幹部の顔を見て、訪朝団の団長があわてて梁田に目配せした。「その辺で止めておけ」と言いたいのであろう。

すると、党の幹部はニヤリとしながらこう切り出した。

「日本人の方が帰りたがらないのですよ。日本へ帰ってもまた差別されるだけですからね」

すかさずアキが食いついた。

「じゃあ、日本人妻に直接会って、それを確かめさせてくださいな。次の訪問先の近くの村に私の妹がいます。ねぇ、いいでしょう？」

横で団長が苦虫を嚙みつぶしている。

アキは土産用に買ってきた外国製たばこのカートンをテーブルの下からそっと党の幹部の方

に押しやった。

「――検討だけはしてみましょう」

党の幹部は小さくせき払いをしながら応えた。

二日後、国境の村に近い街。

帰国者との面会の席に赤、青、黄の鮮やかな民族衣装を着たカズの姿があった。

アキは、カズのあまりのやつれ方に衝撃を受けた。

東京で新潟に向かうカズを見送って以来、約二十年ぶりの姉妹の再会。

「――カズ……元気そうね」

精いっぱい繕ったウソ。

「――アキ、あなたも」

色鮮やかな民族衣装、チマ・チョゴリを身にまとったカズは、アキの手を取った自分の右手に左手を添えて朝鮮式のあいさつをした。これまでカズが過ごしてきた辛い歳月を思うと、目が潤んでくる。だが、感傷に浸っている暇はない。アキは、改めて気を引き締めた。

(これからが本番よ。失敗は許されない)

面会はやはり型どおりだった。

「偉大なる首領様と党の温かい配慮で幸せに……」

カズの言葉にはまるで感情というものがない。向き合ったアキとも視線を合わせず、淡々と

〝用意されたセリフ〟を述べ終えた。

招請窓口の幹部が、したり顔で次の答えを促す。

「同務（カズのこと）、お姉さん（アキ）は同務を日本に里帰りさせたいそうだ。どうなんだ？」

わずかな沈黙、だが……。

「――そ、そんなことは考えたこともありません。私はこれからも共和国（北朝鮮）の社会主義建設のために全力を尽くします」

無理やり絞り出したような小さな声だった。

横で満足そうに頷く幹部の顔が見えた。

「――そう、分かったわ」

アキはそう答えると、後ろの席に退き、幹部には気づかれないように、そっとカズに目配せをした。

（――席を立って化粧室に行くのよ、カズ！）

訪朝団団長と幹部の懇談になった。大きな笑い声。緊張が解け、場が和んでいる。

カズが席を立った。

そっと、アキも後を追う。

化粧室に二人きり……。

「時間がないわカズ、早く入れ替わるのよ、さぁ」

せき立てるアキに、カズは首をふる。

「――そんなこと、できるはずがないわ。あなたはここがどんなに酷い場所か、分かっていないのよ」

アキは、いきなりカズの横っ面を引っぱたいた。

「よく聞きなさい、カズ！　これはあなただけの問題じゃないのよ。日本人みんなを助けなきゃ。それができるのはカズだけなの！」

すっかり細くなってしまったカズの手をギュッと握り締めながら、アキはまくし立てた。

「アタシも樺太で十三年も閉じ込められていたのよ。『自由』のない共産主義社会がどれほど辛くて恐ろしいか……よく分かっている。帰国事業の大ウソ、地獄みたいな強制収容所。その実態を、自分の言葉で、ありのままを日本に帰って訴えるのよ、それしか、日本人みんなを助ける方法はないの、さぁ早く」

鬼気迫る顔つきだった。

（――日本人みんなを助けるため？）

正直、カズにはそんな大それた考えはない。

ただ、日本へ行きたい気持ちはひそかに持っていた。違う目的のために。

それは、強制収容所に入れられた娘の美子の家族を救い出すことである。

それには莫大な金がかかる。つまり賄賂だ。

(日本へ行ってお金さえ作ることさえできれば)

カズは利己的な考えが急に恥ずかしくなった。

「やっぱりできない……」

そう言いかけたとき、アキは強引にカズのチマ・チョゴリを脱がそうとしていた。自分のスーツを脱ぎ捨て、有無を言わせず、にだ。

「分かっている……カズ、いいのよ、まずは自分の家族のことを考えなさい。あなたはいっぱい辛い思いをした。故郷の風に当たることが必要なのよ。(自殺した)淑恵ちゃんみたいになったら遅い」

「——アキ……あなたは本当に大丈夫なの?」

伏せ目がちにしたカズの声が震えている。

「任せときなって。〝ニッポン女児〟アキ姉さん、ここにありよ。(入れ替わりが)バレたらバレたとき。国境の川を飛び越えて見事、逃げてみせるわ」

アキはドンと胸を叩いてみせた。

やっと、カズも心を決めた。

手早く衣装を交換し、互いの化粧をし直す。

「ひとつだけ言っておくわアキ。人民班(隣組)の金おばさんには気をつけて。彼女はスパイよ」

双子の姉妹で「入れ替わった」アキとカズは少し時間をずらし、何食わぬ顔で面会の席に戻った。

目と目で頷き合う。

（大丈夫よ、さぁ自信を持って……）

昔から二人はそっくりだった。

色白（カズ）と色黒（アキ）の違いは化粧で何とかごまかせる。北朝鮮での長い生活でやつれているであろうカズに合わせてアキは事前に十キロも痩せた。

心配なのは、それぞれの日常生活での振る舞いや言葉の違いだが、秘策があった。

アキは今回の計画を訪朝団の梁田だけに打ち明け、入れ替わった後のカズを守ってくれるように頼んでいる。同様にカズはアキに対し、同じアパートに住む日本人妻を訪ね、〝カズに成りすます〟ための情報を詳しく聞くよう伝えていた。

カズの家は夫の李哲彦が病死した後、息子の哲秀もすでに独立し家を離れている。ひとり暮らしのカズ（アキ）が気を付けねばならないのは近所の住民と、職場である協同農場の人間であった。

すでに互いの荷物も交換してある。

アキに成りすましたカズは日本のパスポートで日本に帰る。アキの懐にはカズの北朝鮮の公民証が。

別れのときがきた。

「オヌルン(きょうは)、チョンマル(ほんとうに)、カムサハムニダ(ありがとう)。アンニョンヒ、カセヨ(さようなら、お気をつけて)」

カズは、アキが別れ際に発した、流暢な朝鮮語に目を丸くした。その度胸にも。

(いったいいつの間に)

最後に二人はもう一度、朝鮮式のあいさつをした。

(生き抜くのよ、生きてっ……どんな辛いことがあっても。必ずまた会える日がくるワ)

双子の姉妹は無言で見つめ合う。

握り締めた互いの手から伝わるぬくもり。その感触がいつまでも残っていた。

化粧室での短い時間で決めたことが二つある。

ひとつは、一年後の「友好の船」にカズが乗り、ふたたびアキと入れ替わること。

そして、二つ目……。それが果たせなかったときは、それぞれ自分の責任で生き抜くこと、であった。

双子の妹、カズと入れ替わったアキは、鉄道とバスを乗り継いで国境の村へと帰った。

「どうだった? 美子オンマ(カズのこと)、日本の姉さんと会えたかい」

すかさず、人民班（隣組）の金おばさんが訪ねてきた。カズから「スパイよ、気をつけて」とクギをさされていた、おばさんである。

それとなく面会の様子を探りにきたらしい。

アキは身を固くした。

「――おや？　あんた、ちょっと雰囲気が変わったねぇ。アカ抜けたようだよ。これも日本の姉さんに会ったせいかい？」

困ったことに、おばさんは早口な上、北朝鮮の地方なまりがきつく、言うことの半分も分からない。

「ネエ、ネエ（はい、はい）」

アキがあいまいな返事を繰り返していると、おばさんがちょっと言いにくそうに切り出した。

「そうそう、日本のお土産はどうだった？　たっぷりともらったんだろう」

どうやら目当てはそっちらしい。何とか理解したアキが外国製のたばこカートンを手渡すと、おばさんはそそくさと引き揚げていった。

（――ふぅ……。何とか気づかれずに済んだようね。先が思いやられる）

アキは大きく息をついた。

急いで着替えを済ませ、カズから教えられた同じアパートの日本人妻を訪ねる。

「えっ、あなた誰？」

さすがに日本人同士である。カズとの違いをすぐに見破られたらしい。

「しぃっ、静かにして。アタシはカズの双子の姉よ。アキと言うの。助けてくれないかしら」

口に指を当てながら強引に家に上がり込み、アキはそれまでのいきさつを素早く説明した。

「――よくそんなことができたわね。でも、バレたらただじゃ済まないわよ。私は聞かなかったことにする。巻き添えはごめんだわ」

「日本人みんなを救い出すためなのよ」

「フンっ、そんなことできっこない。無理よ」

冷たい答えにアキは途方に暮れた。

二十五章

——一九八〇年　東京

「あんた、案外あっさり引き下がったな」

訪朝日程を終えて日本へ帰る船の中、「友好の船」団長である革新党国会議員の男は、ホッとした表情で〝アキと入れ替わった〟カズに目をやった。

「——ええ、まぁ、仕方ありません」

悟られないようにカズはあいまいに応える。

「だいたい、あいつら（日本人妻）なぁ、自分から望んで北朝鮮へ行ったクセに、今ごろ『帰してくれ』なんてムシが良すぎるよ、なぁみんな」

調子に乗った団長がまくし立てた。

「ちょっと待てよ！　じゃあオレたちはどうなんだ。『地上の楽園』だ、『労働者の天国』だ、って、不安がる日本人妻や在日朝鮮人の背中をさんざん押した、オレたちの責任はないのか」

梁田だった。

顔を真っ赤にして詰め寄ると、団長の男はうつむいて黙り込んでしまった。

梁田は、北朝鮮で面会した、帰国者の男のことが忘れられない。

男は号泣していた。北朝鮮側の人間が立ち会っているのにもかかわらず、梁田の手を握りながら大粒の涙を流し、ポツリとひとことだけ言った。

「分かってくれ……」

精いっぱいの抗議だったろう。やりとりを聞いていたカズには男の気持ちが痛いほどよく分かる。

「地獄のようなこの地から逃げ出したい。日本政府に助けてほしいんだ」

男はそう叫びたかったのだ。

カズは強制収容所へ入れられた美子のことを思う。救い出すには大金がいる。頼れる人間はひとりしかいかなった。

〝不義の子〟哲秀の父親、松男である。

二十年前に別れたまま、何の音信もない。

(今さら……。だけど……)

松男は自衛隊を退官し、今は民間の警備会社の顧問に就いている。

まだ、独り身だった。

五十も半ばを過ぎてなお、カズと〝おなかの子〟のことが頭から離れない。

どうしてもカズに確かめたかった。

「なぜオレを捨てて北朝鮮へ行ったのか」と。未練だとも思う。

だが、夫の李哲彦との暮らしに絶望し、何度も逢瀬を重ね、子までできたのではなかったか。

それなのになぜ。

手紙は出さなかった。「直接会って聞きたい」と思っていたからだ。二十年もの間、ずっと。

そこまで思い詰めていたのに、本当にカズが目の前に現れたとき、松男は聞けなかった。

やつれ果てたカズの姿。

髪に白いものが混じり、長い歳月を示すかのように深いシワが何本も刻まれている。

変わらないのは、大きな瞳と透き通るような白い肌。そして〝泣き虫カズ〟の大粒の涙。

松男は黙って、カズを抱きしめた。

昔と少しも変わらぬたくましい胸の中に枯れ木のような細い体を温かく包み込んだ。

「――辛かったろう。よくがんばったな」

「――ごめんね。ごめん……」

ようやくひと心地ついた後、カズはこれまでのことを松男に話して聞かせた。

夫の哲彦が病気で亡くなったこと。松男との子である長男の哲秀はすでに独立し、軍隊を経て企業所で働いていること。双子の姉であるアキの機転で姉妹が〝入れ替わり〟日本へやってきたこと。

そして、長女の美子が地獄のような強制収容所へ入れられたこと……。

「――どうしても助け出したいの。急がなきゃ、死んでしまうわ」

「――どうすればいいんだ」

「お金が、お金がかかる。うんとたくさんの」

「いくらかかるんだ」

「最低でも三千万円」

松男は息をのんだ。

「三千万円か……大変な額だな」

カズの娘、美子を強制収容所から出すために〝袖の下〟として必要な金額。それを口にすれば、松男がどんな無理をしても用立ててくれるだろうことは分かっていた。

(――なんて私は狡い女なのか)

カズは自分が心底イヤになる。

恥ずかしさでいたたまれない。

二十年前のあのとき、松男との愛情よりも、親子の情愛を選んだのは自分ではなかったか。

(今さら、どの面下げて)

そう思う。でも、頼れるのは松男しかいないのだ。松男もそれを十分に分かっている。わだかまりを胸の奥に飲み込んだ。

「分かった。何とかしてみよう。オレは家族もいないし、多少の蓄えもある。心配するな」

松男は、しゃくり上げて体を震わせているカズの肩に優しく手をかけた。

「――オレたちの子供……哲秀って言ったっけ。軍隊にいたんだな。一度、会ってみたいもんだ」

「日本からの帰国者はなかなか軍隊に入れないのよ。軍隊を出れば労働党員にもなれる。哲秀はもう心配ない。いつかきっと会える日が来ると思うわ」

カズの表情がやっと緩んだ。

一方で、政治家や外務省を回って日本人妻の窮状を訴えるという作業ははかばかしくなかった。

アキと〝入れ替わった〟ことを公にできない以上、カズは、国会議員秘書、寺谷昭子（アキ）が「北朝鮮にいる妹から聞いた話」として懸命に支援を呼びかけた。

「せめて、里帰りを実現させていただけませんか」

外務省でカズと面会したのは「福田」という若いキャリア官僚である。

「北朝鮮とは国交がありません。今の段階では、何ともしようがない」

まるで他人事のような答え方を聞いてカズは思わず、声を荒らげてしまった。

「あなたはそれでも日本の外交官なんですかっ。そのまえに日本人ですか！」

アキが双子の妹、カズと〝入れ替わり〟北朝鮮へ行ったことを聞いて、海上自衛官の上垣（うえがき）梓（あずさ）は、アキの夫である朴大成（パクデソン）に激しく詰め寄っていた。

「なぜ止めなかった。あんな危険な国へ女ひとりで行かせるなんてどうかしてる……」

梓は、アキの「大切な人」である誠の七つ下の弟である。数年前、アキが秘書を務める国会議員の事務所で偶然、出会った。

「――アイツは誰の意見にも耳は貸さんさ。たとえ〝大切な人〟の弟であるお前さんでもな。フン、大切に思っているのはお前さんの方だったか……」

「ウソを言うな。許さんぞっ」

顔を真っ赤にした梓が朴の胸ぐらをつかむ。

朴も怯まない。

「それだけ怒るところを見ると、図星だな。その年になって独りなのもそのせいか。好きな女ひとり助けられんのはお前さんの方じゃないか。日本人が苦しめられているのに『軍隊』は助けにいかんのか」

「――オレたちは軍隊じゃない。自衛隊だ」

「世界から見りゃ、〝立派な装備を持った軍隊〟だろう。ただし、実戦では一発も撃ったことがないおもちゃの兵隊だけどな。いや、自国民の救出もできない、腰抜けの軍隊か。フ、フっ……」

「――こ、この野郎、言わせておけばっ」

梓は力任せのストレートを朴の右頬にたたき込んだ。銀縁メガネが吹っ飛び、苦悶に顔をゆがめながら、枯れ木のような細い体をくの字に曲げている。

「それも図星だったようだな……」

床に転がりながら朴はまだ口を閉じようとしない。

「いいか、よく聞け。アイツ（アキ）とオレは戦争が終わって十三年も樺太に閉じ込められていたんだ。監視と密告ばかりの自由のない恐ろしい社会に、だ。いまだに取り残されている国民がいるのにアイツの国（日本）もオレの国（韓国）も何にもしちゃくれない。その辛さがお前さんに分かるか」

「その上、アイツは大事な息子（崇）まで取られちまった。お前の甥っ子だよ。今や手の届かない所にいる。どれだけ苦しかったか。だからこそ何かをせざるを得ないんだ。国が助けないなら自分が助ける。そうでもしないとアイツの気が狂っちまう」

梓は首をうなだれていた。

（その通りじゃないか。オレは好きな女ひとり守れない……オレの国も、オレの組織も、だ）

新潟の梁田からカズに、急な連絡が届いたのはそんなときである。

「次の『友好の船』はあなたは乗れない。招請窓口から招待状が下りないんだ。どうやら去年のアキさんの行動が問題視されたらしい」

「――えっ……」

カズは目の前が真っ暗になった。

アキが〝袖の下〟を招請窓口側の幹部に渡して、日本人妻（カズ）との面会をせがんだことがバレてしまったのだ。外国人から賄賂を受け取ることは重罪だ。くだんの幹部も追放されたという。

北朝鮮が招待状を出さない限りカズは戻れないし、アキと再び入れ替わることもできない。

絶体絶命のピンチだった。

進退窮まったカズはアキの夫、朴大成を訪ねる。

「招請窓口から招待状が来ない、ということはアキがすでにマークされているのだろう。そうなると正規のルートでは難しい。他の訪朝団でもな」

朴は銀縁のメガネを外し、厳しい表情を隠すように左手で顔を覆った。

だが、簡単にあきらめるわけにはいかない。カズが北へ戻れないと、アキも帰ってこれない。

滞在時間が延びれば、それだけ〝入れ替わり〟がバレる危険性が高まる。

朴は顔を上げ、改めてカズと向き合った。

「──中朝国境まで何とか行ければいいんだが。後はカネで何とかなるかもしれん」

「──中国ですか……」

「そうだ。北朝鮮との国境近くの中国側には朝鮮族がたくさん住んでいる。北に親類がいる者も多く、(国境の)川を渡って行き来する者もいると聞く」

当時はまだ「脱北者」問題などはなく、中朝国境の警備も厳しくはなかった。

問題は、どうやって朝鮮族が住む中国の国境地域まで行くか、だろう。そこは朝鮮民族の聖なる山である「白頭山(中国名・長白山)」から近い寒村。北京などの大都市からは遙かに遠い。

中国はこの二年前、鄧小平によって「改革開放」政策へ大きく舵を切ったばかり。外貨獲得のため、外国人観光客の受け入れも進めたが、外国人が許可なく訪問できる「対外開放都市」はまだまだ少なかった。

そんなところまで、外国人がどうやって行くのか。しかも、朝鮮族でもない日本人が国境を越えられるのか。三千万円もの大金を抱えて。

カズひとりでは到底できそうもない。

「協力者と訪問の名目が必要だ」

朴が口を開いた。

「たとえば、『学術交流』や『親族訪問』だ。あんたの亡くなったご主人は朝鮮人だろう。(国境地域に住む）朝鮮族に知り合いはいないかね？」

カズの頭に東京湾の埋立地の朝鮮人集落に住んでいたひとりの顔が浮かんだ。ふてぶてしい男の顔が。

二十六章　――一九八〇年　国境の村

「ドン、ドンっ！」

アキがカズと入れ替わって一年近くたったころ、恐れていたことが起こった。真夜中、秘密警察がアキのアパートに踏み込んできたのである。

「――聞きたいことがある。一緒に来るんだっ」

有無を言わせずトラックに引っ立てる。行き先は集結所と呼ばれる未決囚を入れる施設だった。

荒っぽく取調室に押し込められ、冷たいコンクリートの床の上で正座を命じられる。

（〝入れ替わり〟がバレたのかしら……）

冷たい汗が背中をつたう。

「おいアマっ、正直に答えるんだ。お前は一年前、日本から来た姉さんと会っただろう。何を話したんだ」

イスにふんぞり返った軍服姿の若い男が鉄の警棒を片手にドスを利かせた声で尋問を始めた。

「ネタは上がっているんだ。お前の姉さんは賄賂を使ってお前と会ったろう」

アキはホッとした。どうやら〝入れ替わり〟はバレてないらしい。カズと会うために賄賂のたばこを送った党の幹部が失脚し、イモつる式にアキの存在が浮かび上がり、調べを行うことになったようだ。

「フンっ、姉に会いたかっただけよ。何せ二十年も里帰りをさせてくれなかったからねっ」

強い口調でアキが言い返すと、いきなり鉄の警棒が背中めがけて振り下ろされた。続けざまに、軍靴のつま先がおなかに食い込む。

「――うーっ」

あまりの激痛に声が出せない。思わず正座が崩れると、さらに警棒でメッタ打ちにされた。

「アマっ、口の利き方に気をつけろ！　オレを誰だと思っているんだ」

アキは留置場に連行された。

鉄格子がはまった狭い房にはゴワゴワの囚人服を着せられた三十人もの女の囚人がひしめき合って寝ている。

それにしても、汚臭がひどい。

房の隅っこに便壺だけの便所がひとつだけ。囚人は何週間も体を洗っていないのか、すえた匂いが部屋中に充満していた。

髪の毛にはシラミがびっしりとへばりついている。南京虫がゾロゾロはい回り、囚人の体に食いつく。

「――姉さん、何やったんだい？」

呆然と立ち尽くしていたアキに隣にいた若い女が寝転んだまま声をかけてきた。寝付けないらしい。

「――何もしてません、何も」

「フンっ、みんなそう言うんだよ。アンタもすぐにこうなるわ。考えるのはご飯のことだけ。少しでも盛りを多くしてもらいたくて、自分から保衛員にすり寄る女だっているんだからねっ」

家畜のエサ以下の食事。重労働。そして、拷問のような取り調べ。未決囚だからといって、地獄のような環境はカズの娘、美子の一家が入れられた強制収容所などと変わらない。むしろ、収容期間が短いために労働や拷問、虐待は厳しさを増した。「オイ、そこの新入り！。メシをもらうときはこう言うんだ。『○×をください』ってな」

二十歳にもならないような少年兵がゲラゲラと笑いながら、アキをからかい始めた。
○×とは女性の性的な部分を指す俗称である。
「オイ、アマっ！　どうした言えないのかっ」

アキは怒りと恥ずかしさで顔が真っ赤になった。母親ほどの年齢であるアキに対し、どうしてこんな侮蔑的な言葉を投げつけられるのだろうか。

アキが少年兵をにらみつけると、いきなり食器の椀を持った両手に鉄の警棒が思い切り振り下ろされた。電気が走ったような激痛が走る。

「お前はメシ抜きだ。それから罰として便所掃除をやれ。お前の手だけでなっ」

掃除などされたことのない便壺は顔を背けたくなる強烈な悪臭と汚れにまみれている。

屈辱と怒り。アキは反撃を心に誓う。

（今に見てなさい！）


アキが集結所に入れられたころ、カズは国境の川を挟んだ中国側へ来ていた——。

「友好の船」での訪朝がダメになり、中国側から越境するしかない……と決意したとき、協力者としてカズが頼ったのは、かつて新橋のヤミ市商売で羽振りのよかった、在日朝鮮人の金東春であった。

中国が改革開放路線に舵を切ったのが二年前、外国人の観光旅行はまだ限られた都市にしか行けない。だが、手広く事業をやっている東春は、中国の共産党や、この地域に多い朝鮮族にもコネがあった。

「あの国も結局カネしだいさ。ちょっと鼻薬を嗅がせれば、できないことなんてないぜ」

かつて、恋い焦がれたカズの頼みである。東春は得意げに鼻をひくつかせた。

「ただし、オレの取り分は別に百万円だ」

そう言われてカズは途方にくれた。

美子を救い出す三千万円は松男が何とか融通してくれたが、これ以上の無理は言えない。

わらにもすがる思いで船橋の叔母を訪ねた。二十数年前、「朝鮮人！」「ニンニク臭い」と悪罵を投げつけられた家である。

七十を過ぎた叔母は健在だった。

だが、カズの姿を見るなり顔をゆがめた。

「今さら何の用だい？　自分から〝地上の楽園〟とやらへ行ったんだろう」

「だいたいねぇ、朝鮮人が親類にいるなんて近所に知れると世間体が悪いんだよ。さっさと帰りなっ」

とりつく島がなかった。

助けてくれたのはアキの夫、朴大成である。朴とて余裕はない。土木作業員などをして必死で貯めた虎の子の蓄えから百万円を出してくれたのである。

カズは涙をこらえて頭を下げるしかなかった。

東春の計画では、カズはアキの国会議員秘書という身分を使い、その地域の中国の大学で行われる学術交流団の一員として訪中する。現地では朝鮮族の手引きで越境しアキと再び入れ替わるというものであった。

「三千万は一時的に朝鮮族の協力者の口座に振り込むんだ。そんな大金を、あんたが持って入るのは危ないだろう？」

さりげなく東春はそう付け加えた。


カズは「間島」と朝鮮語で呼ばれる、中朝国境の中国側にいた。

豆満江を隔てて北朝鮮と長い国境線を有し、近くには朝鮮民族の聖なる山、白頭山（中国名・長白山）がそびえ立つ。西へ向かえば、今度は鴨緑江が国境だ。有名な、高句麗の好太王碑（広開土王碑）も近い。もっとも長く荒れ果てたままになってはいたが。

「――金東春からアンタのことは聞いている。噂通りの美人じゃないか。十は若く見えるぜ」

洪と名乗った朝鮮族の男は、ちょっと崩れた雰囲気を漂わせていた。

この地域には古くから朝鮮族が住み着いている。看板はハングルで書かれ、彼らの日常会話は朝鮮語。北朝鮮に親類がいる住民も多い。カズは洪の手引きで国境を越える。

参加している学術交流の団体には「この地に住んでいる夫の親族を訪問する」という名目で了解を得ているが、自由になる時間は一日しかない。

「今晩、川を越える。心配するな。オレたちにとっちゃあ朝メシ前さ」

そのころ、中朝国境の警備はまだ厳しくない。洪は片目をつぶってみせた。

ゆっくりと川岸に近づく。向こう岸までは二十㍍もない。闇の中に薄暗い家の灯りがぼんやりと見えた。

「――ピィー、ピィー」

そのとき突然、警笛が鳴り響いた。

中国の公安（警察）らしい。

「何だお前は！　ここは外国人立ち入り禁止だぞ」

カズはまたたく間に拘束され、詰め所へ連行されてしまう。ところが、三千万円の大金を持って一緒にいたはずの洪の姿がどこにも見えない。

何が起こったのか分からないまま、カズは拘束された姿でトラックの荷台に押し込まれた。

何事もなかったように洪が現れた。

「お前は農村へ売られることになった。みんな嫁不足でな。あんたならきっと高く売れるぜっ」

ニヤリとしながら、平然とたばこを吹かしている。

（だまされたんだ、みんなグルだったんだ……）

「――返してっ、お金を返して！　一生懸命働いて作ってくれた大事なお金なのよ。お願いだから」

アキが集結所からやっと釈放されたのは二週間後のことであった。

エサのような粗末な食事と重労働でげっそりと痩せ、取り調べで受けたすさまじい暴力で体は痣だらけ……。

ただ、この独裁国家の「人民統治システム」がよく分かった気がする。

恐怖と利権だ。

人間として最も大切な「自由」を奪い、独裁者への忠誠を強いる、もし、逆らうならば地獄のような収容所に送ってしまう。だが、独裁者は常にひとりだけだ。高位高官とて安泰ではない。恐怖から身を守るために利権を貪る。高邁な理念などカケラもない。

結局はカネなのだ。

(必ずそこにつけ入るチャンスがある)

そう頭に刻み込んだ。

カズと再度〝入れ替わる〟約束の一年が近い。

集結所に入れられる前、「切手の裏」の秘密の通信で、今度の「友好の船」にカズが乗れなかったことは聞いている。だけど、「何とかしてそこへ行く」とだけ記してあった――。

アキがアパートに戻ると、新たな手紙が届いているという。そこには、カズが中朝国境の対岸に来ることが書かれていた。

だが、その日付はもう過ぎている。

ひそかにアパートの日本人妻仲間に聞いてみたが、カズがここを訪ねた形跡はない。

胸騒ぎがする。

（中国で何か起きたのか）

取り調べを受けた後、アキへの監視はいっそう厳しくなった。

秘密警察から命じられているのだろう。人民班（隣組）のスパイである金おばさんが片時も離れない。

そのころ、日本ではカズ（名前はアキ）の失踪を報じる記事が出ていた。

《学術交流で訪中した、国会議員秘書の女性が行方不明　事故と事件の両面で捜査》

カズ（報じられた名前はアキ）の失踪は、すぐにアキの夫である朴大成や、カズのかつての婚約者、松男の知るところとなった。

だが、詳しい情報は入ってこない。学術交流団体に「夫の親類が住む朝鮮族の村を訪問する」と告げたきり戻らなかった、という事実だけが残された。

カズは中国東北部奥地の貧しい農家にいた。朝鮮族の洪に騙され、四十歳になる農民の「嫁」として売られてしまったのである。

「――私はもう五十を過ぎています。『嫁』になど、なれるわけがありません。どうか、帰してください。娘を助けに行かなきゃならないんですっ」

「ウソをいうな。お前はまだ若い。カネはもう払ってあるんだ。今さらガタガタいうんじゃない」

農民の男は取り合おうとしない。

カズは途方に暮れた。騙された悔しさ、強制収容所にいる娘の美子への思い、三千万円を融通してくれた松男への申し訳なさ、そして〝入れ替わり〟を待っているアキ……。それがぐるぐると頭を駆け巡る。

(松ちゃんの大切なお金だったのに……。アキ……私はどうしたらいいの……)

涙がボロボロとこぼれ落ちた。

アキへの監視の目は、集結所で取り調べを受けてから、より一層厳しい。

そんなとき、わずかな隙を見つけてアパートの日本人妻仲間からメモを渡された。

《今晩、ウチへ来て。みんな集まる》

帰国事業で日本から北朝鮮へ渡ってきた「帰国者」は資本主義の害毒に染まった者として出身成分を低くされ、元の住民から蔑まれている。

ただし「強み」もあった。日本から送られてくるカネや物資である。それを闇市場に持ち込んで必需品を購い、何とか苦しい生活を凌ぐしかない。そして、ひとりよりも大人数で助け合ったほうがなおいい。

「みんなでおカネを出し合って商売をしようと思うんだ。あんたも仲間に入らないか」

その誘いをアキはチャンスと見た。

二十七章

――一九九四年　国境の村

戦争の影が忍び寄ろうとしていた。

原因は、北朝鮮の核開発である。

この年、度重なる北の〝瀬戸際外交〟に業を煮やしたアメリカ・クリントン政権は、ついに核関連施設への限定的な空爆を検討する。第二次朝鮮戦争の危機が現実のものとなって東アジアを覆い始めたのだ。

「ソウルを、カリフォルニアを火の海に！」

「傀儡どもを殲滅せよ！」

北朝鮮全土で緊張が一気に高まり、集会では戦時下のような過激なスローガンが連呼された。住民を動員した訓練や灯火管制の予行演習が続く。

ピリピリした空気は、やがて美子たちが囚われている強制収容所にも伝えられる。

(——いっそ戦争が起きればいい。独裁政権が倒れれば、死ぬより辛い地獄のような日々から抜け出すことができるかもしれない)

美子は真剣にそう思う。

収容所へ入れられてもう十六年になる。本来の夫である崔は「生きては決して出られない」という完全統制区域に入れられたまま、生死さえも分からない。

美子はその後、同じ囚人同士で無理やり「表彰結婚」をさせられた。「生きてここから出ることだけを考えろ」という夫の言葉だけを頭の中に刻み込み、歯を食いしばって虫けらのような毎日に耐え続けてきたのだが、もう限界だった。

二年前、最も惨い方法で長男のヨンホを亡くしている。収容所から脱走を企てたものの、途中で捕まり、公開処刑でなぶり殺しにされる姿を、母親の美子は無理やり最前列で見せられたのだ。

捕まったのは脱走直後に密告されたからである。

しかも、兄の脱走を密告したのは、美子が保衛員に体を弄ばれて生まれた次男のテスだった。

ところが、テスを待っていたのは、褒め言葉などではない。死んだ方がマシと思いたくなるような「拷問」だった。

「このガキ！ いつから（兄の脱走計画を）知ってたんだ。さぁ吐け、どんな悪だくみをしてたんだっ」

「——違います、先生様。私は何も知りません。ただ、兄が逃げたのに気付き、先生様の教え通りにすぐ報告をしただけなんです。どうか信じてください」

「ウソをつけ！　お前もグルに違いない。痛い目に遭いたくなかったらさっさと白状するんだ」

テスはロープで体を逆さに吊された。全身の血が頭に逆流し、気が遠くなる。

縛られた足は痛みを通り越して次第に感覚すらなくなってゆく。何度も頭から水をぶっかけられた。

保衛員の男が薄笑いを浮かべながら、ムチを容赦なくテスの全身にたたきつける。肉が破れ、血が噴き出す。たちまち、テスは卒倒した。苦しいのは拷問だけではない。独房の中は、足を縮めても横になれないほど狭い。家畜のエサ以下の食事はさらに減らされてしまった。

テスは兄のヨンホに親しみを感じたことがなかった。憎んでいたと言っていい。

お前は、母親の美子が保衛員に体を弄ばれて生まれた子だ、といつも兄からいじめられていた。母も、そんな自分より兄をかわいがっていると思い込んでしまう。

だから密告したのである。

「——オンマ（母ちゃん）……。兄貴ばかりじゃなく今度こそ、オレの方をちゃんと見てくれ」と。

その美子もまた、酷い拷問にあっていた。

水拷問である。

人間ひとりがすっぽり入れる大きなタンクに閉じ込められ、頭の上まで水を注入する。つまり、先立ちをして顔を上に向けないと息が継げない。

そこに何時間も入れられるのだ。尋常の苦しみではない。大量の水を飲んで何度も気を失い、最後には溺死してしまう。

「――フ、フ、ここからはどんなことをしても逃げられん。よく分かっただろう。お前のガキは公開処刑だ。一番前で拝ませてやるぞ」

美子は全身の血が引いてゆくようだった。

「――ヨンホ……」

わが子の名をそっと呼ぶ。替われるものなら自分が替わってやりたい。

(一緒に死ねるのなら、どれほど楽だろう)

そう思う。どこの世界に、わが子が殺されるさまを直視できる親がいるだろうか――。

脱走の罪は重い。銃殺ではなく絞首刑だ。

刑場に引っ張り出されたヨンホはすでにさんざん殴られたのか、顔は別人のように腫れ上がり、独りでは立っていられないほど弱り切っている。

最前列の美子が顔を伏せると、保衛員に髪の毛をつかまれ、グイと顔を持ち上げられた。

「おいアマっ、目を開いてちゃんと見るんだ！」

その瞬間、ドン、という音とともにヨンホの足場が外された——。

美子はヨンホを失ったショックで廃人のようになってしまった。

何をする気力もない。

戦争の足音が近づいてきたのはそんなころだ。

収容所の中で美子たちが住んでいるのは、日本からの「帰国者」ばかりが集められた村である。

突然、召集がかかった。

「——すぐに荷物をまとめろ！」

もとより荷物らしい荷物などない。

美子ら村の住人は、せき立てられるようにトラックの荷台に押し込められた。

着いたのは巨大な工場のような施設のそばだった。ものものしい警備の兵隊が周囲を守っている。

「ひょっとすると、これが噂の施設かもしれんな」

美子の夫がつぶやく。

「北連」の元幹部の家に生まれた夫は収容所に来る前は平壌の高級アパートで暮らしていた。

一般の市民が知らない情報にも詳しい。

「核開発施設だよ。――どうやらオレたちは〝人間の盾〟にされるようだ。アメリカに攻撃をさせんように、な」

美子はうつろな顔で夫の声を聞いていた。


「いいかよく聞け！」

「国に背いた重罪人の家族であるお前らは本来、生きる価値もないクズ野郎だ。それが偉大なる首領様の温かい配慮で今日まで生かされてきた。今こそそれに応えるときだ。国のため、党のために尽くせるんだ。ありがたいと思えっ」

保衛員の男は叫ぶように告げると、ボロ小屋のような施設に美子らを閉じ込め、頑丈なカギを下ろした。

（――アメリカ軍が北朝鮮の核関連施設を空爆するらしい）

そんな噂が収容所内でも広がっている。

美子の夫が言ったように、日本からの「帰国者」は、やはりアメリカに攻撃をさせないための〝人間の盾〟にされるのだ。

「――ふんっ、バカバカしい。アメリカが自国民でもないオレたちのことを気にするもんか。さりとて日本政府が助けてくれるとも思わんがね」

自嘲気味につぶやいた夫に応える声はなかった。

戦争の足音は、アキが住む国境の村にも忍び寄っていた。テレビでは連日、国営放送の女性アナウンサーが絶叫口調でげきを飛ばし、辺境である地方にまで緊張感がみなぎっている。

《今晩、集まり》

さっき、同じアパートに住む日本人妻仲間から渡されたメモをアキは千切ってかまどにくべた。

それを「結(ゆい)」という。

帰国事業で日本から北朝鮮へ渡ってきた「帰国者」だけでひそかにつくった集まりである。最初は苦しい生活を互いに支え合う〝互助組織〟だった。一九八〇年代から九〇年代に入ると、配給制度はほとんど機能しなくなる。深刻な食糧不足によって膨大な数の餓死者が出た。日本からの仕送りがある人はいいが、ない者は自分で「闇」の仕事を探し、何とか食いつなぐしかない。

出身成分が低い「帰国者」はもとより、重要なポストには就けず、原住民からは怨嗟の目で見られる。「せめて帰国者同士で力を合わせよう」。そんな思いでひそかに作った「結」は大きな力を持つようになっていた。

そんな日本からの「帰国者」の中で異例の出世を遂げた男がいた。権力の後継者である金正日に気に入られ、副首相まで上り詰めたのが「羅」という男である。

出世の理由は金正日好みの文化・芸術部門を羅が日本の「北連」時代から握っていたことが大きい。この分野に限っては「北連」がらみの利権を独占しようとした党や政府の実力者たちにも口を挟ませなかった。

「――(帰国者を)助けてやりたい。せめて日本人妻には約束の里帰りをさせてやれないものか」

羅はそう思っている。これまでも陰日なたとなり、惨めな立場に置かれた帰国者の面倒を見てきた。就職、結婚、称号の授与……刑務所や収容所へ入れられた帰国者の減刑や釈放に動いたこともある――。

強烈な悔悟の念があった。

「北連」の幹部として馬車馬のようになって帰国事業を推進し「地上の楽園」を信じた九万三千もの人間がこの地へ渡ってきた。羅自身もそこに在日朝鮮人の希望がある、と信じたのである。だが実態は……。

あるとき、羅はアキが作った帰国者の秘密組織「結」の存在を知った。監視対象である帰国者が徒党を組むなど、本来は由々しき事態である。だが、秘密警察や一般警察をも抱き込んで「闇のビジネス」を広げ、たくみに摘発を逃れているらしい。

「――これは使えるかもしれんぞ」

羅は「結」を後ろから支えることを思いついた。もちろんそんなことがバレたらただちに首が飛ぶ。決して表に出ることはできない。

幸い裏で動いてくれそうな男が見つかった。自ら北朝鮮へ亡命してきたという物好きな男がいる。

日本の元外交官、石山であった。

石山の目的はひそかに「日本人拉致」の証拠を掴み、日本へ逃がすことである。だが、そんなことはおくびにも出さず、対日工作を担当する特殊機関に配置されていた。

石山も、さすがにひとりでは動きが取れない。そんなときに羅からひそかにコンタクトがあったのである。

一方のアキは、さらに「結」を広げようとしていた。それは食べるためではなく、国外へ帰国者を逃がすためにである。

「まずはおカネ。そして『脱北ルート』を構築する」

アキと羅と石山……。会ったこともない三人の思いはやがてひとつになってゆく。

「全面戦争になれば死傷者は五十万人……」

想像以上の予測に、クリントン政権は北朝鮮の核関連施設への空爆に踏み切れずにいた。

その間隙を突くように、アメリカの元大統領、カーターが金日成の誘いに乗って電撃的に訪朝する。

二人を繋ぐのに力を貸したのは、日本で財団の役員を務める「竹川」という男であった。終戦直後、東京裁判の欺瞞を訴えるために、自ら志願してA級戦犯となった著名な政治運動家の息子である。

竹川が個人の立場で訪朝し、金日成と三時間半にわたってサシで会談したのは二年前のことだった。

金日成は竹川に意外な顔を見せる。絶対に間違いがない「無謬の神」であるはずの男がこれまでの外交方針の誤りを率直に認め、米韓軍事演習（チーム・スピリット）への脅威を打ち明けた。

何よりも、息子（金正日）への愛情をうれしそうに語るではないか。それはどこにでもある「父親の顔」だった——。

「本当に信頼できるアメリカの政治家を知らないか？」と尋ねた金日成に竹川は旧知のカーターを紹介した。そして、第二次朝鮮戦争の勃発直前まで進んだ米朝の危機は、回避の方向へ向かう。

戦争の危機が去り、核施設の側で〝人間の盾〟にされていた美子らは隠密裏に強制収容所に戻された。

（また地獄の日々か。いつまで続くのか）

収容所に戻った美子に、突然の発表があったのは権力の後継者、金正日の誕生日のことである。

「金正日同志の温かいご配慮で次の者を釈放する」

――李美子、金テス……。読み上げられた名前の中に母子二人が入っていた。長男のヨンホはすでに亡い。あまりにも長かった囚われの日々があっけなく終わったことに美子は放心してしまった。

「――オンマ（カズ）、オンマに会いたい」

心がそう叫んでいた。

はやる気持ちで美子は汽車とバスを乗り継ぎ、国境の村に向かう。母の住むアパートの戸を叩くと、母そっくりの女が顔を見せた。

「あなたは誰？」

強制収容所から釈放された美子は母親、カズのアパートにいた女を見て驚いた。とにかく、顔が母とそっくりなのである。

「――アタシを覚えてないかしら？　あなたがまだ小っちゃいころ東京の朝鮮人集落で一度会ったわ。お母さんの双子の姉、アキよ。つまりあなたの叔母さん」

美子は昔の記憶を懸命にたぐり寄せた。一家が北朝鮮への帰国事業に参加する、と決まったとき、思いとどまらせようと押しかけてきた人。

（あのときは北朝鮮へ行きたかった。だから「余計なこと言わないで」と思ってたけど）

アキは美子が生きて解放されたことにホッとしながらも、長い収容所生活で、やつれ果てた姿に衝撃を受けていた。愛らしかった少女時代の面影など、まったくない。まだ四十代のはずだが、髪には白い物が目立ち、何本も歯が抜け落ちている。顔には深いしわが刻まれ、老婆のように見えた。

「――辛かったでしょう。よくがんばったわ」

体を抱きしめようとしたアキを美子は思いがけず強い調子で拒絶した。

「オンマ（母さん）はどこなの！　どうしてあなたが代わりにいるのよっ」

アキは、カズを日本へ帰すために、双子で入れ替わったこと。一年後、再び入れ替わろうとしたが、失敗し、カズは中国で行方不明になっていること、を正直に打ち明けた。

美子は顔を歪めた。

「そうっ、オンマだけ逃げたってわけね。私たちが収容所で地獄のような暮らしを送っているときに、さっさと自分だけ……」

「違うのよ。カズはあなたを助けようとしたの。日本でお金を作ってね」

「――でも、結局、戻って来なかったんでしょ。あの人（カズ）は私をこんな国に連れてきて、ひとりだけ逃げるなんて許せない。もういいわっ」

踵を返して帰ろうとする美子をアキは必死で押しとどめ、胸のカズとおそろいのお守りを渡した。

「これを持ってて。お母さん（カズ）と繋がってられるわ。どうかお母さんを信じてあげて」

（オンマ〈母さん〉に会いたかった。「よくがんばったね」と抱きしめてほしかった）

母親のカズと会えなかった美子は悄然として、国境の村を後にした。

運良く強制収容所から出ることができた数少ない者も昔の暮らしに戻れるわけではない。元囚人というレッテルを貼られ、厳しい監視の下、辺境の農村などに配置されるのが常だ。平壌という都会で、研究者の妻として過ごした生活は二度と戻ってこない。

本来の夫である崔は「生きて出ることができない」という完全統制区域に囚われたまま、生死さえ分からない。脱走して捕まった長男のヨンホは、美子の目の前で公開処刑になった。

（私は何のために生きているのか……）

暗澹たる気分になる。

人民の生活はますます苦しくなっていた。

食糧の配給制度は崩壊し、周囲では餓死者が相次いでいる。自分で商売をする元手も才覚もない美子は、物ごいをするか、市場のゴミ捨て場で腐ったような残飯を漁るしかない。地べたを這いずり回るような惨めな暮らしを続けながら美子の心は出口のないまっ暗闇を彷徨っていた。

もしもあのとき、カズと会えていたなら、少しは気持ちが晴れたかもしれない。だが……。

（こんな国にオンマが連れてきたからだ。あのまま、日本にいれば幸せに暮らせたのに）

母への思いは次第に激しい憎悪に変わる。父親の李哲彦が病気で死んだことも、カズの裏切りのせいだと思う。それは澱のように溜まっていった――。

《にほんにかえりたい。おかあちゃんがにくい》

この遺書を書いたのはカズではなく、娘の美子であった。

辺境の農村が零下二十度にまで凍えた冬の朝……。

暖房もないボロ家で、冷たくなった美子の傍に粗末な紙に書き殴った短い遺書が残されていた。

自分ののどを刃物で突き、赤黒く固まった血が床と衣服にべっとりこびりついている。

最初に見つけたのは次男のテスだった。

美子はこの地での長い生活で漢字など、とうに忘れてしまったのだろう。血の跡が付いた遺書に残る平仮名ばかりの弱々しい文字。

日本語が読めないテスにも母の慟哭が聞こえた。

「――美子が死んだ？　ウソでしょう、ね、そんなことウソに違いない……」

中国にいるカズは、娘（美子）の自殺を伝えた男の体にむしゃぶりついた。

十数年前、カズは中朝国境の向こう側で朝鮮族の男に騙され、中国東北部の貧しい農家の嫁として売られてしまった。何度も逃げては連れ戻され、やっとのことで国境地域まで戻ってきたのである。

再び国境の川を越えて、北朝鮮へ戻ろうとしたとき、商売で中朝を行き来している男から美子の死を知らされたのだ。

体が震え、がっくりと膝をつく。涙があふれ、両手の爪でかきむしるように顔を覆う。

「お母ちゃんのせいだ。こんな国に連れてきた私がバカだったんだ。私の方が死ねばよかった」

地面を拳で殴りつけた。

細いカズの手に赤黒い血がにじむ。

三十年以上も前に美子の将来だけを思い、愛しい人をも振り切って渡ってきた北の地ではなかったか。

(——揚げ句がこのざまなの……神様はどこにいるの？　仏様は？)

あまりに残酷な結末にカズは天を呪った。

「これは、あんたの姉さん（アキ）からの言付けなんだ」

放心しているカズの肩に男はそう声をかけた。

「姉さんは向こう（北朝鮮）で元気でいる。もし、こっち（中国の朝鮮族の村）で、あんた

（カズ）を見かけたら『必ず伝えてほしい』と頼まれてたんだよ」
「――アキが……。アキは何をしようとしてるの」

「日本人たちを救い出すために、どうやら、とんでもないことを考えているらしいな」

「――とんでもないことって」

「さぁな、詳しいことはオレにはよく分からん。だが、まずは協力してくれる『組織』を作ろうとしているようだ。そこでだ、姉さんは、お前さんに『帰ってくるな』と言っている」

「何ですってっ」

「まぁよく聞け。日本人を救い出すには、『組織』や『協力者』、『ルート』が必要だ。姉さんはお前さんにここで『受け手』になってもらいたいとよ」


アキが、北朝鮮の日本人妻たちと作った秘密組織「結（ゆい）」は次第に広がりを見せ始めていた。ただし、それは確かな形ではない。実体が掴みにくい、いうなれば「鵺（ぬえ）」のような奇妙な集団である。

最初は、日本人妻たちの相互扶助だった。厳しい北での生活を生き抜くため、乏しいお金や日本からの仕送りを融通し合う。自由がない、日本語さえ使えない監視社会の中にあって、隙をみてひそかに集まり、懐かしい日本の食事を作ったり、日本の歌をうたって慰め合う。そんな集まりに過ぎなかった。

それが、闇市場や闇ビジネスでカネを稼ぐために、連帯するようになる。中国から仕入れた物資や、稼働しなくなった工場から盗んできた銅線を一緒に売りさばく。非合法だが、生き残るためには仕方がない。

北朝鮮社会は「恐怖」と「利権」で成り立っている。逆に言えばカネさえあれば何でもできるのだ。カネは情報を呼び、情報がカネを産む。次第に取り締まる側の秘密警察や一般警察にまで渡りをつけるようになり、さらに組織は大きくなってゆく。

アキはそのうちに、日本からの帰国者では最高の副首相まで登り詰めた「羅」という高官が、それとなく「結」を支援してくれているのを知る。そして、日本から北朝鮮へ亡命してきた元外交官が、その右腕となって動いていることも、だ。

もちろん、互いに顔さえ見たこともない。

「指示」や「連絡」は渡りをつけた秘密警察員らがひそかに運んでくる。

(――ワナかもしれない……)

何度も疑った。

だが、地獄のような暮らしから日本人を救い出そうとしているアキには他に頼るべき所もない。

「(自殺してしまった)淑恵ちゃんや美子のようになったら遅い。もう時間がない――」

わらにもすがる思いでアキは、鵺のような奇妙な組織を信じることにした。

中朝国境の向こう側（中国）にいるカズに「美子の死」と、日本人を救うために中国に留まることを伝えたのも「結」のルートを使ってのことであった。

二十八章

――一九九九年　日本海・東京

舞鶴港は日本海から少し入り組んだ湾にある。古来、北前船の寄港地として栄え、明治以降は軍港として発展してきた。

戦後はシベリア、樺太、中国から約六十六万人が引き揚げてくる。一九五八（昭和三十三）年冬、アキ一家が十三年間閉じ込められていた樺太から帰ってきたのも、冷たいみぞれが降りしきる舞鶴の小さな桟橋であった。

一九九九年三月二十二日――。

春分の日の振り替え休日、舞鶴は午後になって急に慌ただしい雰囲気に包まれた。

海上自衛隊第三護衛隊群所属のイージス艦全乗組員にも、緊急出港の呼び出しがかかる。

舞鶴東港にある基地に駆けつけた航海長、尾藤（びとう）一尉は、灰色の巨大な船体のマストにはためく「警急呼集」の旗を見て武者震いをした。

（――ちょっと面白いものが見られるかもしれん）

この半年前には、北朝鮮が発射したミサイル「テポドン一号」が日本海と太平洋に落下。東アジアは緊張状態が続いている。いつ不測の事態が起きても不思議ではない。

すぐに艦長室へ駆け上がる。

艦長の松木は、三十四歳の尾藤より十五歳年上、階級は一佐だ。

「何事でしょう？」

「まだ言えん……出港してからだ」

どうやら、艦長の松木さえも任務の内容を知らされたのは、ほんの直前のことらしい。

（これはとんでもない任務かもしれんぞ）

尾藤は改めて気を引き締めた。

戦場へ赴く「武人」の昂ぶりを感じる。

だが、これから起きる事態は尾藤の想像をはるかに超えていた。何しろ、自衛隊創設以来初めて、力ずくで日本人を取り返そうというのだから。


イージス艦は慌ただしく舞鶴を出港した。

士官を含め、警急呼集に間に合わなかった者が何人かいたが、待ってはいられない。

「――富山湾に向かうっ」

イージス艦が外海に出たころを見計らって、艦長の松木は、航海長の尾藤に初めて伝えた。

(——何だよ、近くじゃないか)

どうやら、昴ぶりが大きすぎたらしい。

約半年前に起きたミサイル「テポドン一号」の発射で米朝間は緊張状態にあった。

(オレは、てっきり米朝が平壌の近くでドンパチ始めるのかと思ったぜ)

だが、尾藤が失望するのは早過ぎただろう。

艦はどんどんスピードを上げてゆく。

「合戦準備だ」

艦長の松木が命じた。

(えっ、教練ではなくて?)

いつもの「教練」合戦準備ではない。

尾藤はうまく状況をつかめないでいる。

それでもここは気合を入れねばならない。

殊更、大声で伝えた。

「合戦準備だ!」

艦はさらにスピードを上げる。

「軍艦(自衛艦)旗」がメーンマストに掲げられた。

この数日前――。

日本海上にいる北朝鮮の工作船らしき不審船から発信された電波が自衛隊、警察、米軍などによって相次いでキャッチされていた。

わがもの顔で工作船を日本領海内に侵入させ、多くの日本人を拉致してきた北朝鮮に対し、警察、海保、自衛隊といった日本の関係部局は有効な手立てを打てないでいる。

「法の制約」も確かにあったろう。

だが、何よりも断固たる「国家の意思」がなく、「覚悟」を決めたリーダーもいなかったのだ。

「見てろ！　今度こそ絶対に捕まえてやるぞ」

〝官邸の主〟は初めてハラをくくる。

艦長の松木が任務を明かした。

「不審電波を出した船を追う！　そこに日本人が囚われているかもしれない」


「またあの人か。こんな夜中に……」

〝官邸の主〟には所構わず、電話をかけまくるクセがあった。前触れもなしに、である。

三月二十四日へ日付が変わる少し前、その被害を受けたのは上垣梓(うえがきあずさ)であった。シベリア抑留中に亡くなった〝アキの大切な人〟誠の七つ下の弟。海将まで登り詰めた海上自衛隊を数年前に退官し、今は「サクラ」と呼ぶ元自衛官有志の集まりを主宰している。

「――時間がないんだ。キミの意見が聞きたい」

余計なあいさつも、雑談も一切ない。

〝官邸の主〟からは、これまでも私的なブレーンとして非公式な相談を受けることがあった。だが、この日は様子が違う。電話の向こうからは張り詰めた空気が伝わってくる。

(――あのことだな)

梓はピンときた。現役から退いたとはいえ、梓にはいろんな情報が入ってくる。日本海上で北朝鮮の工作船らしい不審船を海自と海保が追いかけ、政府部内で自衛隊創設以来初めてとなる「海上警備行動」の発令が検討されていたことも、だ。

「絶対にやるべきです!」

梓は間髪を入れずに答えた。向こうが具体的な文言を切り出す前にである。しばしの沈黙があった。

「――そうだな。分かった」

電話は一方的に切れた――。

正しくは「海上における警備行動」(自衛隊法第八二条)。人命もしくは財産の保護、治安の維持のため特別な必要があると認める場合、首相の承認を得て防衛相(当時は長官)が出す。国会の承認はいらない。発令により、武器の使用や立ち入り検査(臨検)などを行うことが可能になる。

　日本海上では、先に警告射撃を行った海保の巡視船が高速の不審船に振り切られようとしていた。

　ひとり追い続ける海自のイージス艦の航海長、尾藤は不審船が北の工作船であることを確信している。

（あの中に連れ去られた日本人がいるに違いない）

　尾藤は怒りに震えた。

「カーン、カーン、カーン」

　火事の半鐘のようなアラーム音が艦内に鳴り響く。ついに、海上警備行動が発令された。

「総員戦闘配置に付け！」

　海上警備行動の発令でイージスの艦内は一気に緊迫した。「射撃」関係員と「立ち入り検査」関係員に集合がかかる。

　警告射撃で相手を停船させて乗り込み、武装解除をし、囚われている日本人がいれば救出する――。

　それが任務であり、国家の意思なのだ。

（敵は重火器で武装しているだろう。最後には自爆だ。これは死人が出る。間違いなく）

　航海長の尾藤は唇を噛んだ。

「――警告射撃を実施せよ！」

群司令の命令が無線で伝えられた。

イージス艦の百二十七ミリ単装速射砲が大音響とともに火を吹く。艦橋の尾藤はすさまじい衝撃に包まれ、目の前が真っ白になる。

ただし、相手に当ててはならない。不審船には日本人が囚われている可能性があるからだ。後方二百メートル、百メートル、五十メートル、そして前方五十メートル……。ギリギリのそばに着弾させ、停船させる。

追走しながらの警告射撃は夜を徹して四、五時間に及び、やっと不審船は止まった――。

いよいよだ。相手と直接対峙する。

約二十人の「立ち入り検査」関係員に再集合がかかり、乗り込む小さなボート（内火艇）を海面に降ろす準備が慌ただしく始まった。

ところが、この期に及んで東京では慎重論がもたげはじめる。

「夜間の立ち入り検査は危険すぎる」

「戦争になったらどうするんだ」

結論が出ない――。

結局、誰の「命令」もなかった。

だが、艦内では立ち入り検査を行うことが当然のことのように作業が進められていた。

「立ち入り検査」関係員といっても皆、偶然に選ばれたに過ぎない。射撃の訓練などしたことがなく、防弾チョッキさえも用意されていなかった。その代わりに漫画雑誌をビニールテープで体に巻き付けて集合した若い部下を見て、尾藤は胸が熱くなった。

「行ってきます。お世話になりました」

若い部下は澄み切った目でそう言った。

(——死ぬ覚悟なんだ。こいつは)

(若い特攻隊員もこんな顔をしていた……)

瞬時に死を覚悟し、澄み切った目をした若い部下を見て、イージス艦航海長の尾藤は先の大戦で散華した特攻隊の若き勇者たちの写真を思い出していた。

満足に武器を扱ったこともなく、防弾チョッキもない若い隊員が決死の覚悟で、重火器で武装しているであろう不審船に乗り込もうとしている。

(敵は劣勢になれば自爆するだろう。コイツらも三十分後には海底に沈んでいるかもしれない)

そう思うと、尾藤は掛ける言葉が見つからない。

同時に怒りがこみ上げてきた。

(——国家の意思というのならば、こんな任務を彼らにやらせるべきじゃない。特殊な部隊が必要なんだ)

だが、幸か、不幸か、そんな事態にはならなかった。立ち入り検査に向かうボートを海面に降ろそうとしたそのとき、不審船は突然、全速力で再び、逃げ出し、あっという間に「防空識別圏外」へと消えてしまったからである。

追走は中止された。

尾藤は、北の工作船に間違いないであろう〝不審船の後ろ姿〟を目に焼き付けた。

(そこに日本人が囚われている可能性があった。だが、オレたちは救えなかった。失敗したんだ)

しばらくたったころ、〝官邸の主〟は国防関係の会議を招集し、改めて檄を飛ばした。

「次は必ず捕まえるんだっ。そのためにはいくらカネがかかってもいい。わが国に特殊部隊をつくれ!」

元海将の上垣梓も、やがて事の経緯を知る。

苦い思いが残った。

(――初の海上警備行動発令は重要な一歩だった。だが「敵」を逃してしまったら意味はない)

梓は優秀な「武人」であった。国を、国民を守るために命をなげうつ覚悟は常にある。それなのに、その機会すら与えられない。

その梓はずっと、ひとりの女性を思い続けていた。

兄の大切な人であったアキである。

アキは北朝鮮で日本人救出に苦闘していた。

〝切手の裏〟の秘密通信でアキから梓へ連絡が届いたのは二十世紀も終わろうとしていたときである。

《日本人を中国へ脱北させる。協力してほしい》

二十九章 ――二〇〇二年　東京

《われわれは日本人を救い出す！》
《お金の支援をお願いしたい　目標五億円》
奇妙な広告が扶桑日報に載った。
大きく日章旗がデザインされている他には、この文言しか書かれていない。連絡先として
《「サクラ」主宰　上垣梓》の名前があった。
「真のプロのチームを作りたい。そのためにはカネが必要なんだ」
北朝鮮のアキから「切手の裏」の秘密通信で日本人脱北の支援を求められたとき、梓はそう
決意した。
帰国事業で北へ渡った日本人が辛酸を舐めている。「帰国者」というだけで低い地位に落と
され、里帰りの約束も反故にされた。美子のように無実の罪で地獄の強制収容所に送られた人

も少なくない。

アキは「結（ゆい）」の組織を使って彼らを脱北させようとしているのだ。

（帰国者だけじゃない。助けを求めているのは）

梓のもとには現役時代から多くの拉致被害者の情報が届いていた。だが、この年の秋、日本の首相が訪朝し、金正日総書記が拉致を認めて謝罪するまで「拉致などない」「韓国や右翼の謀略だ」と平然と主張する日本の政治家やメディアも多かったのである。

海上自衛隊はこの前年、初めての特殊部隊となる「特別警備隊」を発足させていた。一九九九年に日本海で北朝鮮の工作船を取り逃がしてしまった反省からできた部隊だが、彼らが北へ乗り込んで日本人を救出するには、まだまだ法整備ができていない。「世論」も追いついていなかった。

「国が、国民がなぜもっと怒らないのか」

それが不思議でならない。

広告には世論を挑発する狙いもあった。

乏しい反応に梓が悄然としていたとき、大阪の福田武という老人から連絡があった。

「そのカネは私が出そう」

「――北朝鮮へ帰国事業で渡った妹がおるんや。いま、どうしとるか……連絡もつかん。けど、苦労しとるのは間違いないやろ。助けてやりたいんや」

梓に巨額の資金提供を申し出た武は、そう切り出した。聞けば、明治から続く老舗の元主人で今は隠居の身。息子は外交官になって店を継がなかったため、身代はそっくり大手企業に売却した。そのときのカネが残っているらしい。

「――だけど、見ず知らずの私によく……」

いまだ半信半疑の梓を見て武はニヤリとした。

「わしはあんたをよう知っとるで。いや、あんたの兄貴をというべきやな。シベリアで死んだ誠の弟やろ」

「――えっ、兄の……」

「親友やった。シベリアのラーゲリ（収容所）で最期を看取ったのもわしや。あいつは最期まで樺太に残した女のことを想うてた。どんだけ帰りたかったやろか。そやから故郷に帰りたくても帰れん人たちの気持ちがよう分かる。どうか助けてやってくれ」

枯れ木のような手を梓に重ねた。

「――兄の大切な人、昭子さん（アキ）はいま北朝鮮にいます。今回のミッションも彼女が主体なんです」

突然、武の表情が変わった。

「――ふん、あれは誠を裏切ってさっさと朝鮮人と結婚した女やろっ。それを聞いたら協力はできんな！」

「違うんです。事情があったんです。アキ姉ちゃんはずっとずっと兄貴のことを想ってた、多分今でも」

今度は梓が遠い目になった。アキの夫、朴大成(パクデソン)は病気ですでに亡(な)い。だが、ひそかにアキを思い続けている自分の気持ちは伝わらない。その切なさは誰よりも分かっている――。

梓は懸命に説明した。アキが戦後十三年間も樺太に閉じ込められていたこと。夫だった朴とは「同志」のような関係で、一緒になったのは誠の死を知った後だったこと。そして、誠との一粒種である崇をソ連（ロシア）の女に奪われてしまったこと。

「――何やて、誠に子があったんか？」

「今も行方が分かりません――。アキ姉ちゃんは十三年も樺太に閉じ込められていたからこそ、自由のない共産主義社会の怖さを知っている。だから日本人を救い出したい。そして、故郷を思いながらシベリアの土になった兄貴の無念を晴らしたいんですよ」

――泣きじゃくる二歳の女の子。日本の領事館内に入り込もうとする脱北者の母親らを力ずくで引き戻す中国の武装警官。それを冷ややかに見ている日本の領事館員。衝撃的な映像が世界を駆け巡ったのは、この年の五月のことである。

「こんなやり方はよくない。リスクが大きすぎる」

上垣梓は唇を噛んだ。

韓国のＮＧＯらが主導し、脱北者を中国にある各国の公館や外国人学校へ駆け込ませる。場合によっては張り込ませていたメディアにその様子を撮らせ、人権問題として世界にアピールする――。

〝劇場型〟と呼ばれる手法が相次いでいた。

二歳の女の子の一家はその後、第三国を経て韓国へ行くことができた。だが、相次ぐ「駆け込み」は中国政府を硬化させ、警備の強化を招く。

外国の公館内は、その国の領土同様である。同時に一歩でも出れば、その限りではない。中国は外国公館の「外側」に別の塀を張り巡らせ「駆け込み」の阻止を図る。運良く駆け込みが成功したとしても、中国が許可を出さねば出国はできないのだ。

中国は脱北者を「難民」として認めてない。「血の同盟」を誇る北朝鮮との協定で、見つけ次第、捕らえ、北朝鮮へと送り返す。強制送還された脱北者は厳しい取り調べを受け、労働鍛錬所などで重労働を強いられた。中国内で韓国やキリスト教関係者と接触したことが分かると、美子がいた地獄の強制収容所に送られることさえある。

だからこそ、ＮＧＯらは「駆け込み」の様子をメディアに撮らせ、身の安全を担保しようとしたのだが、警備強化に伴い、成功率は急速に落ちていた。

日本の領事館への駆け込み事件では、日本政府の「冷たい」対応が批判を浴びた。

梓は暗澹たる気分になる。
（――日本人ならどうなんだ。帰国者の脱北者であっても日本政府は助けないというのか）
そんなとき北朝鮮のアキから秘密の連絡が来た。
《日本人妻ら帰国者の脱北者を大挙して逃がしたい》
《中朝国境までは「結」のルートを使う》
《日本までのルートをカズと構築してほしい》――。

「アイツなら協力してくれるかもしれん」

上垣梓は一人の男を思い出していた。

東京の外務省本省にいるキャリア。といっても他省庁からの出向組である。つまり外様だ。

（だからこそだ。思い切って動けるかもしれん）

名を桂という。スマートな外見とは違い、野武士のような激しい気持ちと行動力を持っている男だ。

ただし、大きな期待をしていたわけではない。

これまで、政府・外務省の事なかれ主義、中国の顔色をうかがう姿はイヤというほど見せつけられてきた。

一九九〇年代後半以降、帰国事業で日本から北へ渡った人たちが何人か脱北し、ＮＧＯらの支援で日本へ戻っていることは梓も伝え聞いている。

政府の対応はずっと冷やかだった。

「——日本の領土（海）まで自力で逃げて来てください。そうすれば後は何とかしましょう」。

それが国の基本姿勢なのだ。

脱北者の多くは中朝国境の川を越えて対岸の中国に入る。そこはカズがいる朝鮮族の居住地域だ。

「シェルター」と呼ばれる隠れ家にしばらく潜伏した後、隙を見て、外国の公館に駆け込んだり、陸路、国境を越えてモンゴルやベトナムに抜ける。

だが、常に中国の官憲に捕えられる危険性はもちろん、回りは〝善意の人〟ばかりではない。

脱北ブローカーの中には、若い女性の脱北者を人身売買したり、売春を強要する悪質なケースもあった。

（そんな危険な場所から「自力で逃げてこい」だと。邦人保護は政府の仕事ではなかったか。

それとも日本人妻や子供たちは日本人ではないというのか）

梓は猛烈に腹が立った。政府が関わった脱北者保護・救出の枠組みをちゃんとつくるべきなんだ、と。

ただ、難題があった。その枠組みを作るには中国政府に裏でもいいから「ウン」と言わせねばならない。

（――そんなタフな交渉をヤツらができるのか）

堂々巡りのもやもやを抱えつつ、訪ねた梓に桂は即断で答えた。顔色ひとつ変えない。

「分かりました。心配はいりませんよ」

「――本当にやれるのか？」

「――ここだけの話です。すでに枠組みは作りました。もう（帰国者の脱北者は）四十数人帰ってますよ」

「いったいどんなマジックだ――」

梓は舌を巻いた。


「――いやぁ、『お前は学習効果のないバカだ』と上司に何度、罵られたことか。本気で動いているのは外務省でも二、三人。特に『キャリアの連中』はいまだにほとんどが反対だと言っていいですから」

他省庁からの出向組とはいえ桂もキャリアである。そのくせにまるで〝別の人種〟のように言い放った。

桂が説明する日本政府が「裏」で関与した枠組みはこうである。

日本からの帰国者の脱北者が中朝国境を越えて中国側に入る。支援するＮＧＯらを通じて中国にある日本の大使館・領事館にコンタクトを取る。日本政府は中国政府の了解を取り、ひそかに出国・日本へ帰国させる。帰国の際の飛行機代は後に政府が負担することになったが、帰国後の経済的支援はない。

大事なのは「公」にはしないことだった――。

「――内密が大前提です。表に出れば中国が硬化するでしょう。同盟国の北朝鮮に対して〝裏切る〟といってもいい行為を黙認させているのですからね」

桂はさらりと説明したが、毎回、タフで綱渡りのような交渉を強いられているに違いない。

「――そんな大事な秘密を言ってもいいのか？　自衛隊をとっくに退官したオレは一民間人だぞ」

「――志は同じでしょう。同胞を助けたい気持ちに役人も民間人もありませんよ」

「だが、公にできない以上、役人としてはトクにならん仕事だな。逆に失敗すれば詰め腹を切らされる」

「そうでしょうね。だけど、役人はそのためにいるんじゃありませんか。特にキャリアは国や国民のためにいつでも一身をなげうつ覚悟がいる」

熱いものがこみ上げてきた。

上ばかり見ている、事なかれ主義の官僚が多い中で、サムライのような男がいる。苦境に陥っている日本人を助けるために、己のリスクも顧みず、全身全霊でかけずり回っている役人がいるのだ。

「そう。志は同じだな。オレにも手伝わせてくれ」

梓は桂の手を握りしめた。

「まず、カズさんという方に、瀋陽領事館の西さんに連絡を取らせてください。外務省には珍しい人情家で、めっぽう朝鮮族に強い。西さんが動けば脱北者の〝隠れ家（シェルター）〟を用意してくれます」


（急がなきゃいけない。もう時間がない）

北朝鮮の国境の村にいるアキは焦っていた。

配給制度はとっくに崩壊、生きてゆくには「闇」のビジネスで稼ぐか、のたれ死にするしかない。

「結」の組織を頼って、ともにビジネスをやり、互いに助け合ってきた日本人妻などの「帰国者」も力尽き、どんどん倒れていく。

アキは一気に勝負をつけたいと思っていた。

「結」のルートと、元海将の上垣梓が渡りをつけた日本政府の「裏」ルートによって、北朝鮮に残っている、すべての帰国者を脱北させる――。

幸いカネには事欠かない。大阪の福田武という老人が梓に巨額の資金提供を申し入れてくれていた。

（これが最後のチャンスかもしれない。日本政府の関与がバレたらコトは難しくなる……）

アキは脱北の希望者を募り始めた。

だが、思いもよらぬところからストップがかかる。

ひそかに「結」の後ろ盾となってくれている副首相の羅からの緊急連絡が入ったのだ。

《近く、日朝急展開》

《脱北を自粛せよ！》

アキは戸惑いを隠せない。

（――本当に信じていいのかしら……）

日朝交渉ではこれまで、やられ放しではなかったか。「約束」はことごとく破られ、「支援」だけを取られてしまう。「誠意」のカケラもない対応に日本政府は煮え湯を飲まされ続けてきたのだ。

だが、このとき北朝鮮もおびえていた。正確には「金王朝」がというべきであろう。米ブッシュ（子）政権に〝悪の枢軸〟と名指しされ、圧倒的な力によって独裁政権が倒されてしまうかもしれない。だからこそ、日本にすり寄ってきたのである。

二〇〇二年九月、北朝鮮の最高権力者、金正日は訪朝した日本の首相に対し、初めて日本人拉致を認め、謝罪した。そして、五人の拉致被害者が、二年後にはその子供たちが日本へ戻る。だが……。

それっきりだった。

「――やはり、自分たちでやるしかない」

「時間」と闘いながらアキと梓は再び、計画を練り直すことになった。

三十章
——二〇一五年　東京・平壌

もう二十年も前になろうか。

日本の元外交官「石山」が自ら望んで北朝鮮へ亡命したのは、独自の情報筋から入手していた「日本人拉致」の動かぬ証拠をつかむためである。

果たして、石山が配属された対日工作を担当する特殊機関には、何人もの拉致被害者が工作員の教育係として働かされていた。

そこで石山は、美しい女性と出合う。

すらりとした長身にセミロングの髪、意思の強さを示す曇りのない瞳が印象に残った。

「——日本に帰りたくないか」

「……」

「警戒するな。オレは味方だよ」

そう語りかけた石山に女性は静かに目を伏せ、無言で立ち去った。

しばらくして、日本の首相が電撃的に訪朝し、五人の拉致被害者と家族の帰国が初めて実現する。

だが、その女性は「帰国者の名簿」にはなかった——。

もちろん、石山はこのとき帰れなかった拉致被害者が他にもたくさんいることを知っている。特殊機関ではなく、一般人として市井に入った被害者がいることも、だ。

それでも、疑問が残った。

(あの女性は拉致問題のシンボル的な存在ではなかったのか？　女性を帰せば、日本の世論は大いに好転しただろうに……。どうしても帰せない理由があったというのか。秘密を知りすぎてしまったのだろうか……)

凜とした女性の顔を思い出すにつれ、割り切れない思いが残った。


石山が、「女性の噂」を久方ぶりに聞いたのは、昨年のことである。

日朝の政府間協議で、拉致被害者を含むすべての日本人の「再調査」を実施することで合意文書が交わされた。

「——今度こそ拉致問題が動く」

「——新たな拉致被害者や日本人妻が帰ってくるのではないか」

「――すでに帰国者のリストが示された……」

日本では根拠のない噂が飛び交い、期待だけがどんどん膨らんでいった。

ざわついていたのは日本だけではない。

「――あの女性は、平壌郊外の招待所を転々としているようだ」

「――本当に帰すのか……」

北朝鮮の特殊機関内でも情報が交錯した。

真実を知るのは、ごく一部の幹部に限られている。たちまち箝口令が敷かれ、〝この問題〟に触れるのはタブーとなった。

(これが最後のチャンスかもしれない)

そう直感した石山は女性の居場所を突き止めるため、危険を承知で独自に動き始めたが、情報のガードは堅い。

途方に暮れていたところへ、「羅」から久方ぶりに連絡が届いた。

羅は帰国者として最高の副首相まで登り詰め、ひそかに帰国者の秘密組織「結(ゆい)」の後ろ盾となっている大物である。

《今回の交渉は国際社会の批判をかわすためのポーズに過ぎない》

《日本人は、オレたちが帰す。手を貸してくれないか》

石山はメッセージを頭に刻み、すぐにビリビリに破いて竈(かまど)にくべた。

そして、きつく拳を握り締めながら、はっきりと口にした。

「もちろんですよ。オレはそのためにこの国に来たんだ！」

日本では元海将、上垣梓（うえがきあずさ）が主宰する「サクラ」はチームに招集をかけていた。

そこに尾藤（びとう）の顔がある。

梓にとって彼は海上自衛隊の後輩というだけではない。一九九九年三月、航海長として乗り込んだイージス艦で北朝鮮の工作船を追った当事者であり、三年後の、海自の特殊部隊「特別警備隊」の創設に関わった男だ。

「――本気でしょうね？」

真っ正面から梓の目を見据える。

「もちろんだ」

「カネは？　武器は？」

「カネはある。武器を買うには十分だろう」

尾藤はニヤリとした。

「――で……、政治は決断したんですか。現役も動くんでしょうね」

「――それは、これからだ」

梓の答えに尾藤は、やれやれといった風に両手を大げさに上げて見せた。

「まぁ、いざとなったらオレたちだけでやりますよ。確かな『情報』さえくれればね」

尾藤の脳裏には、忘れたくとも忘れられない「残像」が焼き付いている。

イージス艦の追尾を振り切り、北の海へ消えていった工作船の後ろ姿だ。

(あの船の中には、囚われた日本人が間違いなく、いた。だが、オレは助けてあげられなかった。目の前から逃げてゆくのを指をくわえて見ているしかなかったんだ)

悔しさ、情けなさを体に刻み込み、新設されたばかりの「特別警備隊」を志願した。

だが、強烈な思いも、自衛隊内の人事異動によって消し飛ばされてしまう。数年後、通常の艦艇部隊勤務へ戻る内示を受けたとき、迷わず自衛隊を辞めた。

そして、梓の誘いで「サクラ」のチームに加わったのである。

「――で……奪還するのは何人ですか？」

「――まずは二、三人になるだろう」

(こっちも人集めをしなきゃならん……)

尾藤は何人かのプロの顔を思い浮かべた。

「六週間でケリを付けましょう！」

「――六週間か……。チームはそろっているだろう。もう少し早くならんか」

梓は、尾藤に注文をつけた。

北朝鮮にいるアキからは「結」の組織がすでに動き出したことを聞いている。元外交官の石山が拉致被害者が移された場所を突き止めようと、危険を承知で探しているのだ。

「ムリですよ、今のチームは使えない。皆さんシロウトでしょう。だからオレの仲間を集めます」

「――仲間？」

「プロの連中ですよ。外国の軍隊の傭兵もいれば、自衛隊の現役で目をつけてるのもいる。そいつらをまず引っこ抜かなきゃ。高い給料を棒に振るんだから、カミさんが泣いて止めるかもしれませんがね」

尾藤はシニカルな笑みをのぞかせたが、そんなことで参加を思い止まる連中など、ひとりもいないことは百も承知だ。

「――そうすると、こちらもそれなりのカネを用意する必要があるだろうな。相場は？」

「日給で七十万円。もしくはゼロ。中間はありません」

「ゼロだと？」

梓が目をむいた。

「志ですよ。カネよりも大事なものがある。『日本人を取り返したい』という強い思いがあるでしょう。オレの仲間は全員がたぶん『ゼロでもやる』と言うでしょうね」

胸が熱くなった。

同じセリフを聞いた覚えがある。脱北者を逃すルート構築に力を尽くした外務省のキャリア、桂だ。

（――ヤツもまた「日本人を取り戻す」という志のために自分をなげ打った男だった。だが……）

梓は遠い目をした。

それに構わず尾藤は説明を続ける。

「一番難しいのは武器の調達です。中朝露の国境地域にロシアから流れてきたものを中国人商人から買う。いずれも〝海千山千〟の連中です。ヤツらに騙されず、こちらがほしいものを買わねばなりません」

「分かった……。それで肝心の作戦を聞かせてくれないか。どうやって奪還するつもりなんだ」

梓が身を乗り出したそのとき、さらに年上の老人が突然、部屋へ入ってきた。

「ちょっと待ち！」

「サクラ」のスポンサー、大阪の老舗の元主人、福田武である。

「日本人妻はどうなったんや……ワシの妹はいつ助けてくれるんや？」

九十近い老人とは思えない、武の鋭い目が二人をにらみつけていた。

そのとき、カズはまだ、中朝国境地域の「中国側」にとどまっていた。

政治犯収容所に入れられた娘・美子を助けるため、双子の姉、アキと入れ替わって北朝鮮から日本へ戻り、苦労に苦労を重ねて中朝国境の対岸である朝鮮族の村へきた。

ところが、騙されて三千万円の大金を奪われた揚げ句、貧農の嫁として売られてしまう。

やっと脱出し、朝鮮族の村まで戻ってきたところで、美子の自殺を聞かされたのである。

(もう、生きていても仕方がない)

打ちのめされ、生きる気力さえ失いかけたときに、アキから「脱北者の『受け手』になってほしい」と頼まれたのだった。

「——瀋陽の日本領事館にいる西さんを訪ねてほしい」と日本から連絡してきたのは、アキの協力者で元海将の上垣梓(うえがきあずさ)だ。

ノンキャリアの外務省職員である西は中国の朝鮮族とめっぽう親しい。

日本政府が「裏」で関与した脱北者の保護・救出ルート構築に関わった男である。

西はいろんな意味で規格外れだった。

「——朝鮮族に頼んで〝安全な隠れ家(シェルター)〟を用意します。あなたは中朝国境の川を越えてきた脱北者を受け取り、そこまで連れてきてくれればいい。後はこちらで交渉します」

事もなげにそう言ってのけた。

(——本当にそんなことができるのか?)

訝しむカズの小さな手が、いきなり西の大きな掌に包まれた。

「一緒に助けましょう。あなたも『帰国者』だと聞いています。口に出せない苦労をされたはずだ。どんなことをしても帰国者を助け出さなきゃいけない。そうでしょっ」

北朝鮮へ来てからの長く、辛い日々が走馬燈のようにカズの脳裏をかけめぐる。

こぼれそうになる涙をこらえ、カズもまた西の手を強く握り返した。

「——分かりました。お願いしますっ」


(自分にも果たすべき「役割」がまだある)

その思いが、折れそうになったカズの心を支えてきたといっていい。

脱北者は北朝鮮の経済が悪化し、配給制度が完全に崩壊した一九九〇年代後半以降に急増した。

それが朝鮮族の村にも劇的な変化をもたらすことになる。

悪質な脱北ブローカーの暗躍、人身売買、売春の強要。その裏返しとしての中国側の取り締まり・罰則の強化……。

リスクが上がれば当然、脱北ブローカーが要求する手数料も高騰する。

カズと西に課せられた仕事は脱北者が中国を無事に出国するまで、「安全な場所」で保護することだった。

日本の在外公館や関係施設だけでは足りない。西がコネをつけた朝鮮族の家の中にも匿ってもらう。

その間、北京の日本大使館は秘密裡に中国側と粘り強く交渉を行い、中国からの出国を〝了解〟させるのだ。

桂や西が尽力したこのルートで日本政府は約二百人の「帰国者の脱北者」をひそかに日本へ帰すことに成功する。

ところが、事態は急変した……。

二〇〇〇年代半ばくらいから、日本政府が「裏」で関与した脱北者の保護・救出ルートが機能しなくなったのだ。

それは、中国政府が「出国」を認めなくなったからである。

「人道問題ではないか」と外務省が脱北者の出国を求めても、中国側が言を左右にしてなかなかウンと言わない。

日中関係の悪化、脱北者の存在が次第に「公」になったこと……考えられる理由はいくつかある。

いずれにせよ、中国から出られない脱北者はたまる一方だった。

「出られない」ならば、新たに「入れる」こともできない。日本の領事館から三年間も出られない者までいた。

仕方なく、脱北者を支援するＮＧＯらは「別ルート」を探す。

中国国内を移動し、歩いて国境を越え、ベトナムやモンゴルへ抜ける。

これが困難を極めた。

移動が長い分、官憲に捕まるリスクも、費用も格段に高くなる。綱渡りのような道のりの中で、中国で拘束されるＮＧＯ関係者が相次いだ――。

中朝国境にいるカズの仕事も減った。

（――もはや私がここにいる意味はない）

そう思う。

最近は「老い」が容赦なく体を痛めつける。独り過ごす夜がたまらなく寂しい。

さりとて戻る場所もないのだ。

娘の美子も孫のヨンホも北朝鮮で死んでしまった。収容所で生まれたヨンホの弟がいるらしいのだが、消息はまったく分からない。

日本には絶対に帰れないだろう。すべての財産を投げ出して松男がつくってくれた三千万円をカズは朝鮮族の男に騙され、まんまと奪われてしまったのだ。

（今さら、どの面下げて）

カズは鏡に映るやせ衰えた自分の顔を寂しく見つめた。

ひとつだけ、心残りがある。松男との間にもうけた息子、李哲秀のことだ。

北朝鮮の人民軍に入り、その後、中朝貿易の仕事をしている、と聞く。

「もしや、同じ、この中国の地に……」

そう思いつつも立場の違いを考えると、うかつに動けなかった。


そのころ、哲秀はすでに中国から日本へ逃げてきていた。

今から二年前、中朝貿易の責任者だった北朝鮮ナンバー2の男が突然、粛清・処刑された。その係累の人間も次々と本国へ召還されている。

そうなれば、処刑か政治犯収容所か……。

哲秀は〝その前〟に逃げた。

母親のカズとはずっと会っていない。姉の美子が政治犯収容所から出た後に絶望して、自ら命を断ったことも知らなかった。

日本へ行けば〝本当の父さん（松男）〟に会えるかもしれない……。

そう思ったのである。

日本では「福田」という外務省幹部がわざわざ面会を求めてきた。

「両親ともが日本人」だという哲秀の変わった経歴に関心を持ったらしい。

だが、互いに実りはなかった。

「ぜひ、父さんに会いたいんです。探してくれませんか」

「お母さんの名前は『カズコ』でしたね。お父さんの名前は？」

「――確かマツオ（松男）です」

「――他に情報はありますか？　住所は分からない？　うーん、それだけじゃあねぇ」

福田はため息をついた。

結局〝すべて〟を教えてくれたのは新潟の梁田（やなだ）という男だった。梁田はかつて帰国事業に深くかかわり、アキがカズと北朝鮮で入れ替わったときも「友好の船」で一緒だった。

「アンタのお母さん（カズ）はたぶん、中国の朝鮮族の村におる。お姉さん（美子）を助けるため、アンタのお父さん（松男）がつくった三千万円を持っていったんだ。ところが朝鮮族の男に騙されて。姉さんも自ら命を断って亡くなったらしい……」

「――えっ……」

衝撃的な事実に哲秀は言葉を失った。

「お父さんはひとりで日本にいるよ。ただし、病気で体を壊されているようだ。キミに会えると知ったら、どんなに喜ぶか」

そう言って梁田は、朝鮮語の音で松男の住所を記したメモを渡してくれた。

一度も会ったことのない父親が同じ日本の地にいて、病に伏せっている……。

（すぐに駆けつけて、オンマ〈カズ〉のことを知らせなきゃいけない）

そう思うと、哲秀は居ても立ってもいられなくなり、電車に飛び乗った。

そのころ、外務省幹部の福田は、北朝鮮の人権問題をめぐる、国連や国際社会の動きを注視していた。

（――これが拉致問題を動かすテコになる）

そう信じたい。

拉致事件や強制収容所での人権侵害を糾弾し、国際司法の場への付託を安保理に勧告した国連決議――。

かつてない厳しい内容に、北朝鮮は過剰ともいえる反応を見せた。生々しい証言をした脱北者への〝殺害予告〟、米へのサイバー攻撃。そして、国連を舞台にしたなりふり構わぬロビー活動。

（北が国連決議を気にすれば、するほど、ツケ入る隙が生まれる。チャンスが見えてくるはずだ）

実際、北は日本に「譲歩」してきた。人権問題としてやり玉に挙げられた「拉致問題」を日本としっかり交渉している、という姿を国際社会に見せねばならない。だからこそ「すべての日本人の再調査」の合意を文書にまでしてみせたのである。

それがポーズなのは百も承知だ。

北朝鮮は安保理ならば「中露が拒否権を行使する」とタカをくくっている。果たして日朝協議はトーンダウン。先は再び見えなくなった。

（安心するのは、まだ早いぞ）

福田は〝次の一手〟を睨んでいた――。

――そんなころである。父親の武にまつわる妙な噂が耳に入ったのは。

《福田の父親（武）がカネを出し、力ずくで拉致被害者を奪還しようとしている》

まさかとは思うが、捨ててては置けない。大阪に連絡を取ると、信じられない答えが返ってきた。

「――全部やないが、ホンマの部分もある。お前ら（政府や外務省）はもう頼りにはせん。結局は北の言うがママやないか、情けないでっ」

「待ってください……本気ですか。できるはずがない」

「フン、見てたらエエわ――」

「それよりもな、お前、李哲秀という脱北者と会うたことあるやろ。そいつはお前のいとこやで」

「今までお前には黙ってたけどな、ワシには北朝鮮に帰国事業で行った妹がおる。それが和子（カズ）や。哲秀はその息子になる」

「――えっ？」

福田には訳が分からない。

「しかもな、妹は二人おったんや。これはワシも最近、知ったことや。――ワシはな、〝三つ子〟やったんや……」

「何やて？（李哲秀が）いとこ？（父の）妹が二人やて？　それはどういうことや」

福田も、思わず大阪弁になった。

「シベリアのラーゲリ（収容所）でワシと一緒やった誠の弟（梓）から聞いたんや。北朝鮮へ渡った和子（カズ）のことは知っとったけど、樺太へ行った昭子（アキ）というもうひとりの妹のことは知らなんだ」

耳を疑う話ばかりである。

「今の人には分からんやろな。〝畜生腹〟ちゅうてな、昔は多胎児を厭う習慣があった。それで（商家の）跡取りのワシだけ残して、二人の妹は里子に出された。けど、両親は辛かったやろな……。離ればなれになっても姉妹と分かるように新元号の『昭和』から取って名付けたらしいんや」

福田は昔の記憶を懸命にたぐり寄せた。

「――もしや、樺太へ行ったという昭子（伯母）さんには子供がいませんか？　ロシアへ行ったままの……」

「そうらしいな。母親（アキ）に捨てられた、と逆恨みしとるらしい。事実は違うんや、かわいそうなこっちゃで」

昨年、ロシア人の知人からパーティーで紹介されたあの男。東洋人の顔つき、しかも自分とよく似た面持ちの……。

(確か、「ユーリ・イワノフ」と名乗っていた。あれが昭子伯母さんの息子だったのか)

思いがけない話に福田はまだ、うまく頭が整理できない。歴史に翻弄され、散り散りになった一族が再び、繋がろうとしている。

その前に、父親には外務省幹部としてどうしてもクギを刺しておかねばならない話があった。

「お父さん、話がそれましたね。どうか変なことを考えるのはやめてください。力ずくで拉致被害者を奪還する、とかいう話ですよ。もし本当にやる、というのなら私は全力で阻止に動きますっ」

「ほう、そうか……」

ひと呼吸おいて、武は毅然と言い放った。

「どんなことがあってもワシはやるで！　日本人やからな……。ワシが何不自由ない暮らしをしとるときに二人の妹は北朝鮮で、樺太で苦しんどったのに何の手助けもできんかった。ワシは親友の誠の骨さえも故郷に帰してやれん情けない男や。お前も志だけはあるやろ。せめて邪魔だけはせんでくれ！」

外務省幹部の息子にタンカを切った武だが、民間人が〝力ずくで日本人を取り戻す〟というやり方に一〇〇%賛成しているわけではない。

(本来なら国が動くべきやろ)

そう思う。

だが、現状ではテロリストに日本人を拉致され、殺害されても日本の首相は「今後も国際社会と協調してテロと闘ってゆく」ということぐらいしか言えない。自衛隊に特殊部隊があっても、欧米諸国のように現地へ乗り込んで奪還することもかなわないのだ。

(「法」だけやない。「国民の世論」がそうなんや。平和的に解決する手段があるハズやと寝ぼけたことという連中がおるんやからな)

それが日本という国の現実なのだ。

武は、その状況で民間人が〝力ずくで日本人を取り戻す〟のは、やはりリスクが大きいし、救出するのが「拉致被害者二、三人だけ」というのも気になった。

(――政府はいつも「拉致被害者」最優先や。分からんでもない。けどな日本人妻も同じ日本人や。北朝鮮で今も辛酸を舐め、助けを待っとるんやろ)

この点においても、国民が、世論が、意識を共有しているとは言い難い。帰国事業で渡った日本人妻は、いつまでたっても、「自分の意思で入った人たちではないか」という見られ方なのだから。

（そうや、「自分の意思」で行ったというのならば、いっそ民間でやるべきやないか）

自分の意思で行った日本人妻を拉致被害者と「同等には扱えない」と政府が見ているのならば、民間が勝手に取り返す運動をやってもいい。共感を得た人たちが応援してくれればいいではないか、と。

十数年前に五百人はいたであろう日本人妻はもう百人も残っていないかもしれない。彼女たちも、再会を待ちわびる家族も〝残り時間〟は少ない。「人道問題」なのである。武はそこにチャンスがあると見た。ひとつのアイデアが浮かんだ。

スポンサーになっている「サクラ」の会合に乗り込んだ武は、主宰者で元海将の上垣倅と厳しい表情でにらみ合っていた。

先に突っかかったのは年下の倅である。

「今さら後戻りはできませんよ。（拉致被害者を奪回する）計画はすでに動き出している。それに海上の視界が悪い冬の季節を逃すと、条件はますます悪くなるんです。もしあなたが『カネは出せない』というのなら、他にスポンサーを探してでもやり抜くまでだ」

「――まぁ、待ちっ。ワシは『やめろ』と言うてるんやないで。拉致被害者も日本人妻ら帰国者も両方、助けたらエエ」

「――えっ、両方ですって……」

「そうや。ただし、日本人妻の里帰りの方が、ちょっと先になるけどな。『二段構え』の作戦や」

武は涼しい顔だ。

「国連で世界から責められとる北朝鮮は『人権問題での得点』をほしがっとるやろ。それやったら得点を稼げるようにおぜん立てしてやったらエエ」

「日本で『北の芸術団』の公演をやらせる。『民間レベル』でや。〝目玉〟は日本から帰国者で、希代の名テノールと呼ばれた長田健次郎の娘のピアニスト……。どうや、北にとっても世界に向けたこんなエエ宣伝はないで。日本からの帰国者に凱旋公演をさせてやるほど人道、人権に配慮しとるんやってな」

思わず膝を打つ。

「――なるほど、北の文化・芸術分野はひそかに『結』の後ろ盾になっている羅が牛耳っている。長田の娘の派遣はそう難しくない。しかも、羅は日本時代からの長田の後見役だ。いや応もない」

「その芸術団と一緒に日本人妻を帰国させるんや。チャーター機を飛ばして一気に百人。カネが必要ならワシが用意する。あくまで『民間』のやることやから政府には口は挟ません。もちろんアキも一緒やで」

「アキ姉ちゃんもですか」

梓の顔がわずかに揺らぐ。

構わず武はまくしたてた。

「そして、間髪を入れずにそっちの計画も行動に移す。立て続けにやる理由は二つや。ひとつは動きが鈍い世論に強烈なインパクトを与えること。もうひとつは恐らくワシらの排除に動くであろう日本政府側につけ入る隙を与えんためじゃな」

（——このじいさん、タダ者じゃない）

梓は舌を巻いた。

「忙しゅうなる。アキから羅に連絡を取らせるんや」


「恨みを晴らすときがやっと来たよ。お父さん、お母さん、見ていて……」

一九六〇年代に帰国事業で北朝鮮へ渡ったとき、華子はまだ高校生だった。

〝希代のテノール〟とうたわれた父親の長田健次郎は、次第に活躍の場を奪われ、八〇年代半ば、失意のうちに病死した。日本人妻である母親の民恵は、金日成に里帰りを直訴する手紙を渡したことを咎められ、離婚を強いられた。懐かしい故郷・日本を想いつつ、最期まで〝檻のある病院〟から出られなかった——。

「日本へ行ってほしい。『世界音楽フェスティバル』に参加する。キミのピアノで日本を驚かせてやれ」

羅からそう告げられたとき、華子にいや応があるはずがなかった。

羅は日本時代から長田と親しい。〝母親の問題〟で強制収容所へ入れられそうになったとき、救ってくれたのも羅である。音楽大学を卒業し、現在、副教授という高いポストにあるのも、だ。

「――分かりました。でも、日本政府が入国ビザを出すでしょうか？　共和国（北朝鮮）の芸術団は一九九〇年代を最後に日本では公演をしていませんよ」

「――何をいう。キミは日本人じゃないか――」

羅は呵々と笑った。

なるほど、母親の民恵は日本人、朝鮮出身の父親、長田も日本時代に民恵と養子縁組をし、日本人になっていたのである。

「――そうですね。では他に任務は？」

「キミの思いがあるだろう。いや、ご両親の、というべきか……。とにかく、キミは日本へ行って、思い通りに行動し発言すればいい。ワシのことは考えなくていい。責任は一切持つ。以上だ！」

羅は、これ以上の質問をするな、と言わんばかりにさっさと席を立った。

北では日本絡みの話になると必ず、「北連」課や僑胞総局の連中が〝利権の匂い〟を嗅ぎつけてくちばしを挟んでくる。だが、今度ばかりは羅が全力で阻止した。そして、独裁者の三代目にこう耳打ちしたのである。

「国連の人権決議には帰国事業も入っています。帰国者に凱旋公演をさせれば格好のアピールになるでしょう。『これほど帰国者を大事にしてます』とね」

「——それから……」

「それから？」

「帰国者の日本の親族がカネを出して、チャーター機を飛ばすと言っています。日本人妻百人の一時帰国。これを認めてやれば、日本の国民もさぞかし喜び、わが国への世論も激変するでしょう。もちろん〝支援〟の方もたっぷりと……」

独裁者の三代目は承諾の意思を示すように鷹揚に頷いた。


（〝官邸の主〟に会わねばならない……）

上垣梓はそう思った。

「保守派のホープ」と呼ばれた〝官邸の主〟とは若手のころから面識がある。祖父の代からの名門政治家の出身。物腰は柔らかいが、揺るぎない国家観を持った政治家として期待もしていた。

先に呼び出されたのは梓の方である。

「——内密にお目にかかりたいと」

面会場所として秘書官が伝えてきたのは都心のホテルのスイートルームだった。

「わざわざお越し頂いて申し訳ありません」

腰の低さは昔と変わらない。〝官邸の主〟は長身を折り曲げるようにして梓を出迎えた。

「――おかしな話が耳に入りましてね。上垣さんが拉致被害者を力ずくで取り返そう、としている。まさか、と思いましたが、もし本気でお考えなら、政府としてはいささか困ったことになります」

穏やかな笑顔をたたえたまま、〝官邸の主〟はいきなり本題に踏み込んできた。

余計な話は無用だ。

梓もぐっと身を乗り出す。

「――拉致被害者が囚われている場所の確かな情報があるんです。北へ侵入している元外交官が命がけで調べました。救出のために自衛隊を出動させてくれませんか。もし直接、現地に乗り込むのが難しいのなら、後方支援でも構わない」

一気にまくし立てた。

〝官邸の主〟は黙ったままである。

梓がたたみかけた。

「テロリストに日本人を〝なぶり殺し〟にされても日本政府は何もできない。せっかく自衛隊に特殊部隊をつくったのに結局は〝他国頼み〟だ。こんな情けない状況がいつまで続くのですか」

「――私とて、忸怩たる思いがある。だが、今はまだ無理です。（連立政権を組む）正大党にも配慮をしないといけない」

絞り出すような声だった。

「――そうですか……。では、せめて黙ってみていてくれませんか」

「――この私に〝見て見ぬふり〟をせよ、とでも」

二人は鬼の形相でにらみ合った。


上垣梓や尾藤ら「サクラ」の面々の周辺に尾行の影がちらつき始めた。〝行動確認〟をし、不穏な行動があれば、すかさず阻止しようというのだろう。

「――ふんっ、これも〝想定内〟だ」

尾藤は海自の特殊部隊にいたプロである。

政府側が警察、海保、場合によっては自衛隊まで動員して「サクラ」の阻止に動くであろうことは十分に予想していた。そんなことより問題は計画の大幅な練り直しを迫られることである。

「上垣さん、（自衛隊の）現役のサポートがなく、われわれだけでやるとなれば、海岸線近くまで『対象（救出する拉致被害者）』を連れてきてもらわねばなりません。（元外交官の石山に）やれますか？」

「――うむ……」

梓には答えようがない。だがもはや、それをやってもらう以外にはないのだ。

「犠牲者も出るでしょうね。もちろん、『対象』は命をかけても守り抜きますが……。では準備を進めます」

尾藤は梓の答えを待たずに部屋を後にした。

イカ釣り漁船を偽装した「高速艇」の整備、武器の調達、実行部隊メンバーの訓練。尾藤が急いでやらねばならないことは山ほどある。

――そのころ〝希代のテナー〟長田健次郎の娘でピアニストの華子が東京で開かれる「世界音楽フェスティバル」参加のために来日した。武が飛ばしたチャーター機に乗ってアキラ百人の日本人妻が一時帰国のため、一行に加わっている。

これは日朝双方の思惑が一致した結果だといっていい。

彼女たちは、かつて帰国事業で北朝鮮へ渡った「日本人」である。国連で人権抑圧をやり玉に挙げられている北としては「人道的な配慮」をアピールできるチャンスだ。「日本人妻は幸せに暮らしている。飛行機に乗って故郷に里帰りもできるじゃないか」と……。

日本側も、民間のイベントを通して、膠着状態の日朝協議に風穴を開けたい期待があった。

逆に、問題が起これば「民間がやったことだ」と逃げを打てばいいのだ。

いずれにしても損はない。

「――やっぱり日本はいいわね」

双子の妹、カズと入れ替わるため、北へ行って三十年あまり……。アキは故郷の空気を思い切り吸い込んだ。

「――公演後に記者会見をセットしてほしいの。（世界のメディアが所属する）外国特派員協会がいいわ。日本中、いや世界中の目を覚まさせてあげるわ」

アキは梓に向かって、昔と変わらない、いたずらっぽい笑顔を見せた。

「アタシは並河和子。一九六〇年に帰国事業で（北）朝鮮に渡った日本人妻です」

「たった七日間しかなかった昭和元年生まれだから、満八十八歳。つまり米寿よ」

カズを装ったアキが年齢を明かすと、記者会見場を埋めた各国の記者からどよめきが起きた。どうみても六十代か七十代にしか見えない。さすがに髪は白くなったものの、背筋はピンと伸び、大きな瞳にヒマワリのような笑顔をたたえている。

「こうして元気でいられるのも、幸せに暮らせるのも温かい（北朝鮮の労働）党の配慮のおかげ……というのは、まったくのウソッパチ、デタラメよ！」

突然の爆弾発言に記者たちは一斉に顔を上げた。

「――さぁ、世界の皆さん、耳の穴をかっぽじって、よく聞いてね！。帰国事業は国家的な

『詐欺』だった。『地上の楽園』『労働者の天国』なんて大ウソもいいとこ。当事者のアタシがいうのだから間違いないわ」

「日本からの帰国者は差別され、低い身分からはい上がれない。アタシの娘（美子）は無実の罪をかぶせられて地獄のような強制収容所へ入れられた。看守にレイプされ、拷問をかけられ、自ら命を断ったのよ」

長田健次郎の娘のピアニスト、華子が続ける。

「（日本人妻の）母は『日本に里帰りさせてほしい』と訴えただけで、独裁者の怒りに触れ、父とは無理やり離婚させられた。鉄格子のはまった病院に押し込められ、故郷を想いながら寂しく死んだのです」

「父もそう。歌いたい曲を選ぶ自由すらなく、つまらない革命歌ばかり歌わされた。『北連』にだまされこんな国（北朝鮮）に来てしまったせいよっ」

思いの丈をぶちまけた。父と母の代わりに。

「私たちはもう、あんな地獄に戻るつもりはありません。一時帰国じゃなくて、永住帰国します！　どうか、皆さんのペンの力で世界に伝えてください。そして、まだ地獄に残されている、すべての日本人、わたしたちの家族や他の帰国者を助けてください」

騒然となった会見場で日本人の記者が手を上げた。

「そんなことは知ってますよ。でも、あなたたちは自分の意思で行ったのでしょう。拉致被害者とは違う。何をいまさら……」

　アキの大きな瞳が記者の顔を見据えた。

「そうよ！　だからお願いしてる。みんなを地獄から救ってほしい、ってね。『自由』という人間として一番大事な権利を奪われることがどんなに辛いか……。その人たちに『違い』なんてどこにも無いわ！」


　同じころ、尾藤のチームは「大和堆」にいた。

　日本と北朝鮮のほぼ中間にある日本海の好漁場。イカ釣り漁船が全国から集まってくる。

「ここなら絶対に疑われる心配はない」

　そう考えた。

　外観をわざとボロボロに偽装したイカ釣り漁船。エンジンだけは四十ノット（時速約七十五キロ）出るように改造した「高速船」である。

　チームはリーダーの尾藤を含めて五人。舵を取る二人と射手の二人は、海外で傭兵部隊をトレーニングする教官や海自の特殊部隊「特別警備隊」の元部下たち。いずれも気心が知れたプロばかりだ。

「——漁船の連中は、他の船の動きなんか、見ちゃあいない。特に冬は視界が悪い。風も吹く。敵さんもこんな悪い条件のときにオレたちがやってくるとはよもや思うまい。そこがツケ目だ」

中朝露国境地域で中国人商人から買い付けた武器はすでに洋上で受け取っている。アサルト・ライフル、マシンガンにハンドガン（拳銃）……好みの銃をそろえた。スナイパー・ライフルは大口径の重い弾を使う。風の強い洋上向きのヤツだ。

「――場合によってはドンパチになるかもしれん。だが、火力と技量、〝逃げ足〟もこっちが上だ」

確信があった。北の警備艇は旧式でスピードが出ない。貴重品の燃料も絶対的に不足していた。

「――だけど、やっこサン（元外交官の石山）大丈夫ですかね。約束した時間に来られなきゃアウト……」

元部下である山本は、元外交官、石山の技量が不安なのだろう。尾藤の誘いに応じて海自を辞め、妻にも黙ってチームに参加を決めてきた男だ。

「――信じるしかないな。もし、来なければ、オレたちはただちに撤退する、いいなっ」

尾藤はきっぱりと告げた。

「サクラ」では周到なシミュレーションをこれまでに何度もくり返している。

海自のヘリ空母、イージス艦、潜水艦を投入。そして、尾藤がかつて所属していた特殊部隊である「特別警備隊」を派遣し、まず、北朝鮮の海軍基地などを制圧する、空からの迎撃を抑える。

輸送ヘリに乗り込んだ陸自の特殊部隊「特殊作戦群」が、拉致被害者が囚われている施設に救出に向かう――。

自衛隊と、北朝鮮の人民軍との「力の差」は横綱と幼児ほども違う。

正しい「情報」さえあれば、奪還自体はそれほど難しくはない。

むしろ、難しいことは「ほか」にある。

そのとき、北朝鮮の政府は機能しているのか？　混乱で無政府状態なのか？　国連はどう動いているのか？　そしてアメリカや中国、韓国などの反応に？

現場で、敵から攻撃されたら、自衛隊はどこまで応戦するのか？　味方や救出する拉致被害者に死傷者が出たら……。

何よりも、日本の世論は支持してくれるのか……。

最後は「政治の決断」なのだ。

だが、今回のミッションでは自衛隊の現役部隊の支援を得ることが出来なかった。「政治」は動かなかったのである。

それがはっきり分かってから尾藤は「作戦」の大幅な練り直しを迫られた。

「サクラ」だけでもやれないことはない。その場合のシミュレーションもやってきた。

ただし、現役部隊の支援なしには、敵地に深く侵入できない。

だから、石山に拉致被害者を連れて海岸線近くまで来てもらうしかないのだ。

石山との「連絡」はラジオの短波放送の暗号を使った。それも一回こっきり。

尾藤は祈る思いで船を北西へと進めた。


警備の隙をついて、招待所の一室に忍び込んだ石山の目の前に、かつて特殊機関で会った美しい女性がいた。

「――オレは味方だ。信じてくれ」

(昔も同じ言葉をかけたな……)

心の中で苦笑しながら、石山は思いがけない言葉を口にした。

「申し訳ないが、今回は助けられない……。情勢が変わったんだ」

キッと顔を上げ、口を開こうとした女性を目で制し、石山は早口で要件をまくしたてる。

「代わりにビデオのメッセージがほしいんだ。あなたが『いま、ここに、元気でいる』ことを日本の政府首脳に伝えるために、だ。それが『爆弾』となる。必ず、あなたの救出に繋げてみせるから」

自衛隊の現役部隊の支援がない、と分かり、石山も「作戦」の大幅変更を余儀なくされていた。

女性は、日本人拉致被害者のシンボル的な存在である。特殊機関に所属する石山といえども、警備の厳しい招待所から、ひとりの力で海岸線まで連れ出すのは難しい。途中で見つかるリスクも大きかった。

だからまず、女性が生存している「証拠」を政府に突き付け、決断を迫るしかない、と。

女性は澄んだ瞳でまっすぐに石山を見つめた。

「分かりました。あなたを信じましょう」

石山は、日付の入った新聞を背景に置き、ビデオカメラに女性のメッセージを収めた。それをＵＳＢスティックに移し「結」のルートでアキに渡す。

そして、ひそかに政府首脳に伝える――。

石山は今回、救出するターゲットを変更した。

拉致被害者は政府認定の十二人だけではない。

日本で名前さえも知られていない数十、数百人の被害者がいることを石山は知っている。女性のように特殊機関の教官役をさせられている被害者だけでなく、市民の中にいることも、だ。

(彼らならそれほど警備は厳しくない)

男性二人と女性一人、三人を選んだ。

羅からメッセージが届く。

《ワシの車を使え。もう必要ない》

（死ぬ気だな……）。

石山には羅の覚悟が分かった。


羅の専用車である「ベンツＳＬ５００」は平壌から東の海岸へと向かっていた。

乗っているのは、老人のメークをして羅に扮した元外交官の石山と救出した拉致被害者三人。運転手は「結」のメンバーである。

地方から平壌へ入るときは三カ所検問があるが、逆に平壌から出るときは一カ所しかない。

「堂々としていればいい。この車は多分、検問所でもフリーパスだ」

石山は、不安がる拉致被害者にそう声をかけた。

高官の車のナンバーは「赤」で書かれている。しかも、検問所の兵士は、それぞれのナンバーを記憶しており、それが「誰の車」かはすぐ分かる。

果たして、検問の兵士はナンバーにちらっと一瞥をくれただけで、敬礼を返し、車を通してくれた。

「ふうっ、何とかバレずに済んだな」

石山は大きく息をついた。

海岸から、尾藤らとのミーティング・ポイントの海域まではカネで買収した北朝鮮の漁民の船で行く。

海岸線の警備はさほど厳しくはない。経済難の北朝鮮には、沿岸警備にかける人員も予算も技術も欠けていたからだ。現実に、エンジントラブルを起こした北の漁船が日本に流れ着く「事件」があった。沿岸警備が厳しければ、こんなことは起きない。

《〇二二〇（午前二時二十分）。北緯〇度×分、東経〇度×分》

短波放送で受け取った位置を今一度確認する。

「——コトを運ぶにはいい天気だ」

石山が見やった冬の海にはどっぷりと靄がかかり、視界が悪い。北西の風が強い。

たったひとつだけ気がかりがある。

一人の被害者が直前になって不安がり、出発が当初の計画から「半日」遅れたことだ。

本来なら、北の芸術団に参加したアキたち日本人妻の記者会見での「爆弾発言」→尾藤らが救出した三人の被害者の日本到着——と間髪を入れずに、立て続けに行う予定であった。

「——もう手が回っているかもしれない」

アキたちの〝日本行き〟をセットしたのも人選をしたのも羅である。発覚は時間の問題だった。

羅に〝追っ手〟が迫っていた。

急いで短い遺書を書く。

《――地獄の苦しみの中で大勢の同胞が死んだ。すべてワシの責任だ。もう十分じゃないか。故郷へ帰してやってくれ》

拳銃をこめかみに向ける。

鋭い銃声が響いた――。

アキが「爆弾発言」をした北の芸術団の訪日を独裁者に進言し、人選までしたのは羅だ。「結」の存在もすぐ浮かぶだろう。そこから元外交官の石山にたどり着くのに時間はかからない。羅の車を使って「三人の拉致被害者」をひそかに連れ出したことも、だ。

〝半日の遅れ〟を気にかけながら、石山は三人を漁船の狭い船倉に急き立てた。

「――ハメられた。絶対に逃すんじゃないぞ！」

裏切りを知った北の独裁者は猛り狂っていた――。

冬の日本海は日本に向けて「追い風」が吹く。だが、元はオンボロの漁船だ。スピードは遅い。

「――追いかけて来られたら勝ち目はない」

気ばかりせくが、尾藤らとのミーティング・ポイントの海域までまだ三十分はかかる。

突然、サーチライトの光を浴びた。

北の警備艇が二隻。猛スピードで追ってくる。

「――止まれ、止まるんだ！」

スピーカーががなり立てた。
「ダッ、ダッ、ダッ……」
いきなり、機関砲を撃ち込んできた。
漁船の漁師はおびえきっている。
石山が舵を握った。
旧式の北の警備艇でも漁船よりも倍は速い。
(死んでも船を止めるわけにはいかない)
知らぬ間に石山のシャツを鮮血が染めている。
機関砲が肩をかすめたらしい。急速に意識が薄れてゆく。
——そのときだ……。
スナイピング・ライフル弾四発が、北の警備艇の船首部分を破壊した。
イカ釣り漁船を偽装した尾藤の船である。
敵の警備艇は動きを止められ、浸水が始まった。
(——間に合った……)
北の警備艇は、尾藤らの攻撃によって、あっという間に動きを止められた。
急いで三人の拉致被害者を尾藤の「漁船」に移す。
「——約束したんだ……次はあの女性を助けてやってくれないか。必ずだ。頼む……」

苦しい息で石山は尾藤の胸に縋りつく。

(――分かった。約束する)

心にそう刻みつけ、尾藤は石山の頭に向け、拳銃の引き金を引く。

思いはしっかりと受け止めたのだ。

彼らはプロである。非情なようでも、これ以上、助からない石山に関わっている時間はない。

尾藤は、無言のまま、冷たくなった石山を海の中へと見送った――。

船は夜の闇と深い靄に紛れ、四十ノットの猛スピードで日本海を進む。海岸で三人の拉致被害者を下ろし、「サクラ」の上垣梓に引き渡す。

「オレたちはここで消えます。日本の警察には三人が『漁船に乗って自力で逃げてきた』ということにしましょう。もっとも、日本政府も米軍も『何があったか』なんて、とっくにお見通しだろうけど」

「ああ、いざとなれば『あいつら(尾藤ら)が勝手にやったことだ』とシラを切ることもな」

皮肉っぽく梓が引き取った。

――時を待たず、とてつもない大きな衝撃が日本中を駆け巡っていた。

日朝協議が動かないなか、業を煮やしたように拉致被害者が三人も自力で日本へ帰ってきたのだから。

三人はいずれも、政府認定の拉致被害者ではない。名前さえ知られていなかった人たちなのである。
「まだ、たくさんの拉致被害者が囚われたままになっているんです。どうか政府の、国民の皆さんの力で助けてくださいっ」
記者会見での訴えがさらに世論を沸騰させた。
《即刻、自衛隊を出せ！》
《怒・怒・怒……》
《政府は「腰抜け」だっ》
怒濤のようなネットへの書き込み。
一万人もの抗議デモが大波となって国会と官邸を取り巻いた。
「日本人を取り返せ！」
「国民の怒りを知れ！」
国会を、首相官邸を取り巻くデモの先頭に立ち、大声を張り上げていたのは八十八歳のアキだった。
《五十年以上も北朝鮮で塗炭の苦しみを味わい》
《無実の罪で娘たちを強制収容所に入れられ》
《記者会見でタンカを切った気骨の日本人妻》
本来はカズの名である『並河和子』は運動のシンボルとして一躍、世界中に知れ渡った。

（――今さら『寺谷昭子（アキ）』には戻れない）

しばらくアキはカズを装うつもりでいた。

それが、悲劇を呼ぶことなど、そのときは知るよしもなかったが……。

――怒りの声は報道に、ネットに乗って、燎原の火のように波及する。

激励の手紙・ファクス、メールとともに大量の献金が〝ある機関〟へ殺到した。

上垣梓が主宰する「サクラ」である。

もちろん、今回の日本人奪還作戦に「サクラ」が関わったことは公になっていない。

だが、「噂」はあっという間に広まってゆく。

《〝腰抜け〟の政府に代わって日本人を力ずくで取り戻した「国民のヒーロー」だ》と。

ほどなくして〝官邸の主〟から梓に電話があった。

「――北朝鮮は怒り心頭ですよ。『自国民を日本人に拉致、誘拐された』とね」

「そちら（政府）は全部、お見通しだったのでしょう。見て見ぬふりに感謝していますよ」

「――さて、何のことでしょうか？　彼ら（拉致被害者）はあくまで自力で脱出してきたんですよ」

〝禅問答〟のようなやりとりに、梓が先にしびれを切らした。

「今度こそハラをくくってくれませんかっ。まだ、終わっちゃいない。自衛隊を出してくださいっ」

（――「ハラをくれ」か）

〝官邸の主〟は少し前に、同じことを外務省幹部の福田に言われたことを思い出した。

それは、梓とまったく違う「方法論」だったが……。

「――キミの耳にも聞こえているだろう。嵐のような『怒りの声』がな。政府は、外務省は腰抜けだ。今すぐ自衛隊を出せ、と国民は叫んでいるんだっ」

デモの大群衆を窓越しに見やりながら〝官邸の主〟は険しい表情で外務省幹部の福田にぶちまけた。

「――だからと言って、自衛隊を出すわけにはいかないでしょう。賛成する国はありません。あくまでわが国は外交交渉に徹すべきです。国連で決議がなされた人権問題で北を決定的に追い込む。安保理で中露に拒否権を行使させない。国際司法の場に引きずり出す――。これをわが国が主導してやる。ハラをくるならこっちでしょう」

「――決定的に、だと？」

相手はクビを傾げた。

確かに「三人の拉致被害者」の帰国は大きな衝撃を与えている。だが、『拉致問題』への世界の関心は元々高くない。むしろ、日本が拉致問題にこだわるあまり、「核・ミサイル問題の解決を遅らせている」という非難さえあるのだ。

「――中国はいつまで北にがまんするでしょうか。核を持たず、改革開放の経済を採用する『聞き分けのいい』同盟国に変わるのなら。そう決断すれば、安保理で拒否権を行使しない選択肢もあり得ます」

にわかに、相手が関心を持った。

「ふーむ、それでどう動くつもりだ」

「まず韓国を味方に引き入れます。日本と同じく『家族を取り戻したい』と願う国民がたくさんいますからね」

韓国と聞いて相手は表情を曇らせた。

「――また〝もうひとつの人権問題（慰安婦問題）〟を持ち出してくるのが関の山じゃないのかね」

「――そんなことは断じてさせません」

（まぁ、お前の責任でやるだけ、やってみろと言わんばかりに）相手は鷹揚に頷いた。

「――そういえば、いま〝話題の女性〟はキミの叔母さんだそうだね。八十八歳には見えん活躍ぶりだな」

皮肉まじりの言葉を福田は受け流した。

「そうです。自慢の叔母ですよ。私がまだ若手のころ、『あなたはそれでも日本の外交官か、いや日本人か』と痛罵されたことがあります。もっとも、そのときは叔母だとは知りませんでしたが……」

都心から外れた日本料理屋。奥まった個室で福田と李は杯を傾けていた。

「『北の人権問題』で手を組まないか」——昨年、最初に持ちかけたのは李の方である。だが、引き換えとして「もう一つの人権問題（慰安婦問題）」の解決を迫る李の提案は、とても呑めるものではなかった。

それを、今度は福田から蒸し返したのだ。もちろん「もう一つの人権問題」はなし、にである。

「お国（韓国）にも北に囚われている国民がいる。離ればなれになっている離散家族だってたくさんいるじゃありませんか。それを取り返すことができれば、女性大統領の支持率だって上がる。逆にわが国だけが成功すれば、お国の国民は逆上するでしょうね」

思いがけない話に李は表情を硬くした。

「何をやる気です。お国（日本）のやり口に『北』はカンカンだ。これ以上追い込めば暴発しかねない」

《日本の謀略！》《デッチ上げだ！》

北朝鮮の官製メディアは、頭から湯気が噴き出すごとく、激しい調子でブチ上げている。

《東京を火の海にする！》と恫喝し、日本海へ向けて弾道ミサイルも撃ち込んでいた——。

福田は黙って自分の杯を飲み干し、李に渡す。

「――一緒に仕掛けませんか。東アジアの安定を望まない国はない。もうこの問題にケリをつけましょう」

「――つまり『荒療治』も辞さない、と」

李はすっかり冷めてしまった酒をぐいっと空け、からになった杯の底を福田に向ける。

「――私には答えようがない。だが、お国の覚悟は確かに伝えましょう。期待はしないでくださいよ」

福田は黙って頷いた。

――ほどなくして、韓国の〝ネチズン（ネット愛好者）〟から火の手が上がった。

《泣いている同胞を今すぐ救出せよ》

《日本にできたことが、なぜウリナラ（韓国）にはできないのだ！》

折しも、朝鮮戦争時に離ればなれになった離散家族をテーマにした映画が大ヒットしていた。韓国は日本以上のネット社会である。

拳を振り上げ、怒りを爆発させた〝赤い大群衆〟がたちまち都心の広場を埋めた。

「サクラ」を主宰する元海将の上垣梓は、改めて拉致被害者救出に自衛隊を出すことを政府に強く求めていた。

(〝切り札〟の爆弾を弾けさせるときだ)

手元にUSBスティックがある。

中学生のときに拉致され、北が「死亡した」とウソの報告をした女性……。その「生存」を確かに示す映像を元外交官の石山が撮り、北の芸術団と一緒に来日したアキに託していた。

(〝官邸の主〟がこれを見てなお、動かないのであれば、自衛隊など、存在している価値がないっ)

それを伝える役目をアキに頼むつもりだった。

〝官邸の主〟も「伝説の女闘士」に関心を持った。都心のホテルのスイートルームで面会をセットさせる。外務省幹部の福田も同席した。

「――お目にかかれて光栄ですよ。さすがによく、似ていらっしゃる。ご親類だそうで」

いつもの穏やかな調子で〝官邸の主〟はアキと福田の顔を交互に見やる。

(そんなあいさつはいらない)

梓はいきり立っていた。

「この映像を見てください。元外交官の男が命がけで撮影してきたものです」

USBスティックがパソコンに繋がれ、髪の長い美しい女性の映像が映し出される。

「――えっ……」

〝官邸の主〟と福田が息を飲むのが分かった。

《私は中学一年生のときに拉致され、北朝鮮へ連れてこられました。もう四十年近くになります。もう一度、もう一度だけ、お母さんや家族に会うことだけを心の支えにして今日まで生き抜いて来ました。どうか、皆さんの力で助けてください。どうか……》

わずか三十秒あまりの映像……。澄んだ瞳でカメラをまっすぐに見据えた女性の声から厳のような強い意思が伝わってくる。

「──似ていますね、確かに……」

〝官邸の主〟がやっと声を発した。

「──似ているんじゃない。ご本人です。間違いない。警察、防衛省、外務省……どこの資料とでも、突き合わせて精査してもらえば分かるっ」

梓が声を荒らげた。


アキと上垣梓。〝官邸の主〟と外務省幹部の福田──。

北朝鮮に拉致された「女性の映像」を見た四人は厳しい表情でにらみ合っていた。

「──たとえ（映像が）ご本人であったとしても自衛隊を出すことには反対です。北朝鮮も黙ってはいないし、周辺国も反対するでしょう。アメリカもだっ」

福田が〝官邸の主〟の考えを代弁するかのようにして口火を切った。

梓も負けていない。

「よその国は関係ないでしょう。これは日本政府が、攫われた日本人を救い出す話なんですよ」

「では、他の拉致被害者や帰国者の家族の問題はどうするんですか。助けられなくてもいいのですか。やはりあくまで外交交渉、国際社会の圧力によって、日本人全員の解放を目指すべきなんですよ」

福田の頭には国連で決議された人権問題がある。韓国と〝共闘〟して、北朝鮮への非難を世界的な声に高めようと図っている矢先なのだ。

「まだ、目がさめないのっ」

突然、アキの大声が響き渡った。

「外交交渉であの国から一体何が得られた、っていうのかしら？『恫喝』に『譲歩』の繰り返し。ずっと、ずっと舐められっぱなしじゃないの！」

凛とした大きな瞳が〝官邸の主〟を射貫く。

「あの国だけじゃないわ。多くの国が日本を、日本人を不当に貶め、封じ込めようとしている。だけど、それは誰のせい？　日本が、日本人が断固たる『意思』を示さず、『真の力』を持つことから逃げ続けたからでしょう。〝強い態度〟を示すこと以外に日本人全員の解放に繋がる道はないのよ」

（『正論』だろう。だが現実の政治は違う）

福田は反論の言葉を飲み込んだ。

結局、この日は物別れに終わった――。

梓はすでに「次の作戦」を尾藤に検討させている。

前回と同じく、最後は自衛隊の現役抜きでもやる覚悟だった。

別れ際に福田がアキに声を掛けた。

「――会わせたい人がいるんです……」

福田は、六十年以上も前に樺太で別れたきりのアキの息子、崇（ユーリ）の消息を知っている。

「母親を恨んでいる」という崇の言葉は黙っていた。

都心のホテルのティーラウンジ。

――終戦直後の樺太で別れて以来、六十数年ぶりに再会した八十八歳の母と六十八歳の息子はぎこちなかった。とりわけ崇（ユーリ）の表情は硬い。

「――マーマなのか？　あんたが……」

「――そう……でも、母親の資格なんてないわね。どんなことがあったって〝あなたの手〟を離しちゃいけなかったのよ。許してちょうだい……」

アキの記憶にある「小っちゃな手のぬくもり」――。大きく節くれ立った手を握りしめると、ボロボロと大粒の涙がこぼれた。

崇は表情を崩さない。

「オレはずっとあんたを憎んでたんだっ。幼いオレを捨てて朝鮮人の男と逃げた悪い女……。どれだけ、会いたかったかっ。一言でいい。会って、罵ってやりたい。『それでもあんたは母親なのか』ってね」

「――そう……。そうね。仕方ないわね……」

涙がとまらない。

――突然、母の手が大きな力で握り返された。

「――でもね……オレ、いま思い出したんだよ。ずう－っと、ずっと昔、〝この手〟で抱きしめられたことがあるって……。マーマの温かい手と優しい匂い……」

崇の大きな目からも涙がこぼれた。

「――会えてよかったよ……」

「実はね、パーパ（誠）の遺骨を持ってきたんだよ。シベリアのラーゲリ（収容所）の墓地からオレが掘り出したんだ」

〝大切な人〟が小さな骨壺にいた。戦後七十年たって、やっと家族のところへ戻ることができた誠……。

「――お帰りなさい、あなた……」

アキは骨壺を愛おしそうに抱きしめた――。

「あうっ……」

——そのときだ……小さな悲鳴が漏れた。

アキの身体に男が覆い被さっている。

左胸に突き刺さった刃物。あふれ出た鮮血がアキの服をみるみる染めてゆく。

大きな声が響き渡った。

「——オンマ（母さん）！　仇をとったよ、憎いハルモニ（おばあちゃん）を殺してあげたよ……」

それはカズの娘、美子が強制収容所で保衛員（看守）に体を弄ばれて生まれたテスだった。

「——マーマ！」

崇が血にまみれたアキを抱きしめる。

「——た、崇……あなたに……会えてよかったわ……」

薄れゆく意識の中でアキは、遠い昔を思い出していた。終戦直後の樺太。戦闘行為をやめないソ連軍の猛攻にさらされた「北の街」で、女子防空監視隊の後輩を救うため、〝死化粧〟をしたアキは決死隊をつくって赤鬼の待つ最前線に乗り込んだのである。

「——本当はアタシ、あのとき死んでいたのよ……。でも生きててよかったわ……自分では気づかなかったけど、もうお腹にあなた（崇）がいたんだもの……」

すっと、アキの体が崩れ落ちた——。

「マーマ!、マーマ……やっと会えたのに……、神様! なんてことだっ」

崇の絶叫が響き渡った。

アキを刺したテスは呆然と立ち尽くしている。

駆けつけた警察官にも抵抗はしなかった。

〝呪文〟のように同じ言葉を繰り返していた。

「オンマ(お母さん)、恨みを晴らしてあげたよ。今度こそオレのことを見てくれたかい……」

テスはアキをカズだと思い込んでいたのである。

カズの娘であり、テスの母である美子が生活に疲れ果てて自殺したとき、たったひとりそばにいた。

《にほんにかえりたい　おかあちゃん(カズ)がにくい》と綴った美子の遺書を見つけたのもテスである。

(――オンマは地獄を見た。強制収容所でレイプされ〝バケモノ〟のようなオレを産んだんだ。ハルモニ(カズ)さえ家族を(北に)連れてこなけりゃ……)

澱のように溜まっていった怒りと恨み。

歪んだ思いがテスを凶行へ走らせた――。

《伝説の女性闘士の非業の死》

《北朝鮮から来た男に刺され……》

アキ（名前はカズ）の死は、国民の怒りを再び沸騰させた。

複雑な事件の背景など関係はない。

新聞テレビの主張、抗議のデモ、ネットへの書き込み……。それは強烈なムーブメントとなって、ときの政権を強烈に突き上げた。

「国民の声」に背中を押され、〝官邸の主〟はついに決断を下す。

「与野党の党首を集めてほしい」

〝官邸の主〟の指示で都心のホテルにひそかに集まったのは連立政権を組む与党の党首・代表、そして、最大野党、友愛党の党首であった。

「――お呼び立てして申し訳ありません。『緊急事態』なのです。ぜひとも力をお貸し願いたい」

それだけいうと、〝官邸の主〟はおもむろに「あの映像」を映し出させた。

元外交官の石山が命がけで撮影した、中学一年のときに北朝鮮に拉致されたままの、美しい女性によるメッセージである。

《――もう一度、お母さんに会うため……生き抜いてきました。どうか皆さんの力で助けてください……》

「関係機関に精査させた結果、ご本人の可能性が極めて高い、と判断しました。救出のために自衛隊の部隊を出動させたいと思う。そのために、関係法令を急ぎ改正させたい。ご協力願えませんかっ」

そう一気に畳みかけると、準備していた「法改正のシナリオ」を披露してみせた。

【対象は拉致被害者のみ、とし、『拉致被害者支援法』に『帰国支援』の項目を追加する改正案を、委員長（衆院の拉致特）提案で提出する。そして、自衛隊による〝奪還作戦〟を可能にする自衛隊法の改正をもこの改正案の附則に盛り込む……】

すかさず、友愛党の党首が声を上げた。

「そんなやり方は禁じ手だ。〝主客転倒〟じゃないか。附則の方があまりに大きすぎるっ」

連立政権を組む正大党も困惑の表情を隠さない。

「――分かっています。本来は憲法改正を待つべきなのでしょう。だが、時間がない。先例もある。無理は承知の上で考え抜いたシナリオなのです」

「どうか『国民の声』『国民の怒り』を聞いてください。それこそが『国家の意思』なのです――」

〝官邸の主〟の不退転の決意……。だが、問題は簡単ではない。北朝鮮に近い中国やロシアだけでなく、アメリカや韓国まで反対する可能性が高かった。

結論が出ないまま散会した翌日――〝官邸の主〟はある全国紙の大見出しを見て仰天した。

《拉致被害者の奪還作戦に自衛隊投入か　与野党幹部が談合　ひそかに検討》

そして、あの女性の映像がネットに流出した。

「――リークさせたな。世論を沸騰させるために……」

拉致被害者の女性の映像メッセージがネットに流出したことを知って外務省幹部の福田は唇を噛んだ。

自衛隊部隊の派遣を巡っては、連立与党内でさえ意見が割れている。世論も賛成ばかりではない。とりわけ、与野党の秘密会談を新聞にすっぱ抜かれてからは「左側」からの巻き返しが激しさを増している。

「この爆弾で反対論を封じ込めようってわけか……」

福田は国連での動きに依然、活路を見出そうとしている。やはり自衛隊の派遣には反対だった。

だが、映像メッセージの威力は、福田の想像を遙かに超えていた。

《わずか十三歳で拉致された少女が》

《母や家族との再会を心の支えに》

《四十年近くも懸命に生き抜いた……》

その女性が生存し、祖国に助けを求めているというのに、政府は〝指をくわえて待っているだけ〟なのか？　なぜ、自衛隊を出さないのか？

怒濤のような怒りの声、声、声……がネットに溢れた。それが思わぬ効果を生む。

これまで拉致問題にさほど関心を示さなかった世界が「怒りの声」を上げ始めたのである。

《北朝鮮の人権抑圧問題を許すな！》

《中露は拒否権を行使すべきでない》

ニューヨークの国連本部の前は、世界各国の人権団体などが掲げる抗議のプラカードで埋まった。

抗議のホコ先は中国にも向かう。

中国は脱北者を「難民」と認めず、北朝鮮へ送り返している。脱北者の女性を中国東北部の貧しい農村に「売り飛ばす」人身売買の問題も指摘されていた。

福田はそれを絶好のチャンスと見た。

日本と同じく、拉致問題や脱北者の問題を抱える韓国が「共闘」して、北朝鮮の人権抑圧問題を国際社会にアピールする。独裁者を国際司法の場に引きずり出し、その先には中国をも巻き込んで「王朝」そのものの退場を迫ることまで視野に入れているのだ――。

「――そうすることでしか日本人全員を取り戻すことはできないのだ……。韓国国民も思いは同じだろう」

福田はこの問題に限っての「日韓共闘」は可能だ、と考えていた。

だが、事態は暗転する。

(――やはりあの国は変わらなかった)

外務省幹部の福田は、ジュネーブの国連人権理事会で韓国代表が行った演説を聞いて、積み上げてきたものがガラガラと崩れ落ちるのを感じた。

拉致問題、脱北者、約一千万人もの離散家族……韓国も、日本と同じ問題を抱えている。北の人権問題への国際的な非難が高まっている今こそ、決定的に追い詰めるチャンスだったのだ。

ところが、韓国代表は「北の人権問題」を批判しただけでなく、返す刀で「日本の人権問題(慰安婦問題)」にも斬り込んできたのである。

福田は砂を噛むような徒労感に打ちひしがれた。

(やっぱり「真の力」があってこそなんだ。それがないから、わが国はパワーゲームに参加できない……)

〝官邸の主〟は、附則で自衛隊法改正を盛り込んだ「拉致被害者支援法」の改正案を強行採決するハラを固めていた。それが、茨の道であることは分かっている。反対は国内だけではない。韓国や中国、同盟国のアメリカさえもがここぞと嘴を挟んでくるだろう。

「――だが、もう後には退けない」

はっきりしていることは、ここでもし、政府が動かねば、国民の怒りが爆発し、やがては政権が崩壊する道をたどることである。

「問題はどこまでやるかだ……」

〝官邸の主〟は腕を組みながら、つぶやくように独りごちた。

「サクラ」の尾藤はオブザーバーとして自衛隊の現役部隊とのシミュレーションを重ねていた。尾藤は自衛隊幹部に強く訴えた。

「今度こそ、現役部隊を出させるんだっ。自衛隊は国民の命を守るために存在している。そうだろ、アンタたちの志も同じだろ！」

非公式に行った政府・与党幹部らへのブリーフィングで問題が起きた。

海自のヘリ空母、イージス艦、潜水艦、海自の特殊部隊「特別警備隊」などを北朝鮮の沿岸へ派遣し、輸送ヘリに乗り込んだ陸自の特殊部隊「特殊作戦群」が救出に向かう――。かねて示した案である。

だが、ひとつの予測が衝撃を与えた。

「損耗は五倍――。つまり一人を救出するため、五人の犠牲者が出ることを想定しています」

説明を聞いていた政府・与党幹部らが息を飲むのが分かった。

「――とんでもないことだ……」

「――これじゃ政権が持たない」

あちこちでヒソヒソ声が交わされる。

自衛隊は出すが、犠牲者は出せない。関係国との軋轢も最小限にとどめたい……。

そばで待機していた尾藤が、とうとう怒りを爆発させた。

「オレたちがいく。覚悟ができていないならな！」

結局、拉致被害者を奪還しに行く部隊は〝奇妙な部隊〟にすり替わっていた。

圧倒的な「国民の声」に背中を押される形で、法改正のために強行採決まで行い、拉致被害者奪還のために自衛隊を出すことだけは決めたのに、肝心の「国家の意思」「政治の覚悟」が定まらない。

海自のヘリ空母とイージス艦、空自のF15戦闘機、空中警戒管制機（AWACS）を出す。だが、関係国を刺激しないため、北朝鮮の領海内には入らない。自衛官の犠牲者は一人たりとも出してはならない。

そして、拉致被害者が領海外まで自力で逃げてくれれば自衛隊が救出する——。

それが大方針だった。

「（拉致被害者が）自力で逃げるなんてできるはずがないでしょう」

内々に参加を打診された尾藤が疑問を投げかけると、相手はこともなげに答えた。

「——もちろんそうだ。だから、あなたたち（サクラ）に手伝っていただけないか、と考えている」

つまり、北朝鮮に侵入して拉致被害者を奪還し、領海外まで連れ出すのは尾藤ら「サクラ」のメンバーにやらせる。危険で関係国を刺激しかねない仕事は、自衛隊員でない人間に押しつけ、イザとなれば「知らぬ存ぜぬ」で切り捨てるハラなのだろう。

「こんなバカな作戦があるかっ。国民向けの〝目くらまし〟に過ぎないじゃないか」

「サクラ」の主宰者、上垣梓（うえがきあずさ）が吐き捨てた。

「――最初から期待なんてしてませんよ。オレはオレの志で動くだけですよ、たぶん仲間もね」

シニカルに尾藤はそう言い放った。

その志は、北にいる「結」の残党も同じだったらしい。

特殊機関に潜り込んでいた元外交官、「石山の遺志を継ぐ者」と名乗る男から梓に秘密連絡が入ったのは数日後のことだった。

【――作戦は中止しない。四月×日、〇三五五（マルサンゴウゴウ）。「あの女性」を東の海岸まで連れて行く。われわれの総力を結集して必ず、やり遂げる】

それは日本にいる脱北者の家族を通じての連絡だった。「結」のメンバーはそこにも根を張っている。

尾藤らは再び、イカ釣り漁船を偽装した高速船を用意した。

自衛隊の現役部隊とは〝偶然、海上で出会った〟ことにする。

北朝鮮の「領海内」には決して入らない自衛隊の現役部隊の司令官（海将補）は尾藤の幹部学校の同期（クラス）の男だった。

（アイツは昔から上ばかり見ていたヤツじゃねえか。せめて、こっちの足を引っ張らないでいてくれればいいが……）

悪い予感を無理やり胸の中に封じ込めた。

作戦はこうである。

イカ釣り漁船を偽装した高速船から、北朝鮮の沿岸に向けて、尾藤ら五人が水中スクーターで発進する。

二人のバディで一つのスクーター。指揮官の尾藤だけは一人で一つのスクーターを使う。

「石山の遺志」を引継ぐ者たちが沿岸まで連れ出した拉致被害者の女性を水中スクーターで牽引し、領海外で待機している現役部隊に引き渡す――。

（こうなったら「石山の遺志」とやらを信じるしかない……）

冬の海の冷たさがドライスーツ越しに尾藤の肌を刺した。

遠くで銃声が響く。

尾藤は、厳しい状況を覚悟した。

「対象」はすでに武装した「敵」に追われ、銃撃されている……。

果たして、海岸の砂浜に、敵に追われながら、対象の女性を庇い、必死で逃げてくる「味方」の男三人と、無数の「敵」の兵士が見えた。

「――ドン、ドンっ」

尾藤の部下が持ち込んだ二基のグレネード・ランチャーが火を噴く。数人の敵の兵士が吹っ飛んだ。

「――オレが（女性を）連れて行く」

その隙に尾藤は女性に素早くドライスーツを着せ、浮力体を首にかませた。敵を「サクラ」の四人の部下が楯となって防いでいる間に、水中スクーターに乗った尾藤が女性をロープで曳航し、海へ連れ出す。

数では圧倒的な負勢だ。武器は拳銃とナイフしかない。これで、できる限りの時間を稼ぐ……。

「早く！（女性を釣り上げる）ヘリを寄越せ。こっち（領海内）へ入って来るんだっ」

尾藤は無線機で自衛隊の現役部隊に叫び続けた。

だが、明確な応答がない。

海上、航空自衛隊の大部隊は依然、領海外に留まったままである。

楯になっている四人の部下が殺られるのは時間の問題だろう。海からは、機関砲で武装した北朝鮮の警備艇が追ってくる。その上、冬の海では、ドライスーツを着用していても三十分が限界だ――。

「――（女性を）死なせてもいいのかっ。それほど政治が、ヨソの国が大事か！　オマエたちは日本人だろうっ、何のための自衛隊なんだよ」

思わず、応答しようとしたイージス艦の艦長を司令官の海将補が制した。

「――判断するのはオレたちじゃない。政治なんだ。こっち（領海外）へ来るまで待つしかない」

水中スクーターの燃料が切れかけている。

「――これまでか……」

覚悟を決めかけたそのとき、頭上にヘリのエンジン音を聞いた。イージス艦艦載の対潜ヘリが北朝鮮の領海に入り、救出に来たのである。

イージス艦の艦長は尾藤の五期後輩。命令を無視し独断での行動だった。


尾藤は、ヘリに釣り上げられ、無事救出された女性の姿を海上から見上げていた。上から隊員がしきりに手振りのハンドサインを送っている。

《ヘリの燃料がもう持たない。別のヘリを（尾藤の）救出に向かわせるから》

「――ウソに違いない。オレは切るつもりだろう」

腹は立たなかった。心のどこかで、そんな光景を予想していたのである。

果たして、ヘリのエンジン音はいつまでたっても聞こえてこなかった。冷たい海が尾藤の体温を容赦なく奪ってゆく。意識が遠のいていった……。

「石山、ちゃんと〝あの女性〟は助けたろ。これで彼女もやっとお母さんに会えるな。約束は果たしたぜ……」

「――海上自衛隊、航空自衛隊は本日、日本人拉致被害者一人を日本海の公海上で保護・救出しました。作戦はその性格上、秘密裡に行い、詳細は明かせませんが、国際法・国内法に反する行為は一切なく、作戦に参加した自衛隊員に死者・負傷者はありません」

記者会見で防衛相が得意気に鼻をふくらませた。

「イージス艦一隻の艦載ヘリが北朝鮮の領海内に侵入したという話があるが……」

「報告を受けていません。万が一そんな事実があったとすれば、不可抗力、ハプニングであり、決して意図的なものではありません」

想定問答集にそうあったのだろう。記者の質問に防衛相は間髪を入れずに答えた。

扶桑日報の熊井が手を上げた。

「平気なんですか？　民間人が五人も死んでいるんですよ。危ないことは彼らにやらせて、自衛隊の部隊は安全な場所に留まっていた。それが、日本という国のやりかたであり、国家の意思なんですね」

「――そんな話は報告を受けていない……」

防衛相の声がかすかに震えている。

記者会見はそこで打ち切られた。

「――五倍損耗か……。結局、その通りになった」

「サクラ」を主宰する上垣梓は遠い目になった。

「オレたちは目的を果たせたのか、日本という国は変わることができたのか……」

何度自分にそう問いかけたかしれない。

だが、答えは出なかった。

「カズが日本へ帰ってくる」という話を梓が聞いたのは、そんなときだった。

終章

――二〇一五年　宗谷海峡

北海道と樺太を隔てる宗谷海峡は「慟哭の海峡」である。

終戦後も戦闘行為を止めないソ連軍に追われ、どれだけの日本人が、この海峡を渡ることができずに命を失ったか……。

カズは、年老いた松男と、傍らで父親を支える哲秀と一緒に、連絡船の上から鈍色の海を見つめていた。

――アキ……。

ぜーんぶ、私のせいね。最後の最後まであなたに迷惑をかけて……本当にダメな妹だったわ。

正直に打ち明けるわ。

私はあなたが羨ましかった。

樺太でイワノフをKOしたり、双子で入れ替わったり、脱北者を助けるルートを作ったり……。行動的で情熱的で、いつも全力で生きてきた。

それに比べて私ときたら、優柔不断で泣き虫で、自分では何ひとつ決められない……。

その私が、たったひとつだけ、自分で決めたことが北朝鮮へ渡ることだったの。

夢を見たわ。差別も偏見もない「地上の楽園」で今度こそ家族が幸せに暮らせる、やり直せるってね。

大バカだった。待っていたのは地獄のような日々。揚げ句の果てに大切な家族や、あなたの命まで奪うことになってしまった。松ちゃん（松男）の大事な大事なお金も、よ。

申し訳なくて、情けなくて……。「どの面下げて日本へ帰れるんだ」って思った。

でもね、あなたが死んで分かったことがあるのよ。

まだ、何にも終わっちゃいないんだって。

あなた、政府の偉い人に『いい加減に目を覚ましなさいっ』ってタンカを切ったそうね。

「日本という国に『国家の意思』がないから、『真の力』を持っていないから、いつまでたっても日本人を取り戻せないのよ」って。

そうよ、それができない限り、「昭和」という時代は終わらない。私たちの「物語」もね。

だからね、今度は私が、あなたになる。「並河和子（カズ）」が「寺谷昭子（アキ）」の志をもらう。八十八歳のこの体が消えてなくなるまでやるわ――。

だって、「自由」ほど人間にとって大事なものはないのよ。それを奪われた人たちがどんなに辛くて苦しいか……それを一番よく分かっているのは私たちだもの。

カズは胸に抱いた小さな骨壺から、海に向かってアキの遺灰を思いっきり撒いた。

それは、一筋の糸になって春の気配が見え始めた北の海峡に吸い込まれていった。（完）

本書は産経新聞で連載した小説『アキとカズ――遥かなる祖国――』
（二〇一四年四月～二〇一五年三月）を加筆修正したものです。

◆ 著者 ◆
喜多由浩 (きた よしひろ)
1960 年大阪府出身。立命館大学卒。産経新聞社入社。社会部デスク、月刊正論編集次長などを経て、現在、文化部編集委員。韓国延世大学に留学。関心分野は朝鮮半島問題、日本の満州経営など。
主な著書に『北に消えた歌声 永田絃次郎の生涯』(新潮社)、『満州唱歌よ、もう一度』(扶桑社)、『旧制高校 真のエリートのつくり方』(産経新聞出版) などがある。

◆ イラスト ◆
筑紫直弘（産経新聞社）
西口裕之（　〃　）
井田智康（　〃　）

アキとカズ──遥かなる祖国──　定価（本体 1,500 円＋税）

2015 年 8 月 15 日　初版刊行

著者　喜多由浩
発行者　川端幸夫
集広舎
〒 812-0035
福岡市博多区中呉服町 5-23
電話：092-271-3767　FAX：092-272-2946
http://www.shukousha.com
装丁　仁川範子
印刷・製本　モリモト印刷株式会社
ISBN　978-4-904213-30-8　C0093

◎内モンゴルから見た中国現代史
——ホルチン左翼後期の「民族自治」

●ボヤント【著】

日本人に伝えたい戦後の内モンゴル東部地域の姿。旧満州国に属し、日本と協力し合った内モンゴル東部地域のモンゴル人たちは、新中国建国後、土地、宗教、文化、そして民族の誇りを奪われた。公文書と証言から実態を明かす。旗や村の末端単位でフィールド調査を敢行。

▽価格（本体六四〇〇円＋税）　Ａ５判上製　四〇〇頁
ISBN 9784904213292

◎尖閣反駁マニュアル百題

●いしゐ のぞむ【著】　自然食通信社【発売】

気鋭の漢文学者が尖閣古典全史料を網羅研究し、その核心部分を抽出。極めて実証的、説得力ある一冊。

▽価格（本体二〇〇〇円＋税）　Ａ５判並製　四一三頁
ISBN 978-4916110985　＊日本図書館協会選定図書。

◎中国の反外国主義とナショナリズム
——アヘン戦争から朝鮮戦争まで

●佐藤公彦【著】

近現代の中国を突き動かした反外国主義とは？——今なおキリスト教への弾圧が続く中国。アヘン戦争後の反キリスト教運動、義和団事変、20世紀の排外運動、そして現代の「反日デモ」に通底する「中華民族」のナショナリズムの構造を解明。新たな中国近現代史像を描く。

▽価格（本体三六〇〇円＋税）　Ａ５判上製　三八一頁
ISBN 9784904213261　＊日本図書館協会選定図書。

◎ビルマのゼロ・ファイター
——ミャンマー和平実現に駆ける一日本人の挑戦

●井本勝幸【著】

現地の少数民族は、なぜ旧日本兵の御遺骨収集に協力するようになったか。ついに日本政府まで動かした一僧侶の清々しいたたかいの記録。

▽価格（本体一五〇〇円＋税）　四六判並製　二四〇頁
ISBN 9784904213186　＊日本図書館協会選定図書。